Liebestraum à la carte

Danielle A. Patricks

telegonos-publishing

Danielle A. Patricks
Liebestraum à la carte

Copyright: © Danielle A. Patricks – publiziert von telegonos-publishing 1. Auflage
Cover: © Kutscher-Design unter Verwendung einer Vorlage von Pixabay

www.telegonos.de (Haftungsausschluss und Verlagsadresse auf der website)

Kontakt zur Autorin:
www.herzgeschichten.net

ISBN-13: 978- 3744897792

Herstellung und Verlag: BoD – Books on Demand, Norderstedt

Dieses Werk ist urheberrechtlich geschützt. Jegliche Verwertung ist ohne Zustimmung des Verlages unzulässig. Dies ist eine fiktive Geschichte. Ähnlichkeiten mit lebenden oder bereits verstorbenen Personen sind rein zufällig und nicht beabsichtigt.

Bibliografische Information der Deutschen Nationalbibliothek:
Die Deutsche Nationalbibliothek verzeichnet diese Publikation in der Deutschen Nationalbibliografie; detaillierte bibliografische Daten sind im Internet über http://dnb.dnb.de abrufbar.

Liebestraum à la carte

Danielle A. Patricks

telegonos-publishing

Mein besonderer Dank gilt meinem Gatten, der mich in meinen Schreibphasen mit meinen Protagonisten teilen musste, die anfallenden Arbeiten erledigte, ohne zu murren, und mir immer wieder Mut zusprach, wenn Unsicherheiten mich zu plagen begannen. Es ist schön einen Menschen an seiner Seite zu haben, bei dem man geborgen ist, wo die Liebe noch immer täglich das Sagen hat - vielleicht sprießen meine Geschichten mit den Happy Ends doch ein wenig auch aus den eigenen Erfahrungen.

…

Prolog

Zwei Jahre zuvor ...

„Jetzt zapple nicht so rum. Bleib endlich ruhig stehen. Wie soll ich dir denn das Kleid gerade ziehen?" Klara Neumann zupfte und ruckelte am feinen Seidenstoff.
„Ist ja schon gut, Mama. Lass gut sein, bitte." Anika blickte ihre Mutter mit einem gequälten Blick an, als müsste sie zur Strafe auf Holzscheiten knien. Klara lachte auf. „Sei doch nicht so ungeduldig. Sieh dich doch an, wie hübsch du aussiehst." Ihre Blicke trafen sich im hohen Spiegel vor ihnen. Anikas fuchsrotes, langes Haar war in einer kunstvollen Hochsteckfrisur fixiert, feine Strähnchen fielen gelockt aus der Frisur und umschmeichelten ihr zartes Gesicht. Der helle Teint ihrer Haut, den sie von ihrem Vater geerbt hatte, harmonierte mit dem cremeweißen Seidenstoff ihres Hochzeitkleides. Ein schlichtes Etuikleid, das ihr bis zu den Knien reichte, schmiegte sich an ihren Körper. Es war rückenfrei und als Zusatz besaß es einen raffinierten Tüllschleier, den man abnehmen konnte. „Einfach wunderschön", seufzte Klara. Ein wenig Wehmut überkam sie. Jetzt war auch ihr Küken, ihr Nesthäkchen endgültig den Kinderschuhen entwachsen. Wie schnell die Zeit doch verflogen war. Sie erinnerte sich noch gut an den Tag ihrer Geburt. Viel zu früh wollte das Baby aus ihrem Bauch. Kaum, dass die Wehen begonnen hatten, merkte Klara, wie schnell die Abstände dazwischen kürzer wurden. Ins Krankenhaus wären sie nicht mehr rechtzeitig gekommen, daher hatte sie geistesgegenwärtig den Arzt angerufen, der mit der Hebamme innerhalb weniger Minuten zur Stelle war.

Keine Minute zu früh. Anika flutschte aus ihren Körper, klein, zierlich, dafür mit lautem Organ. Ein Lächeln huschte über Klaras Gesicht. Gert war vom Büro nach Hause geeilt. Seine Tochter lächelte ihn bereits aus dem Arm seiner Mama entgegen. Nun war die Familie mit den Kindern Jenny, Thomas und Anika vollständig. Ja, und nun kam die schwere Zeit, die Kinder loszulassen. Verstohlen wischte sie sich eine Träne weg. Zum Glück hatte es Anika nicht gesehen, die an ihrem Schleier herumzupfte. Jenny und Thomas traten ein. „Seid ihr fertig? Es warten schon alle", meinte Jenny. „Mir scheint, der Bräutigam ist etwas blass um die Nase", scherzte Thomas, der zum zweiten Mal die Ehre hatte, eine seiner Schwestern zum Traualtar zu begleiten. „Gott sei Dank, habt ihr nicht noch eine Tochter in die Welt gesetzt", entschlüpfte es Thomas und sah seine Eltern verschmitzt an, als Anika ihn gebeten hatte, ihr Trauzeuge zu sein. Aber er hatte diese Aufgabe gerne angenommen und war ein Stück weit stolz, dass sie ihn gefragt hatte. Er stellte sich neben seine kleine Schwester, die um zwei Jahre jünger war als er und um vier Jahre jünger, als seine große Schwester Jenny. Die beiden waren schwer in Ordnung, wie er fand. Anika sah bezaubernd aus. Sie feierte erst vergangene Woche ihren fünfundzwanzigsten Geburtstag, verlobt war sie hingegen bereits seit drei Jahren. Ihr zukünftiger Gatte Michael, der die Firma seines Vaters wieder in die grünen Zahlen wirtschaftete und mittlerweile eine Zweigstelle in Manhattan aufgebaut hatte, war vor sechs Monaten zum erfolgreichsten Jungunternehmer gewählt geworden. Anika unterstütze ihn in jeder Hinsicht. Thomas sah Anika stolz an. „Bist du soweit, deine Freiheit aufzugeben, Kleines?"

„Nerv mich nicht! Ich bin schon lange kein Kleines mehr." Anika ließ sich nach wie vor leicht mit ihrem Kosenamen necken und ärgern. Sie fuhr jedes Mal gleich auf hundertfünfzig Sachen oder mehr. Thomas lachte. Galant hielt er ihr den Arm entgegen, damit sie sich einhaken konnte. Sie atmete tief durch. Was Thomas nicht wusste, er hatte ihr mit seiner Neckerei etwas von der Nervosität genommen, die sich hartnäckig seit dem Vortag hielt. Sie hatte kaum geschlafen. Die Tage davor war sie durch Hochzeitsvorbereitungen abgelenkt gewesen. Je näher jedoch dieser Tag rückte, desto unruhiger und nervöser war sie geworden. Anika wusste nicht warum. Insgeheim schlich sich Angst ein, dass alles nur ein wunderschöner Traum gewesen war, aus dem sie bald aufwachen würde. Sie konnte nicht glauben, dass gerade ihr so viel Glück gegönnt war. Michael war einfach perfekt für sie. Er hatte ihr das verlorene Vertrauen anderen gegenüber wieder zurückgebracht. Sie durfte bei ihm einfach sie selbst sein. Dass sie ihre Ecken und Kanten hatte, war ihr bewusst, aber wer hatte die nicht? Sie harmonierten in jeder Hinsicht, egal ob privat oder in der Firma.

Sie leitete und managte den Office Bereich, der mittlerweile aus fünf Angestellten bestand. Karin, ihre Freundin, vertrat sie, wenn sie mit Michael im Ausland unterwegs war. Nie hätte sie zu träumen gewagt, dass sie einmal in so viele verschiedene Länder reisen würde. Die letzten Jahre an Michaels Seite waren aufregend und abwechslungsreich gewesen. Sie mochte keinen Tag und Augenblick davon missen. Am schönsten war jedoch die Zeit, in der sie beide alleine waren. Ob sie jemals von Michaels Körper genug bekam? Ihm überdrüssig wurde?

Sicher nie! Allein, wenn sie an Michael dachte, begann es in der Bauchgegend verdächtig zu kribbeln. Sie liebte seine Augen, seinen Duft, seine Aura, seine Zärtlichkeiten. Ein Leben ohne ihn wollte sie sich nie mehr vorstellen. Es war ein tolles Gefühl, endlich angekommen zu sein. Aus dem Augenwinkel bemerkte sie, wie sich ihre Mama verstohlen die Nase putzte. Sie würde doch nicht weinen? Himmel! Auch Jennys Augen wirkten glasig. Doch nicht auch sie? Anika schluckte. Jenny und ihre Eltern gingen nun voraus. Thomas, bei dem sie sich untergehakt hatte, zog leicht und sie setzte sich mit ihm in Bewegung, einem neuen Lebensabschnitt entgegen …

Kapitel 1

Die Koffer standen im Flur bereit zum Abtransport, bezeichnend für einen neuen Lebensabschnitt, der unweigerlich eintreten würde. Spannend und aufregend, allemal. Thomas Neumann, seines Zeichen Weltenbummler und einer der besten Köche, war gerade dabei, seinen Entschluss, sich sesshaft zu machen, in die Tat umzusetzen. Zum hundertsten Male kontrollierte er nun schon, ob er alle seine Sachen gepackt hatte. Viel war es nicht. Er war immer mit leichtem Gepäck gereist, wusste er doch, dass die Zeit, weiterzuziehen, kommen würde. Nur seine geliebten Kochbücher und seine Rezepte-Sammlung, liebevoll zusammengetragen und akribisch geordnet, begleiteten ihn seit jeher. Sie wuchsen beständig. Nun sollte sich dieses Leben ändern. Endlich währte er sich am Ziel seiner Träume.

In seinem Elternhaus hatte er die letzten zwei Monate verbracht. Diese Zeit war notwendig gewesen, sich eine geeignete Unterkunft zu suchen, diese nach seinem Geschmack einzurichten – sehr männlich und geradlinig, eher schlicht. Für einen Single-Haushalt benötigte er nicht viele Quadratmeter Wohnfläche. Er würde dort sowieso nur zum Schlafen verweilen, Aber das Objekt, für das er sich entschieden hatte, zeigte in Größe und Ausstattung Luxus pur. Wenn schon, denn schon, hatte sich Thomas gedacht und freute sich auf sein neues Zuhause. Dagegen ersparte er sich, nach einer passenden Lokation für sein eigenes Restaurant Ausschau zu halten. Die wurde ihm angeboten, regelrecht aufgeschwatzt, wie er später voller Stolz behaupten würde. Die letzten Jahre arbeitete er in den weltbesten Lokalen, Hotels und Restaurants, in New York, Paris, Venedig, Amsterdam, Portugal. Aber auch in einigen Hotels in Österreich, in der Schweiz und Deutschland. Viele Eindrücke nahm er mit und behielt sie in seinen Erinnerungen. Er kochte die Nationalgerichte der verschiedenen Länder nach und sammelte die Rezepte. Schon als Kind hatte er liebend gerne seiner Mutter beim Zubereiten der Speisen geholfen. Kochen war seine Leidenschaft, immer schon gewesen. Er hatte sich diese Liebe zum Beruf gemacht. Einmal in seinem eigenen Lokal zu stehen und seine Kreationen umzusetzen, wünschte er sich seit Kindestagen. Und nun, mit neunundzwanzig Jahren sollte eine neue Karriere beginnen. In genau vier Tagen würde er sein eigenes Restaurant eröffnen. Die Vorbereitungen dazu liefen bereits auf Hochtouren. Aber jetzt hieß es erst einmal, die Koffer im Auto zu verstauen. Er lief in die Küche. Ein Espresso zur Stärkung stand an.

„Hast du alles?", fragte ihn seine Mutter. Sie saß wie jeden Morgen am Tisch, las die lokale Tageszeitung und genoss ihren Kaffee. „Es ist so schade, dass du jetzt wegziehst. Ich hätte mir gewünscht, du findest hier in der Nähe ein passendes Lokal." Ein Seufzen entfuhr ihr. Nichtsdestotrotz lächelte sie ihren Sohn stolz an.

„Aber Mama, ihr könnt mich doch jederzeit besuchen kommen. So weit bin ich dann auch nicht weg", versuchte er sie zu trösten.

„Ich weiß ja. Aber es wäre trotzdem schön gewesen, wenigstens eines meiner Sprösslinge in meiner Nähe zu wissen." Sie strahlte ihn an. „Wenn du einen Augenblick wartest, kann dir Papa beim Einräumen der Koffer helfen. Du weißt schon, wenn du bei der Eröffnung oder schon vorher Unterstützung benötigst, du kannst jederzeit auf uns zählen."

„Ja, danke Mama. Sollte es einen Engpass geben, melde ich mich. Aber im Grunde darf nichts mehr schiefgehen. Morgen führe ich noch die letzten Vorstellungsgespräche. Dann müsste auch das Personal zusammengestellt sein. Der alte Eder hilft mir bei der Auswahl, hat da mehr Erfahrung als ich." Thomas schlürfte vorsichtig an seinem heißen Espresso. Er schmeckte genauso, wie er ihn liebte – stark. Zucker und Milch waren im Kaffee verpönt. „Übermorgen beginne ich mit den Essensvorbereitungen für den Eröffnungstag", erklärte er.

„Was wirst du kochen?" Klara Neumann klang neugierig.

„Gerichte aus aller Welt zur Einstimmung auf die Speisenkarte der Zukunft. Ich bereite ein Buffet vor, das jedem Gaumen gerecht wird", schwärmte Thomas. „Ich hab dir doch erzählt, dass Lorenzo bei mir anfängt. Er hat seine letzte Stelle gekündigt und ist mittlerweile beim Eder eingezogen. Zumindest in eines seiner Apartments. Find ich toll von ihm, die beiden Ferienhäuser weiter zu betreiben. Im Sommer kann ich somit auch mit Urlaubern rechnen."

„Und mit der Pacht für das Restaurant? Seid ihr euch da einig geworden?"

„Ja, natürlich. Eder ist ein feiner Kerl. Er war schon als Chef cool und gerecht. Für das erste Jahr zahle ich monatlich einen Pappenstiel für die Pacht. Und wenn es mit dem Lokal funktioniert und wir Erfolg haben, werden wir den Preis anpassen. Außerdem hat er sich bereit erklärt, mir auch in der Küche zur Hand zu gehen. Zumindest am Anfang. Ruhestand und Pension sind noch keine Optionen für ihn. Und mit Lorenzo im Team kann da gar nichts mehr danebengehen." Thomas lächelte zuversichtlich.

Im Eder's hatte er seine Lehrjahre verbracht. Friedrich Eder war streng, kapriziös und stur, wenn es ums Kochen und seine Küche ging. Alle mussten sich sputen. Letztendlich erhielt Thomas aber genau bei seinem alten Lehrherrn die Kenntnisse zum vorzüglichen Koch, der er mittlerweile war. Alle anderen Dienstgeber dienten lediglich dazu, sich neue Inspirationen und Kreationen zu holen. Schon viele Jahre verband die beiden eine innige Freundschaft.

Vor einem Jahr besuchte ihn der alte Herr in Spanien, wo Thomas in einem fünf Sterne Hotel für die Küche zuständig zeichnete. Friedrich Eder verband Urlaub und Geschäft in einem Zug. Er wollte sich zur Ruhe setzen und suchte für sein Lokal, das Eder's, einen Nachfolger. Durch Zufall erfuhr er von Thomas' neuem Aufenthaltsort. Er beschloss, seinem ehemaligen Schützling einen Besuch abzustatten. Mit der Zusage von Thomas, sein Restaurant zu pachten, fuhr Friedrich Eder wieder nach Hause. Thomas konnte zwar den laufenden Dienstvertrag des Hotels nicht vorzeitig kündigen. Aber in der Zwischensaison besuchte Thomas seinen alten Lehrherrn und beide unterschrieben den Pachtvertrag für die Nachfolge vom Eder's. Die Küche war top. Nur im Restaurantbereich nahm Thomas kleine Veränderungen vor. Neue Vorhänge und Polsterbezüge frischten den großen Raum auf. Halbhohe Raumteiler schafften gemütliche Nischen. Nur mit äußerster Disziplin gelang es Thomas, seine Vorfreude im Zaum zu halten und die letzte Arbeitsstelle durchzustehen. Am liebsten hätte er alles liegen und stehen gelassen und wäre vorzeitig nach

Hause gereist. Nur, das war nicht seine Art. Was er angefangen hatte, brachte er ordnungsgemäß zu Ende. Erneut nippte er an seinem Kaffee. Sein Vater, Gert Neumann, betrat in diesem Augenblick die Küche.

„Guten Morgen, mein Junge. Na, wie ich sehe, bist du reisebereit."

„Mhm."

„Lass mich kurz frühstücken, dann helfe ich dir mit deinem Gepäck. So viel Zeit wirst du doch noch haben?"

„Ja, natürlich. Keine Eile. Länger als vier Stunden Fahrzeit habe ich nicht."

„Wenn du sonst Hilfe brauchst …"

„Ja, danke, dann sag ich es euch. Hat mir Mama schon angeboten." Thomas zwinkerte seinem Vater zu. „Es ist alles durchgeplant und müsste ohne Probleme zu bewältigen sein. Aber bei der Eröffnung rechne ich schon mit euch. Ihr kommt doch?"

„Natürlich! Ich werde doch nicht auf das hervorragende Essen verzichten, dass da gratis angeboten wird." Klara und Gert lachten. Thomas schüttelte den Kopf.

„Nur wegen des Essens wollt ihr kommen? Das enttäuscht mich jetzt aber schwer." Er tat beleidigt.

„Vielleicht ein bisschen auch wegen dir." Klara schmunzelte. Sie musste ihm nicht extra sagen, wie stolz sie auf ihn war. Das spürte er auch so. Sie wünschte ihm so sehr, dass er mit seinem Lokal Erfolg haben möge. Schon als kleiner Knirps, der kaum über den Küchentresen gesehen hatte, plapperte er unentwegt davon, einmal ein berühmter Koch zu werden und sein eigener Chef zu sein. Zielstrebig hatte er die letzten Jahre hart daraufhin gearbeitet.

„So, ich wäre soweit", sagte Gert und stand auf. Beide Männer verließen die Küche. Klara hörte die Kofferrollen über die Fliesen poltern. Die Tür wurde geöffnet, das Scheppern und Schleifen verlegte sich nach draußen und wurde leiser, als die schwere Tür wieder ins Schloss fiel. Eine Träne kullerte über Klaras Wange. Sie wischte sie weg. Viel zu oft hatte sie schon von einem ihrer Kinder Abschied nehmen müssen. Ja, natürlich nicht für immer. Aber immerhin. Jenny lebte mit ihrer Familie am Mattsee, Anika hatte vor knapp zwei Jahren ihren Boss geheiratet und führte mit ihm den Betrieb weiter, den er von seinem Vater übernommen hatte. Sie lebten zwar am anderen Ende von Perg, das wäre nicht so weit. Stimmt. Aber sie haben auch in New York eine Niederlassung errichtet und halten sich daher oft in Übersee auf. Sie sahen sich manchmal wochenlang nicht. Und Thomas, endlich wieder zu Hause, übersiedelte mit Sack und Pack nach Velden am Wörthersee.

Thomas ursprüngliche Pläne, sein Restaurant in Wien zu eröffnen, hatte sein ehemaliger Chef durchkreuzt, als er ihm die Übernahme seines Hauses angeboten hatte. Klara seufzte. Schön war es dort ja. Wo sie in den nächsten Jahren ihre Urlaube verbringen würden, wusste Klara auch schon zu beantworten. Ihre Kinder würden wohl abwechselnd Gastgeber spielen. Sie stützte ihren Kopf auf die abgewinkelte Hand und blätterte mit der anderen in der Zeitung weiter. Heute musste sie erst gegen neun zur Arbeit. Reichlich Zeit, um ihren Gedanken an frühere Zeiten nachzuhängen.

Ein letztes Mal noch alles kontrollieren. Thomas schloss die Heckklappe seines Kombis. Fertig. Abreisebereit in eine neue Zukunft. Er verabschiedete sich von seinen Eltern, herzte und drückte sie. Er blickte sich kurz um. Sein Elternhaus würde er jetzt länger nicht sehen. Rasch stieg er ein. Nur jetzt nicht sentimental werden. Das war er bislang nie gewesen, wenn er zu einem neuen Job in ein anderes Land aufgebrochen war. Dieses Mal roch es nach Endgültigkeit. Er brach nicht nur zu einem neuen Job auf, sondern auch in ein neues Leben. Sein neues Leben. Er drehte den Zündschlüssel, der Motor surrte auf. Langsam rollte der Wagen die Einfahrt hinaus. Thomas atmete tief durch, steckte seinen USB-Stick ein und suchte sich seine Lieblingssongs. Sein Navi zeigte ihm die Route. Thomas genoss noch die letzten bekannten Bilder seiner Heimatstadt, bevor er auf die Bundesstraße abbog, die zur Autobahn führte. Je weiter er sich von zu Hause entfernte, desto freier fühlte er sich. Die Spannung auf das Neue und die Vorfreude, sein eigener Herr zu sein, nahmen ihn gefangen. Nur mit Mühe konzentrierte er sich auf den Verkehr.

Sein neues Zuhause lag etwas abseits auf einer Anhöhe mit überwältigendem Blick auf den Wörthersee und Velden. Sein Alltag würde ihm Trubel und Hektik bescheren, deshalb hatte er sich ein ruhigeres Plätzchen für die wenigen freien Stunden gesucht. Das Haus, in den Hang gebaut, in moderner Bauweise gestaltet, beeindruckte durch eine riesige Glasfront gegen Süden und mit Blick auf Velden und den See gerichtet. Eine große Freiluftterrasse lud zum Relaxen ein. Die freizügigen, offenen Räume beherbergten gerade das nötigste an Möbel. Im oberen Stockwerk, das ebenerdig von der Hangseite, über einen kleinen Vorgarten und einer breiten Einfahrt betreten wurde, befanden sich

Küche, Ess- und Wohnzimmer, ein extra Freizeitraum und eine Toilette. Das Schlaf- und zwei Gästezimmer, sowie ein Fitnessraum und eine Bad Oase mit Whirlpool, waren im unteren Bereich errichtet worden. Thomas schlenderte durch sein neues Reich. Er trat auf die Terrasse und ließ den Blick entspannt auf die Gegend wirken. Ans Geländer gelehnt atmete er die frische Luft tief ein. Ein Lächeln huschte über seine Lippen. Es war Liebe auf den ersten Blick gewesen, als er dieses Anwesen das erste Mal gesehen hatte. Trotz des stattlichen Preises hatte er nicht widerstehen können. Sein Mentor Eder hatte es ihm mit einem Augenzwinkern empfohlen, wohlwissend, was seinem Schützling gefallen könnte. Thomas begann seine Habseligkeiten ins Haus zu tragen und einzuräumen. Die Haustürglocke läutete. Thomas eilte hinauf und öffnete. Eder fiel ihm sogleich um den Hals.

„Da bist du ja endlich. Wie ich sehe, bist du gut angekommen. Hattest du viel Verkehr?"
„Nein, nein. Aber komm doch erst einmal herein", meinte Thomas freudestrahlend. Er führte Friedrich Eder ins Wohnzimmer. „Darf ich dir was anbieten? Ein Bier oder doch lieber ein Glas Wein?"
„Nö, weder noch. Ich hab uns Sekt zur Feier des Tages mitgebracht, einen Brut, den du bevorzugst." Eder hielt die Flasche in die Höhe. Thomas nahm sie ihm ab und öffnete sie vorsichtig. Mit dem Sekt und den Gläsern traten sie auf die Terrasse.
„Der Ausblick ist einfach traumhaft", schwärmte Eder. „Es freut mich, dass du dich dafür entschieden hast. Prost! Auf dein neues Zuhause und viel Erfolg mit dem Restaurant!"

„Danke, Prost! Wie ist es hier in der Zwischenzeit gelaufen? Hast du mir, wie versprochen, die Liste mit den Terminen für die Vorstellungsgespräche morgen mitgebracht?" Thomas lehnte sich an das Geländer.

Eder stellte sich zu ihm. „Hier", er fischte ein zusammengefaltetes Blatt Papier aus seinem Jackett. „Wenn es dir recht ist, bin ich auch dabei. Ich kenne einige von denen. Haben teilweise auch schon für mich gearbeitet. Schau", er zeigte mit dem Finger auf einzelne Namen, „ich habe sie mit einem Sternchen gekennzeichnet."

„Fein. Ich wollte dich schon bitten, ob du dabei sein kannst, da ich in diesen Dingen so absolut keine Erfahrung habe. Wo ist Lorenzo? Ist er schon angekommen?"

„Ja, ja. Der hat einen Aufriss gemacht. Gleich gestern, als er eingetroffen ist. Die Kärntnermadln sind halt hübsch und unwiderstehlich", grinste Eder. Lorenzo hatte in jedem Hafen, den er jemals angesteuert hatte, eine Liebschaft hinterlassen. Thomas lachte. Sein Freund mit dem italienischen Charme lief jedem Rockzipfel hinterher. An Frauen mangelte es ihm nie. Die Qualität seiner Arbeit litt darunter nicht. Dies hatte Thomas schon immer an ihm gefallen und bewunderte ihn deswegen.

„Deine Küche sieht kalt aus", riss ihn Eder aus den Gedanken. „Noch nichts Essbares da, was?"

„Ach so! Nein, bin noch nicht dazugekommen. Wollte zuerst meine anderen Sachen einräumen."

„Komm, ich lade dich zur Feier des Tages zur Konkurrenz ein. Kenne ein Lokal mit einheimischer Küche", lockte Eder.

Thomas ließ sich nicht lange überreden. Erst jetzt bemerkte er, wie sein Magen knurrte. Seit dem kleinen

Frühstück hatte er noch nichts zu sich genommen. Er ging voraus, griff nach seinem Wagenschlüssel und holte sein Sakko.

„Ich fahre", bot Eder an, „schließlich liegt mein Nachhauseweg auch auf der Strecke. Ist also für mich kein Umweg. Du hast heute schon eine weite Strecke zurückgelegt. Zumindest siehst du recht müde aus."

„Gut. Da bin ich dir tatsächlich dankbar. Die Autofahrt selbst war nicht anstrengend. Aber ich bin doch angespannt, weil ich nicht weiß, was mich alles erwartet. Ist doch alles neu für mich." Er klopfte Eder auf die Schulter. „Aber mit deiner Unterstützung wird es schon klappen. Danke nochmals."

Eder hatte nicht zu viel versprochen. Das Restaurant lag in einer Seitengasse, etwas unscheinbar. Die Räumlichkeiten wirkten gemütlich, urig. Die Speisekarte führte Fischgerichte, deftige Fleischspeisen bis hin zu den traditionellen Kärntner Kasnudeln. Thomas entschied sich für die Kasnudeln und Eder wählte den Jägerbraten. Dazu tranken sie Weißwein. Thomas beobachtete die Gäste, aber auch das Personal. Er sammelte Eindrücke, wie jedes Mal, wenn er auswärts essen ging. War wohl eine Art Berufskrankheit. Eder stupste ihn an.

„Wir mögen es nicht, wenn man uns so auf die Finger schaut."

Entschuldigend hob Thomas beide Arme. „Mach ich doch gar nicht." Seine Augen funkelten und mit Mühe verkniff er sich den lauten Lacher, der ihm in der Kehle kitzelte. „Was schätzt du, wie viele Leute brauchen wir für die Vorbereitungen und den Eröffnungstag?" Thomas sah seinen alten Chef und jetzigen Freund neugierig an.

„Also speziell für die zwei Tage melden wir zwanzig Leute an. Das hab ich früher bei diversen Anlässen auch immer gemacht. Morgen suchst du zuerst das Stammpersonal aus. Mit fünf im Service und zusätzlich zwei für die Küche, samt uns beiden und Lorenzo müsste das reichen. Wenn nicht, kannst du noch immer jemanden zusätzlich einstellen. Die anderen habe ich schon verständigt. Ich kenne da einige, die schon für mich gearbeitet haben und verlässlich sind. Sie freuen sich, wenn sie etwas dazuverdienen können und teilen sich ihre Zeit dementsprechend ein." Eder klang zuversichtlich. Das nahm doch einiges von der Anspannung, die Thomas fest im Griff hatte. Er war ein Perfektionist. Sonst hätte er es im Beruf nicht so weit gebracht. Jede Kleinigkeit wollte durchdacht und geplant sein. Die Küche war sein Reich. Da saß jeder Handgriff. Aber von all den anderen, organisatorischen Dingen, hatte er null Ahnung. An den Schriftverkehr durfte er erst gar nicht denken. „Mir graut schon jetzt vor dem Bürokram, der da auf mich zukommt", sprach er laut aus, was ihn gerade beschäftigte. Wie sollte er dies alles schaffen? Ihm schwindelte.

„Junge, keine Sorge. Dafür stellst du halt eine Teilzeitkraft an. Zumindest für den Anfang. Wirst ja sehen, wie es läuft. Vielleicht macht das eine andere Angestellte aus dem Service mit? Bei mir hat es damals die Restaurantleiterin erledigt. War eine tüchtige Kraft. Ist nur jetzt schon in Pension. Solltest du niemanden passenden finden, kann ich sie ja mal fragen, ob sie dir für ein paar Stunden in der Woche aushilft." Eder prostete Thomas zu. Er winkte dem Kellner, um die Rechnung zu begleichen. Die Zeit war rasch verflogen. Die Fachgespräche beruhigten

Thomas und erst jetzt bemerkte er, wie die Müdigkeit in seine Knochen kroch. Zeit zum Aufbruch.

Kapitel 2

Bereits um sechs Uhr morgens stand Thomas vor seinem Lokal. Vor seinem Restaurant, auf dem in riesigen Leuchtlettern „Toms Genussoase" zu lesen stand, das er ab jetzt führen und leiten würde. Einem Stück seines Traumes war er damit nähergekommen. Den Erfolg musste er sich noch erarbeiten, und erst, wenn ihm das gelang, hatte er sein Ziel erreicht. Stolz betrat er die große Küche. Sie breitete sich vor ihm aus. Erinnerungen seiner Lehrzeit holten ihn ein und ließen ihn schmunzeln. Die barsche Stimme Eders hallte durch den Raum.

„Thomas das soll ein blanchiertes Ei sein? Ja bist du noch zu retten? Das kann ich doch meinen Gästen nicht vorsetzen, das sieht eher nach einem Eierspeis aus!" Er, damals Lehrling und gerade einmal eine Woche im Dienst, hatte vor Schreck den Kochlöffel fallen lassen. „Nicht so schreckhaft, Jungchen", hatte Eder gemurt. „Den rauen Ton in der Küche musst du wohl noch kennenlernen. Schau her, ich zeige es dir noch einmal, wie ein blanchiertes Ei aussehen soll."

Eder war der Chef in seiner Küche, der Herrscher über die Lebensmittel und seine Angestellten. Eine Respektsperson. Aber vor allem ein hervorragender Lehrherr, der das Talent von Thomas ab dem ersten Tag erkannt hatte und ihn förderte. Oft verlangte er von ihm weit mehr, als er es von den anderen Lehrlingen oder Angestellten tat. Und Thomas? Er saugte alles auf, wie ein Küchenschwamm. Bereits damals schrieb er die Rezepte gewissenhaft auf. Beobachtete und lernte. Er stand noch in der Küche, um etwas Neues auszuprobieren, wo die anderen längst in ihren Betten lagen. Diese Verbissenheit hatte er sich bis heute bewahrt.

Er drehte sich um die eigene Achse, ganz langsam. Seine Euphorie und seine Freude sollten in Ruhe auf ihn wirken. Kurz schloss er die Augen, er hörte den gewohnten Küchenlärm, die Messer, das Rühren in den riesigen Töpfen, das Brutzeln. Sogar die Gerüche nach frischen Kräutern, wie Petersilie, Thymian, Rosmarie, Salbei, der Gemüsebrühe, des frischen Fleisches, kroch in seine Nase. Wie sehr er das alles liebte! Als er die Augen wieder öffnete, war der Zauber vorbei. In der großen leeren Küche herrschte jetzt nur Stille. Nicht mehr lange, und sie würde mit Leben erfüllt werden, sowie er es in Gedanken gerade eben erleben durfte.

Thomas schlenderte ins angrenzende Restaurant. Hier wirkte alles edel und teuer. Die dunklen Holzmöbel hatte er übernommen, die Sitzbänke und Sessel waren mit dunkelbraunem Leder neu überzogen worden. Raumteiler mit Pflanzen schafften Nischen und gemütliche Ecken. Limonengrüne Vorhänge erhellten das Ensemble. Große Fenster, mit Blick auf den See, durchfluteten den Raum mit Licht. Tischtücher in derselben Farbe wie die Vorhänge, frischten zusätzlich auf. Thomas setzte sich in seinem Restaurant an einen Tisch. Jetzt, am frühen Morgen, war es draußen noch sehr ruhig. Der Tag erwachte langsam zum Leben. Ein Fischer legte soeben sein Boot an. Ob er einen guten Fang gemacht hatte? Er stand auf und machte sich auf den Weg. Besorgungen standen an. Diese wollte er noch vor seinem ersten Einstellungsgespräch erledigen. Etwas Zeit hatte er noch dafür. Manche Lebensmittel würden sowieso geliefert werden. Die Bestellungen dafür hatte er bereits von Perg aus in Auftrag gegeben. Zuerst würde er aber dem Fischer einen Besuch abstatten.

Punkt neun Uhr traf Thomas, beladen mit drei Einkaufstüten, befüllt mit allen möglichen Lebensmitteln, im Lokal ein. Drei Personen warteten bereits auf ihn. Eder stand an der Bar und schenkte Getränke ein. Thomas huschte in die Küche, entledigte sich seiner Einkäufe, dann atmete er tief ein, um sich vor den Einstellungsgesprächen zu beruhigen. Er begab sich in den Restaurantbereich. Eder war mittlerweile in ein Gespräch mit einer jungen Frau verwickelt. Thomas schnappte ihre Worte auf und blieb stehen. Hinter dem Blumen-Paravent fand er Deckung.

„Bitte, du musst mich einfach einstellen. Ich brauche den Job. Das weißt du", bettelte sie Eder an.

„Du bringst nur Unfrieden. Jedes Mal hat es noch Probleme mit deinem Mann gegeben. Das kann ich hier nicht gebrauchen."

„Ich bin geschieden! Das habe ich dir doch gesagt. Wo sich mein Ex aufhält, weiß ich nicht, kann sogar sein, dass er noch einsitzt. Interessiert mich auch nicht. Ich mach alles. Ehrlich! Bin mir für keine Arbeit zu schade. Du kannst mich in der Küche, als Reinigungskraft oder im Service einsetzen. Alles! Hörst du? Bitte!" Die zierliche blonde Frau, mit dem herzförmigen Gesicht, sah Eder aus ihren tiefblauen Augen flehentlich an. Ihre vollen Lippen waren zusammengepresst, die Wangen leicht gerötet.

„Mel! Melanie, das glaub ich dir ja, aber verstehst du denn nicht? Wir können hier keine schlechte Publicity gebrauchen. Geh heim. Dein Vater hat reichlich Einfluss, um dir einen ansprechenden Job zu besorgen."

„Wenn Vater irgendetwas für mich tun würde, wäre ich wohl nicht hier!" Melanie schnauzte Eder an. Sie griff nach ihrer Handtasche, die sie am Tresen abgelegt hatte und wollte gerade gehen.

„Fräulein Melanie, ähm Frau …", stockte Thomas. Den Familiennamen hatte er überhört.

Melanie drehte sich in seine Richtung. „Kröger, Frau Kröger", ergänzte sie. „Aber Sie können mich gerne Mel nennen. Machen alle hier in Velden."

„Gut Mel. Ich habe soeben gehört, dass Sie Arbeit suchen?"

„Ja, allerdings. Aber der feine Herr Eder stellt mich nicht an."

Thomas blickte zum Genannten. Der zuckte mit der Schulter, nach dem Motto, was soll ich denn machen. Thomas wandte sich wieder an die junge Frau.

„Sie müssen wissen, mein Freund hilft mir bei der Auswahl der Bediensteten. Ich darf aber mitentscheiden", er blinzelte ihr zu. „Also erzählen Sie mir, was Sie bis jetzt gemacht haben, beruflich meine ich." Ein kurzes Schnaufen war aus Eders Richtung zu vernehmen. Dann lümmelte er sich auf die Theke.

„Ja Mel, erzähl meinem Kumpel, was du bislang so alles geleistet hast!"

Melanies Kopf schnellte zu Eder. Ihre Wangen verfärbten sich dunkelrot. „Du weißt ganz genau, dass ich bis jetzt nicht habe arbeiten müssen", zischte sie ihm zu.

„Eben! Du musst wissen", wandte er sich nun an Thomas, „Melanie Kröger hat vor ihrer Heirat Melanie von Stein geheißen. Ihr Vater ist Multimillionär, besitzt einige Firmen in Kärnten und auch eines der größten Hotels hier im Ort."

„Und er hat mich enterbt, als ich Paul geheiratet habe", ergänzte Melanie. „Paul ist ein Schurke und Betrüger. Leider habe ich dies zu spät erkannt. Mein Fehler. Ich brauche einen Job, egal was. Bitte. Niemand in Velden will mir eine Chance geben."

„Warum versuchst du es dann nicht an einem anderen Flecken in Österreich oder im Ausland, wo dich niemand kennt?"

„Wie denn? Ich kann mir nicht einmal das Ticket für den Zug leisten." Melanie schniefte. Mit Mühe schluckte sie die aufkeimenden Tränen hinunter. Nur nicht weinen. Jetzt nicht weinen. „Ich habe schon einen Teil des Schmuckes versetzt, den ich von Mutter geerbt habe." Ihr Geständnis hing im Raum.

„Frau Kröger, Mel, ich kann Ihnen weder einen entsprechend guten Lohn zahlen, noch eine ansprechende Arbeit anbieten. Ich stelle sie als Hilfskraft an, für alle Arbeiten, die anfallen. Wenn Sie damit einverstanden sind, können Sie gerne auf Probe anfangen. Ab wann wäre es Ihnen möglich?"

Melanies Gesicht hellte auf. Ein Strahlen breitete sich aus. „Sofort. Ich kann sofort anfangen. Danke. Sie werden es nicht bereuen." Als Zeichen der Freude streckte sie ihm die Hand entgegen. Thomas schlug ein und erwiderte ihr Lächeln. Einen Deut zu lange blieb sein Blick an ihr hängen. „Also Arbeitsbeginn morgen punkt sieben Uhr."

Dieses zierliche, elfengleiche Geschöpf gefiel ihm. Er fühlte sich zu ihr hingezogen. Warum, konnte er sich selbst nicht beantworten. Irgendetwas an dieser Frau rief seinen Beschützerinstinkt hervor. Vielleicht waren es ihre blauen Augen, um die sich tiefe Schatten gelegt hatten. Sie war um eine Spur zu dünn, die Wangen wirkten eingefallen und das Lächeln ihrer vollen Lippen erreichte nicht ihre Augen.

Sehr klischeehaft! Ja, das wusste er. Und doch. Es stimmte. Würde sie Unannehmlichkeiten bringen? Er kannte die von Steins nicht, hatte nie von ihnen gehört. Klatschpresse las er keine. Lieber beurteilte er Menschen nach ihrem ersten Eindruck. Frau Kröger benötigte Hilfe und das rasch. Das reichte ihm fürs Erste.

Eder schüttelte den Kopf. „Thomas, du bist zu gut für diese Welt. Willkommen an Bord Mel. Aber lass dir gesagt sein, wenn du Probleme machst oder bringst, welcher Art auch immer, bekommst du es mit mir zu tun." Eder zog seine Augenbrauen bedrohlich nach oben. Mel nickte verzagt.

„Milan Bosic", stellte sich ein junger schlaksiger Typ vor. Sein Haar fiel ihm seitlich in die hohe Stirn. Er wischte es mit der Hand zur Seite. „Habe gehört, dass ein Abwäscher gesucht wird."

„Hast du das schon mal beruflich gemacht?", wollte Thomas wissen.

Milan blickte zu Eder. „Mhm, bei ihm."

„Ja, stimmt. Ich war auch immer zufrieden mit deiner Leistung", bestätigte Eder.

„Gut, du bist eingestellt. Morgen punkt sieben Uhr hier." Thomas reichte ihm ein Formular. „Das bringst du morgen ausgefüllt mit." Milan bedankte sich und verschwand.

„Emma Smolnik, Grüß Gott. Möchte mich hiermit als Restaurantleiterin bewerben. Herr Eder kennt mich und meine Leistungen", ließ die resolute Frau, mittleren Alters, wissen. Die große Frau hatte eine schlanke Statur. Der Kurzhaarschnitt betonte ihre hohen Wangenknochen und die dunklen runden Augen strahlten Wärme aus.

„Emma, freut mich, dass du dich beworben hast", begrüßte Eder sie. Er machte einen Schritt auf sie zu, umarmte sie und gab ihr auf beiden Wangen ein Küsschen. „Sie ist eine Perle. Schnell, konsequent und vor allem kompetent und immer freundlich. Emma hat mir wirklich immer gute Dienste geleistet. Sie hat Olga, meine vormalige Leitung im Restaurant und im Büro häufig vertreten." Eder zwinkerte Thomas zu.

„Da Friedrich ja schon seine Vorauswahl getroffen hat, und ich ihm uneingeschränkt vertraue, haben Sie den Job natürlich. Bitte seien auch Sie morgen um sieben Uhr hier." Emma erhielt ebenso ein Formular zum Ausfüllen.

Des Weiteren stellte Thomas als Stammpersonal noch eine Franziska Fischer, im Ort als die Fischer-Franzi bekannt, als Küchengehilfin ein. Den Job der Reinigungskraft vergab er an eine Agnes Tobernig, eine Frau um die fünfzig, trug ihre langen Haare zu einem Zopf geflochten und zum Kranz am Kopf festgesteckt. Agnes war klein und rundlich, und ihre Hände von jahrelanger schwerer Arbeit gezeichnet. Thomas dachte an seine Mutter, die mittlerweile sechsundfünfzig Jahre alt war, aber im Vergleich zu Agnes bedeutend jünger wirkte. Eder wusste auch über Agnes Fleiß nur Gutes zu berichten. Die Einstellung war reine Formsache. Für den Service stellte er noch vier Personen ein. Zwei junge Kellnerinnen, die Pia Stullnig und die Luise Pichler sprachen gemeinsam vor. Beide waren gerade einmal vierundzwanzig Jahre alt, befreundet und hatten bei Eder die Lehre absolviert.

Die gertenschlanke Luise wirkte ruhig und beantwortete, die an sie gestellten Fragen kompetent. Pia dagegen flirtete während des Einstellungsgespräches ungeniert mit Thomas. Sie hatte eine sehr weibliche Figur mit Rundungen an den richtigen Stellen, die auf Männer noch nie die Wirkung verfehlt hatten. Ihr neuer Chef gefiel ihr und das versuchte sie ihm auf ihre Art zu zeigen. Thomas ignorierte ihre Flirtversuche. Er blieb sachlich und ungerührt. Seine Mimik ließ keine Reaktionen erkennen. Aufdringliche Frauen hatte er noch nie gemocht. Pia hatte Glück, dass Eder sie in hohen Tönen lobte, womit Thomas ihr eine Chance gab und sie anstellte. Jürgen Baumann und Kevin Schaller bewarben sich ebenfalls als Kellner. Beide hatten in verschiedenen Häusern gearbeitet. Sie legten gute Zeugnisse vor. Mit ihnen stand das fünfköpfige Team für das Restaurant.

Gegen Mittag waren sie mit den Gesprächen und Anstellungen fertig. Zur Stärkung gönnten sich Thomas und Eder einen kleinen Snack, bevor sie mit den Vorbereitungen für das Buffet anfingen. Am Nachmittag schlenderte schließlich Lorenzo in die Küche.

„Geht's endlich mit Kochen los? Das war ja der reinste Jahrmarkt bei euch. War nur kurz da. Hab mich gleich wieder verdrückt." Er grinste breit. „Wie ich gesehen habe, hast du auch zwei fesche Hasen eingestellt." Er spielte auf Pia und Luise an.

„Du lässt schön die Finger von den beiden! Hast du mich verstanden? Hier bei der Arbeit kann ich keine Probleme und Querelen gebrauchen. Nach Feierabend kannst du auf Jagd gehen. Die beiden lässt du schön in Ruhe. Ich will keinen Ärger." Thomas schwang den Kochlöffel durch die Luft, um seinen Worten mehr Ausdruck zu verleihen.

„Kaum Chef und schon ein Spielverderber", murmelte Lorenzo gerade so laut, dass es Thomas hörte. Der lachte laut auf. Eder schüttelte den Kopf.

„Jungs, das kann ja noch heiter werden. Aber jetzt schmeiß dich lieber in die Kochklamotten und zeig, was du draufhast. Thomas hat ja Lobeshymnen auf dich gesungen", stichelte Eder.

Bis Mitternacht werkelten sie vor sich hin. Meist ruhig, jeder auf seine Aufgabe konzentriert. Ab und an klärten sie die weiteren Arbeitsschritte oder heiterten sich gegenseitig durch Episoden auf, die sie erlebt hatten. Müde und völlig geschafft, fiel Thomas in sein Bett. Der erste Arbeitstag hatte es wahrlich in sich gehabt. Am anstrengendsten empfand er jedoch nach wie vor die Gespräche mit den neuen Mitarbeitern. Mels hübsches Gesicht schwebte vor seinem geistigen Auge herum. Die Frau gefiel ihm. Wenn er nicht zu feig gewesen wäre, hätte er Eder über sie ausgefragt. Vielleicht konnte er, ohne Aufsehen zu erregen, doch etwas über sie in Erfahrung bringen. Geschieden war sie. Gut. Und aus reichem Hause stammte sie. Auch gut. Klatschpresse las er keine. Die High Society war für ihn so fremd wie der Kilimandscharo, der mit seinen fünftausendachthundertfünfundneunzig Metern das höchste Bergmassivs Afrikas war. Von dem Bergmassiv hatte er zumindest schon etwas gehört, aber die von Steins waren ihm total unbekannt. Sie wirkte total verzweifelt. Das war schließlich der Grund gewesen, sie anzustellen. Ob sie eine tüchtige Arbeitskraft sein würde, bezweifelte er. Aber jeder

Mensch hatte eine oder auch eine zweite Chance verdient. Bei Mel wäre es dann wohl ... - na ja, nicht so wichtig. Wenn es nach ihm ginge, hätte sie alle Chancen der Welt verdient. Jetzt schmunzelte er. Das durfte er keinem sagen. Die würden ihn alle für verrückt erklären. Melanie hatte auf ihn zerbrechlich und völlig am Boden zerstört gewirkt. Vielleicht brauchte sie tatsächlich Hilfe. Er würde es herausfinden. Die sozialen Gene seiner Familie hatte wohl auch er in sich. Seine Mutter hätte in dieser Situation gleich gehandelt wie er, davon war er überzeugt. Sie hatte ihre Kinder dazu erzogen, Menschen, die in Not geraten waren, zu unterstützen, ihnen nach bestem Wissen und Gewissen zu helfen. Und Mel brauchte sichtlich Hilfe, aber zuerst vor allem eine Arbeit. Almosen würden sie demütigen. Die hätte sie nicht angenommen. So viel Menschkenntnis besaß er. Thomas schnaufte. Das Letzte, das er jetzt gebrauchen konnte, war eine Ablenkung durch eine Frau. Er musste sich auf sein Geschäft konzentrieren. Ein Tag Zeit blieb noch für die restlichen Vorbereitungen. Seine Eltern würden morgen Nachmittag eintreffen. Die halfen bei Bedarf auf jeden Fall, überlegte er. Den Kopf mit all den Dingen vollgestopft, die noch zu erledigen waren, fiel er in einen unruhigen Schlaf.

Fünf Uhr morgens. Der Wecker schrillte ohrenbetäubend. Mühsam öffnete Thomas die Augen. Mist – eine Mütze voll Schlaf hätte er wohl noch vertragen. Er schlug die Decke zurück, setzte beide Beine gleichzeitig auf den Boden und erhob sich. Einmal kräftig durchgestreckt, fühlte er sich gleich munterer. Die Dusche erledigte das Übrige. Thomas schaffte es, um sechs Uhr in seiner geliebten Küche zu stehen. Er schaltete das Licht an. Die Düfte von gestern lagen noch in der Luft. Rasch öffnete er das Fenster. Die Espressomaschine lieferte ihm den starken Kaffee, den er in der Früh so nötig hatte. Kaffeeduft strömte durch den Raum. Die Ruhe vor dem ersten Ansturm, bevor die anderen hier antanzten, liebte er. Die Zeit reichte noch aus, um alle Geräte auf ihre Funktionstüchtigkeit zu kontrollieren. Unliebsame Überraschungen hasste er. Schließlich überprüfte er noch die Lebensmittelbestände und ging seine Bestellliste durch, bevor er einen riesigen Topf auf den Herd stellte, ihn mit Wasser füllte und erhitzte. Eder und Lorenzo trudelten beide um sechs Uhr dreißig ein. Sie genehmigten sich einen Espresso, bevor sie ihre Zutaten zusammensuchten, die sie für die Zubereitung der Speisen benötigten. Punkt sieben Uhr waren schließlich alle anwesend. Thomas begrüßte sie, bedankte sich für ihre Pünktlichkeit und nahm die Aufgabeneinteilung vor. Das Küchenpersonal begab sich an ihre Arbeit. Die fünf Servicekräfte und Melanie, die etwas abseits stand, unschlüssig, wo sie jetzt dazugehörte, bat Thomas noch zu einem kurzen Gespräch. Er besprach mit ihnen den Aufbau des Buffets und wie die Tische gedeckt werden sollten. Schließlich verschwand er in der Küche.

„Pack`ma`s halt", meinte Jürgen, klatschte in die Hände und sah erwartungsvoll in die Runde.
„Ja, vom Herumstehen erledigt sich die Arbeit nicht", erwiderte Emma. Sie verteilte die Aufgaben. Die Männer bat sie, die Tische und die Anrichte für das Buffet aufzubauen. Die Mädels sollten Tischtücher holen, Servietten falten und Gläser und Besteck polieren. Mel stand noch immer unschlüssig herum. Unsicher.

„Und ich?" Ihre Frage kam zaghaft über ihre Lippen. So kannte sie sich selbst nicht. Früher trat sie anders auf. Bestimmt. Da war sie noch jemand gewesen. Jemand, dem nicht widersprochen wurde, da man das Geld sah, dass dieser Jemand zahlen würde. Jetzt war von dieser Person nichts mehr übriggeblieben.

Emma sah sie an. „Was kannst du?"

„Alles, wenn man es mir zeigt!" Trotzig reckte Mel ihre schlanke Nase in die Höhe.

„Komm mit!" Emma huschte voraus. Mel hatte Mühe ihr zu folgen. Vor dem Gläserschrank blieben sie stehen.

„Hier, alle Gläser durchwaschen und dann glänzend polieren. Damit dürftest du den ganzen Tag beschäftigt sein und uns nicht im Weg herumstehen." Ihr Blick zeigte Mel deutlich, was sie von ihr hielt. Dann rauschte Emma fort. Verzweifelt starrte Mel auf die Menge Gläser. Na bravo. Die sollte sie mit der Hand waschen oder doch mit dem Spüler. Sie hatte sich nicht zu fragen getraut.

„Brauchst du Hilfe?", hörte sie eine Männerstimme hinter ihr. Kevin stand breitbeinig da. Sie nickte.

„Kennst du dich mit dem Spüler aus?"

„Ist keine Kunst." Gemeinsam stellten sie einige Gläser in den Korb. Kevin zeigte ihr, wie die Maschine zu bedienen war. „In fünf Minuten ist der erste Gang fertig. Du lässt die Gläser etwas abtropfen und kannst sie dann mit einem Geschirrtuch polieren. Soll ich dir das auch zeigen?"

„Nein, nein. Danke." Mel lächelte ihn an. Froh darüber, nicht von allen total ignoriert zu werden. Dass es nicht leicht werden würde, hatte sie geahnt, aber nie hätte sie vermutet, wie abweisend Menschen sein konnten. Sie machte sich an die Arbeit. Gleich zu Beginn zerbrachen zwei Gläser. Sie hatte beim Polieren zu fest angedrückt. Den Tränen nahe, hob sie die Scherben auf. Ungeschickt wie sie sich dabei anstellte, war es kein Wunder, dass sie sich schnitt. Blut rann über ihre Hand. Schnell drehte sie den Wasserhahn auf und hielt die Hand darunter.

„Ohweiha, hast di geschnitten?", fragte Agnes. Sie war soeben in den Raum gekommen. Sie umwickelte den verletzten Finger mit einer Küchenrolle. „Komm mit, da muss a Pflasta drauf."

Mel wollte protestieren.

„Nix da, so kannst net weiterarbeiten." Agnes zog Mel mit sich in die Küche. „Chef gibt's an Verbandskasten? Wir brauchen a Pflasta", schrie Agnes durch die Küche. Mel zuckte zusammen. Toll, jetzt wusste jeder, wie ungeschickt sie war. Am liebsten wäre sie im Erdboden versunken. Leider tat sich kein Loch auf, wenn man einmal eines brauchte. Thomas eilte zu ihr, besah sich die Verletzung und holte aus dem Verbandskasten, den es in der Küche gab, ein Hansaplast. Er legte es ihr behutsam auf die Wunde.

„Geht es wieder?", fragte er besorgt. Ihr bleiches Gesicht erschreckte ihn.

„Ja, danke, natürlich. Entschuldigung für die Unannehmlichkeiten." Mel stotterte. Verlegen lief sie aus der Küche. Agnes zwinkerte Thomas zu und folgte ihr.

„Komm Mädel, ich helf dir", bot Agnes an und gemeinsam machten sie sich wieder über die Gläser her. Mel passte auf, nicht noch ein Glas zu zerbrechen. Ihr Finger pochte wild. Sie verbiss den Schmerz. Agnes lenkte sie zusätzlich ab. Sie plauderte in einem fort. Erzählte, von Melanies Mutter, Gott habe sie selig, die sie gekannt hatte. Ja sogar mit ihr in die Schule war sie gegangen.

„War eine schöne Frau, deine Mutter. Und ein guter Mensch. Da hat es keine Skandale gegeben." Agnes nickte zur Bestätigung heftig mit dem Kopf. „Ist schade, dass du sie nicht kennenlernen durftest. Dann wäre das Leben für dich besser verlaufen. Glaub mir. Jedes Kind braucht seine Mutter." Sie klopfte Mel mitfühlend auf den Arm. „Wenn du Hilfe brauchst, kommst zu mir. Keine Sorge, ich tratsch es auch nicht weiter."

Mel drehte sich zur älteren Frau. Sie war einen ganzen Kopf kleiner als sie. Doch bei der Arbeit war sie sicher dreimal schneller. Während Mel ein Glas polierte, erledigte Agnes drei. Jetzt lächelte sie Mel freundlich an. Durfte sie ihr vertrauen, fragte sich Mel. Zu vielen Menschen hatte sie vertraut und wurde nur schlimm enttäuscht. Sie, das Mädchen aus dem reichen Haus, hatte nie und nirgends dazugehört. Ihre tollen Freundinnen hatten sich verabschiedet, als sie von zu Hause verbannt wurde und taten jetzt so, als kannten sie sie nicht. Im Ausmaß, wie ihre Probleme wuchsen, hatte sich die Freundesschar verkleinert. Toll. Es gab eine Zeit, da wurden für sie die Gläser poliert. Jetzt stand sie hier und musste es selbst tun. Agnes lächelte sie noch immer an.

„Ich weiß nicht, ob ich das durchstehe", flüsterte Mel. „Aber ich werde es versuchen."

„Das ist die richtige Einstellung, Mädel. Wirst sehen, es kommen wieder bessere Zeiten."

„Ach, Agnes, da bist du", lenkte die Stimme von Emma sie ab. „Die Tische benötigen eine Spezialpflege, bevor wir die frischen Tischtücher drauflegen. Könntest du das erledigen.?"

„Ja, ja. Mach ich sofort." Agnes blinzelte Mel zu. „Das schaffst du jetzt auch alleine. Bist eine tapfere Frau."

Mel blickte ihr nach. Seit langer, langer Zeit, hatte ihr jemand nette Worte gesagt. Sie wusste gar nicht, wann dies das letzte Mal geschehen war. War es überhaupt schon einmal geschehen? Ja, aber äußerst selten, von einem ihrer Kindermädchen, bevor sie pensioniert wurde. Ihr Vater dagegen hatte sie nie gelobt oder ermutigt. Von ihren Stiefmüttern kannte sie so etwas auch nicht. Nein. Sie erinnerte sich vor allem an die vielen Schimpftiraden, die sie erhalten hatte. Nie hatte sie es jemanden recht tun können. Allen war sie eigentlich immer nur eine Last gewesen. Melanie schüttelte sich. Es half nicht. Zeit, sich wieder auf die Arbeit zu konzentrieren. Arbeiten, um Geld zu verdienen, ein ganz neuer Zustand, an den sie sich erst gewöhnen musste. Also polierte sie weiter Gläser. Ihre Hände und Füße schmerzten, der Rücken glühte. Sie war diese Anstrengung nicht gewohnt. Ignorierte sie. Um sie herum herrschte reges Treiben. Lachen und fröhliches Geschnatter drang an ihre Ohren. Die anderen hatten trotz der anstrengenden Arbeit ihren Spaß. Melanie beneidete sie darum. Sie gehörte nicht dazu …

Rauch qualmte aus den Töpfen. Der Dunstabzug ratterte. Das gleichmäßige Dock Dock Dock des Messers, das die Küchenkräuter zerkleinerte, drang aus der hinteren Ecke der Großküche. Der Duft ihrer ätherischen Öle breitete sich aus. Dazu mischte sich ein permanentes Klopfen. Schnitzelfleisch wurde panierfertig vorbereitet.

„Wie lange brauchst du denn noch für die Kräutermischung", hallte die Stimme von Lorenzo durch den Raum.

„Hab es ja gleich", hallte es zurück. Die Fischer-Franzi, wie die Küchengehilfin von allen genannt wurde, strich sich den Schweiß aus der Stirn. Die Klinge des Messers fiel abermals im selben Rhythmus auf den grünen Haufen vor ihr auf dem Küchenbrett.

„Kommst endlich? Ich brauch die Kräuter!" Die laute Stimme von Lorenzo schrillte in ihrem Ohr.

„Ja, ja!" Sie fasste das Küchenbrett und lief zu ihm.

„Zerkleinern! Zerkleinern hab ich gesagt, Himmel, nicht zermatschen!" Lorenzo funkelte sie aus roten Augen an. Die gehackte Zwiebel schmorte in der Pfanne vor ihm. Er riss ihr das Brett aus der Hand und kippte die Kräutermasse zur Zwiebel.

„Franzi, ich brauch dringend die geschnittenen Zwiebeln und das geputzte Gemüse", schrie Eder aus der anderen Ecke. „Flott, flott. Flirten kannst du nach der Arbeit und Schlafen im Bett. Spute dich endlich!"

„Hab nur zwei Hände. Wenn ich euch zu langsam bin, müsst ihr halt noch jemanden anstellen!" Franzi fuchtelte mit dem Küchenbrett herum, das sie von Lorenzo wieder in die Hände gedrückt bekommen hatte. Sie lief zurück zu ihrem Platz, wo sie die Zwiebeln zu schälen begann. Eder baute sich vor ihr auf.

„Wird das heute noch was? Oder?"

„Mpf!"

„Schau her Franzi, ich zeig es dir noch einmal, wie es schneller geht." Er entwendete ihr das scharfe Messer und ruckzuck war die Zwiebel die Schale los. Ratzfatz zerkleinerte er sie. „Es reicht, wenn du sie in grobe Stücke zerteilst", erklärte er Franzi und gab ihr das Messer zurück. In der Zwischenzeit reinigte er die Champignons, den Brokkoli, die Karotten und die Melanzani. Franzi kam mit dem Schauen nicht nach. Eder gab alle Zutaten in eine Schüssel und hetzte zu seinem Arbeitsfeld zurück. Er schob die Pfanne mit Öl auf die heiße Platte und kurz darauf ertönten brutzelnde Geräusche, als er das Gemüse dazugab.

Thomas, vertieft in das Zubereiten der Fingerfood-Vorspeise, bekam von all dem nichts mit. In winzige Gefäße, ähnlich Einmachgläsern, füllte er Kürbiscremesuppe und verschloss die Gläser mit den dazugehörigen Deckeln. Morgen, kurz bevor sie am Buffet aufgestellt wurden, würde er sie ins Rohr schieben und erwärmen. Anschließend kamen angeröstete und zerkleinerte Kürbiskerne darüber gestreut. Eine Aushilfskraft unterstützte ihn dabei. Jeder Handgriff saß. Flink portionierte er Glas für Glas. Auf der Liste, mit den Gerichten, die vorbereitet werden mussten, konnte er wieder eines abhaken. Lorenzo stellte sich neben ihn.

„Die Anti Pasti sind auch fertig."

Thomas setzte einen Haken daneben. Er grinste seinen Freund an.

„Was steht bei dir jetzt an?"

„Thunfischpasta."

„Nach dem Rezept deiner Mama?" Thomas schwärmender Tonfall war nicht zu überhören.

„Si, si!" Lorenzo klopfte Thomas auf die Schulter, zwinkerte ihm zu und lief in die Vorratskammer. Thomas folgte ihm. Auch er benötigte einige neue Zutaten. Bei ihm stand eine Paella am Programm. Sein Motto, internationale

Gerichte und Speisen zu servieren, würde er am Eröffnungstag präsentieren. Und da mussten aus allen Herren Ländern Nationalgerichte aufgetischt werden. Zwei weitere Küchenhelfer schälten kiloweise Kartoffeln. Zwei andere schnitten Schnitzelfleisch in kleine Stücke und panierten sie anschließend. So viele Leute werkten in Zukunft nicht in der Küche. Aber Thomas hatte auf Eders Rat zusätzlich Personal angestellt, für diesen einen Tag vor der Eröffnung. Thomas wunderte sich selbst, dass so viele Menschen hier drinnen Platz fanden und sich nicht gegenseitig auf die Füße stiegen. Er liebte das Treiben in einer Großküche. Das hier war ihm allerdings nicht mehr angenehm. Er sehnte den Abend herbei. Für die meisten hieß das Dienstschluss.

Eder wirbelte durch die Küche, hielt die Augen offen, erklärte, zeigte und schalt, so wie er es all die Jahrzehnte praktiziert hatte. Thomas bewunderte ihn für seine Ausdauer und seinen Esprit. Die Zeit, weiter darüber nachzudenken, fehlte. Er machte sich wieder an die Arbeit. Gegen zwanzig Uhr fand er sich mit Lorenzo, Eder und der Franzi, sowie dem Abwäscher Milan, alleine in der Küche. Milan schnaufte und wischte sich das Gesicht mit einem Tuch ab.

„Habt ihr noch Geschirr zum Spülen?" Seine Stimme klang müde. Den ganzen Tag hatte er schwere Töpfe geschleppt, diese geschrubbt und gesäubert. Teller und Schüsseln gewaschen. Besteck und Messer gereinigt.

„Nein, Milan, danke, ich habe nichts mehr", meinte Thomas. „Du kannst für heute Schluss machen. Sollte noch etwas anfallen, wasche ich es selbst. Ruh dich aus, damit du morgen wieder fit bist."

Milan sah in die Runde. „Und ihr?"

„Ich geh nach Hause", sagte Franzi bestimmt. „Mir reichst."

„Ihr wart tüchtig. Macht Feierabend und morgen bitte um sechs Uhr Dienstbeginn." Thomas war tatsächlich mit der Leistung seiner Angestellten mehr als zufrieden. „Wenn dieser Eröffnungsrummel vorbei ist, gibt es eine extra Belohnung."

„Und ihr, geht ihr auch?", wandte sich Milan nun an die drei Köche.

„Also ich widme mich jetzt den Desserts", meinte Thomas.

„Ich auch", sagte Eder.

„Dito", murmelte Lorenzo.

Thomas setzte sich als erster in Bewegung, die beiden anderen folgten.

„Also ich brauch jetzt ein Bier", brummte Eder hintendrein. Er bog Richtung Bar ab.

„Bring für uns auch eines mit", rief ihm Thomas hinterher. Ein Blick ins Restaurant zeigte ihm, dass die Bediensteten dort ebenso ganze Arbeit geleistet hatten. Alles war festlich gedeckt und wirkte einladend. Jetzt erst fiel ihm wieder ein, dass ja seine Eltern heute kommen hatten wollen. Ein Blick auf die Uhr zeigte ihm, dass sie schon lange hier sein mussten. Er holte sein Handy und wählte die Nummer seiner Mutter. Nach kurzem Läuten hob sie ab.

„Hallo, Junge. Na noch immer im Stress?"

„Hi, Mama. Ja ein wenig. Sag, wo seid ihr?"

„Bei der Konkurrenz. Beim Dorfwirt. Wir essen eben zu Abend. Wenn wir fertig sind, kommen wir rüber in dein Lokal. So gegen fünf haben wir mal reingeschaut. Aber da hast du uns bei all dem Lärm und Tumult gar nicht bemerkt.

Wir wollten dich nicht stören. Das nette Mädchen an der Bar hat uns mit Getränken versorgt, bevor wir uns entschlossen haben, noch eine Runde spazieren zu gehen."

„Wo schlaft ihr. Ich dachte, ihr kommt zu mir?"

„Lass nur. Wir haben uns in einer netten kleinen Pension eingemietet. Wir bleiben ein paar Tage und wenn du morgen nach der Eröffnung Zeit hast, kannst du uns gerne zu dir mitnehmen."

Thomas schnaufte. „Tut mir leid Mama. Aber ich mache es wieder gut."

„Es gibt nichts gut zu machen. Wir hätten ja unsere Hilfe angeboten. Aber da waren so viele Leute am Tun, dass wir nur im Weg herumgestanden wären. Mach's gut Junge, bis morgen." Klara legte auf.

Kapitel 3

… Vier Stunden Schlaf, einmal Wecker-Dauerläuten und zwei doppelte Espresso später war der Tag der Eröffnung. Das Superereignis, auf das Thomas die letzten Wochen hingearbeitet hatte. Bis Mitternacht hatten sie noch Desserts zubereitet, Cremen gerührt und Kuchen gebacken, bis ein Uhr morgens wurde die Küche poliert und Geschirr gewaschen. Mit dem Einschlafen kämpfte er bis gegen zwei Uhr morgens und nun, punkt sechs Uhr stand er wieder in seiner geliebten Küche. Das Personal trudelte ein. Pünktlich und zuverlässig. Thomas freute es. Seine Augen waren vor lauter Müdigkeit zu Schlitzen geschwollen. Auch alle anderen schienen nicht wesentlich munterer zu sein.

Bevor Thomas die Arbeitseinteilung anging, holten sich alle Espresso. Der musste einfach zu so früher Morgenstunde sein. Kurz sprach er sich mit Emma, der Restaurantleiterin, ab, damit diese die Anweisungen und Einteilungen vornehmen konnte. Thomas verschwand anschießend in die Küche. Dort wurde bereits heftig diskutiert. Eder und Lorenzo waren unterschiedlicher Meinung, was das Anrichten der Vorspeisen anging. Thomas gesellte sich zu ihnen, hörte zu, schüttelte den Kopf und drehte sich um. Er steuerte die Vorratskammer an.

„Was?", rief ihm Lorenzo hinterher.

Thomas ignorierte ihn.

„Komm schon! Dir passt doch etwas nicht!"

„Ja allerdings", schnaufte Thomas, als er wieder aus der Vorratskammer kam. „Streiten könnt ihr woanders, nicht in meiner Küche. Außerdem ist alles bereits eingeteilt. Ihr braucht also nur mehr an eure Arbeit zu gehen. Die restlichen Vorspeisen müssen noch zubereitet werden. Lorenzo, du bist für den Nudelsalat verantwortlich, war gestern doch schon besprochen. Und Friedrich", wandte er sich an Eder, „du hast dich für die blanchierten Eier zuständig erklärt." Thomas grinste seinen ehemaligen Chef breit an.

„Du kannst auch jetzt noch ein paar hinter deine Löffel bekommen, wenn du frech wirst. Spielt keine Rolle, dass wir die Rollen getauscht haben." Eder baute sich vor Thomas auf. Beide verfielen in lautes Lachen, klopften sich gegenseitig auf die Schultern.

„Der Junge ist noch grün hinter den Ohren und meint den Chef herauskehren zu müssen", meckerte Eder weiter. Er begab sich an seine Herdseite. „Franzi? Wo sind die Eier?"

„In der Vorratskammer!"

„Du solltest sie mir schon lange gebracht haben!"

„Musst sie selbst holen! Bin gerade beschäftigt", kam der Protest aus der hinteren Ecke.

„Chef!" Eder schrie quer durch den Raum, „wir brauchen eine neue Küchengehilfin. Die Franzi kannst du feuern, die redet zurück und ignoriert Befehle."

Derweil lief Thomas zu Eder, stellte zwei Packungen Eier auf die Arbeitsplatte.

„Hier, weil du es bist. Lass die Franzi ihre Arbeit machen, sie ist nicht deine Zubringerin."

„Zu meiner Zeit war das anders. Aber hier kann ja jeder machen was er will", meckerte Eder weiter.

„Oh je, da ist aber einer mit zwei linken Füßen aufgestanden. Brauchst ein Bier?" Lorenzo konnte seine Zunge nicht im Zaum halten. Die gesamte weitere Zeit, die die drei in der Küche verbrachten, flogen die Neckereien,

Hänseleien und Nörgeleien durch die Luft. Eine profane Art, sich wach zu halten. Die Nerven lagen zusätzlich blank. Für sämtliche Gerichte wurde viel Geld, Zeit und Personalkosten investiert. Wenn das Essen nicht mundete, wäre es mit dem Restaurant gelaufen. Ein gutes Restaurant starb oder lebte mit seiner Küche. Mundete das Essen den Besuchern, gab es eine positive Mundpropaganda, würde auch das Geschäft laufen. Dann mussten sie nur die Qualität halten. Bekamen sie jedoch bereits heute, am ersten Tag negative Kritik, konnten sie sofort wieder schließen. Das wünschte sich keiner. Allein der Gedanke daran, ließ Thomas übel werden. Der Countdown lief. Jetzt war es neun Uhr. Punkt zehn Uhr schlossen sie auf. Der Pfarrer würde um zehn Uhr dreißig die Segnung abhalten. Anschließend gab es die Eröffnungsrede vom Bürgermeister. Danach sollte Thomas das Buffet für eröffnet erklären. Er wischte sich den Schweiß vom Gesicht.

„Du siehst ziemlich geschafft aus", stellte eine ihm bekannte Stimme fest. Er drehte sich um. Sein Vater lächelte ihn besorgt an.

„Sag uns, was wir erledigen können?" Seine Mutter trat in die Küche. „Soweit ich gesehen habe, ist noch einiges an Speisen hinauszutragen. Emma sagt, dass ich gleich die Schüsseln mit den Salaten bringen kann."

„Die sind da drinnen", Thomas zeigte auf die Kammer.

„Gut. Ich denke, es wäre nicht verkehrt, wenn ihr drei kurz pausieren würdet", meinte Klara. Die müden Gesichter der drei Köche sprachen Bände.

„Ja, machen wir. Umziehen ist auch erforderlich", bestätigte Thomas, als er an sich hinunterblickte und auf seiner weiß-schwarz karierten Kochjacke der Menüplan zu erraten war. „Kommt, wir gönnen uns fünfzehn Minuten." Eder und Lorenzo nickten und gemeinsam verzogen sie sich in den Gemeinschaftsraum.

„Kannst du tollpatschiges Ding denn nicht aufpassen?" Pia brüllte Melanie aus voller Kehle an. Rote Beerengrütze leuchtete an ihrem prallen Busen und zeichnete einen riesigen Farbklecks auf ihrer weißen Bluse ab. Melanie eilte gerade zum Buffet, um die letzte Schüssel der Beerensoße auf ihren Platz zu stellen. Unglücklicherweise rauschte im selben Moment Pia aus der anderen Richtung an. Die Kollision war nicht zu vermeiden. Melanie hätte fast vor Schreck die Schüssel fallen lassen. Durch den Aufprall schwappte jedoch etwas vom Inhalt in Richtung Pia über.

„Es tut mir leid", entschuldigte sich Mel leise. „Das wollte ich nicht. Ich mach es wieder gut."

„Wie denn?" Pia war außer sich.

Emma lief zu den beiden, um den Schaden zu begutachten. „Hast du eine zweite Bluse, Pia?"

„Mhm, aber nicht hier."

„Ok, lauf rüber zur Boutique, kauf dir eine und bring die Rechnung mit. Ich denke Melanie wird diese gerne übernehmen." Der Ton duldete keine Widerrede.

Pias Gesicht weitete sich und ohne weiter zu überlegen, lief sie aus dem Restaurant.

Mel stellte die Schüssel endlich auf den Platz, wo sie hingehörte. Sie zitterte. Die Beine drohten ihr zu versagen. Na toll, wie sollte sie diese Bluse finanzieren können. Sie besaß keinen Cent. Dass sie jemals in eine so beschissene Situation kommen würde, hätte sie nie im Leben gedacht.

„Was ist hier los? Wo ist Pia hingelaufen?" Thomas hatte die lauten Schreie gehört und war sofort herbeigeeilt. Mel zog den Kopf ein. Auch Eder gesellte sich zu ihnen.

Emma berichtete in Kürze den Vorfall. „Ich hab Pia losgeschickt, damit sie sich eine neue Bluse kauft, die ihr die liebe Mel bezahlen wird. Strafe muss sein. Wie kann man nur ohne Augen im Kopf herumlaufen." Sie funkelte die Genannte böse an.

Mel stand mit gesenktem Kopf daneben. Was hätte es gebracht, wenn sie erklärt hätte, dass eigentlich Pia in sie hineingelaufen ist und nicht umgekehrt. Ihr hätte hier niemand geglaubt. Also schwieg sie. Irgendwie würde sie das Geld schon auftreiben.

„Es reicht, wenn Mel die Reinigung bezahlt. Eine neue Bluse zu sponsern finde ich reichlich übertrieben", meinte Thomas.

Emma lief rot an. „War bei uns immer so üblich, dass diejenige, die den Schaden macht, dafür aufkommt und in diesem Fall heißt das eben, eine neue Bluse zu bezahlen. Diese rote Grütze geht weder beim Reinigen noch beim Waschen raus. Das Teil ist zum Wegwerfen." Sie hatte nicht damit gerechnet, dass der Chef ihre Anweisung unterwandern würde. Schließlich war sie doch einige Jährchen älter als dieser Grünschnabel. „Sie sind in der Küche der Chef und ich bin es im Restaurant", schnauzte sie Thomas an. Eder wollte gerade etwas sagen, als ihm Thomas zu verstehen gab, dass dies hier seine Angelegenheit war.

„Meine liebe Emma, Frau Smolnik, Sie übersehen eine Kleinigkeit. Ich bin nicht nur der Chef in der Küche, sondern ich bin auch Ihr Chef und der Chef im gesamten

Lokal. Sie sind angestellt. Wenn es in Zukunft wieder Probleme geben sollte, werden Sie mich informieren und ich werde entscheiden, was geschieht. Ein roter Fleck auf einem Kleidungsstück rechtfertigt eine derartige Sanktion noch lange nicht. Wir sind doch nicht mehr im Mittelalter. Außerdem kann in unserem Job allemal was passieren. Ich weiß schon, dass die Nerven bei allen blank liegen. Darum bitte ich euch, zusammenzuhalten, euch gegenseitig zu unterstützen und nicht die Fehler beim anderen zu suchen."
Im Raum hätte man eine Stecknadel fallen hören können. Alle schwiegen und sahen betreten zu Boden. Wenn Thomas eines in all den vergangenen Jahren gelernt hatte, war es das Ruder niemals aus der Hand zu geben. Er beherrschte es sehr gut, ohne herumzubrüllen, zu zeigen, wer der Boss war. Das gesamte Geschehen rund um ihn, behielt er im Auge. Dass Mel von den drei Kellnerinnen die letzten beiden Tage gemieden wurde, die lästigen Aufgaben zugeteilt bekam, dass sie ständig kritisiert wurde, war ihm trotz der vielen Arbeit und Anstrengungen nicht entgangen. Pia stürmte frisch gekleidet ins Lokal.

„Na, die sieht doch toll aus? Oder?". Abrupt stoppte sie, als sie die anderen sah. Thomas winkte sie zu sich.

„Kommen Sie her, Pia. Geben Sie mir die Rechnung." Er hielt ihr die Hand entgegen.

Sie schluckte und zögerte. Ein Blick zu Emma ließ sie sofort vermuten, dass es Stunk gegeben hatte. Pia reichte ihm die Rechnung, die sie die ganze Zeit in der Hand gehalten hatte.

Thomas sah auf den Rechnungsbetrag, dann auf Pia, wieder auf den Rechnungsbetrag. „Da haben Sie sich ja ein sehr wertvolles Stück ausgesucht. Alle Achtung. Wenn schon, denn schon, oder? Sagen Sie mir doch, was hat denn die alte Bluse gekostet?"

Pia sah ihn verwundert an. „Warum? Das weiß ich doch jetzt nicht mehr!"

„Haben Sie die auch in der teuersten Boutique im Ort erstanden?" Thomas' Frage ertönte im Raum. Ansonsten war es totenstill. Keiner wagte etwas zu sagen. Er sah Pia eindringlich an. „Also? Ich warte."

Pia lief puterrot an. Langsam schüttelte sie den Kopf.

„Gut, also Sie haben sie nicht nebenan erstanden, sondern?" Thomas konnte sehr hartnäckig sein, wenn es darauf ankam. Er behielt die Ruhe, obwohl in ein paar Minuten die ersten Gäste kommen würden. Es ärgerte ihn fürchterlich, wenn jemand übervorteilt werden sollte. Wenn jemandes Situation für seinen eigenen Vorteil ausgenutzt werden sollte.

„Im Versandhandel", flüsterte Pia.

„Kostenpunkt!"

„Ich glaube vierzig Euro, im Angebot", nuschelte sie.

Thomas hielt die Rechnung für alle sichtbar hoch. „Dieses Stück, das unsere liebe Pia jetzt trägt, obwohl es sie wirklich sensationell kleidet, kostet, man staune, hundertneunundzwanzig Euro und neunundneunzig Cent." Mel schlug sich die Hand auf den Mund. Wie soll ich das denn bezahlen, dachte sie. Sie war den Tränen nahe.

„Sie bekommen von mir als Entschädigung fünfzig Euro", hörte sie Thomas an Pia gewandt, sagen. „Den Rest zahlen Sie selbst, oder Sie tauschen die Bluse um. So, und nun bitte alle fertigmachen. Der Countdown läuft. Die ersten Gäste werden bald hier sein." Er drehte sich um und ging zu seinen Eltern, die etwas abseitsstehend, die Szene verfolgt hatten.

„Wow, das war bühnenreif, mein Sohn", meinte sein Vater respektvoll.

Thomas wollte etwas erwidern, als Mel sich räusperte.

„Entschuldigung, darf ich Sie ganz kurz sprechen? Es dauert nur einen Augenblick." Sie blickte in die Runde.

„Bitte, nur zu", meinte Thomas. „Das sind meine Eltern, die dürfen gerne mithören. Also?"

„Danke! Ich wollte mich nur bedanken. Sobald ich das Geld habe, werde ich es Ihnen zurückzahlen. Sie können es mir aber auch vom Lohn abziehen." Noch bevor Thomas etwas erwidern hätte können, drehte Mel sich um und lief zur Theke, wo sie heute eingeteilt war. Die Tür flog auf und Jenny und Anika in Begleitung ihrer Ehemänner stürmten herein. Jetzt war keine Zeit mehr, sich Gedanken über diese Geschehnisse und über Mel zu machen. Innerhalb von wenigen Augenblicken fand er sich in den stürmischen Umarmungen seiner Schwestern wieder.

„Hallo, Lieblingsbruder. Alles Gute und viel Glück für dein Restaurant", trällerte Jenny. Die anderen schlossen sich den Glückwünschen an.

„Danke, danke. Es ist schön, dass ihr es doch noch rechtzeitig geschafft habt", meinte Thomas. „Ich habe schon befürchtet, ihr verschmäht mein Essen."

„Nein, nein, die Freude machen wir dir nicht. Wir haben extra die letzten Tage gefastet, damit wir heute ausgiebig zulangen können." Anika grinste ihn spitzbübisch an, wobei sie essen konnte, was sie wollte, ohne dass es sich auf ihren Hüften niederschlug. Bei Jenny sah das schon ein wenig anders aus. Sie focht einen steten Kampf mit ihrer Figur aus. Thomas freute es, seine Familie um sich zu haben. Sie gaben ihm Kraft, wie er jetzt in diesem Augenblick bemerkte. Den

Stolz in den Augen seiner Eltern lesen zu können, die Anerkennung zu sehen, die von seinen Schwestern, aber auch von seinen beiden Schwägern ausging, bescherte ihm eine Portion Stolz. Weitere Gäste fanden sich ein. Der Raum füllte sich mit einer Menschenschar, aus den verschiedensten Gesellschaftsschichten. Geladene Gäste, Prominente, Reiche, Ortspolitiker und sogar einige Hoteliers. Die meisten der Anwesenden waren Thomas unbekannt. Er hatte noch keine Zeit gefunden, sich im Ort vorzustellen. An manche Personen erinnerte er sich aus seiner Lehrzeit. Nur damals wurde ihm im Gegenzug von den Reichen und Selbständigen des Ortes kein Interesse entgegengebracht. Heute schien das anders zu sein. Die nächsten Stunden zogen an Thomas wie in Trance vorbei. Im Nachhinein wusste er nicht, wie viele Hände er geschüttelt, wie viele Personen ihm gratuliert hatten, von den vielen Lobeshymnen ganz zu schweigen. Von Seiten seiner Angestellten bemerkte er keine Querelen mehr, zumindest nicht im Moment. Dazu fanden sie keine Zeit. In einer ruhigen Minute stellte sich Eder zu ihm und klopfte ihm freundschaftlich auf die Schulter.

„Das heute ist ein voller Erfolg. Du kannst stolz auf dich sein. Und wie du vorhin diesen Biestern gezeigt hast, wer hier das Sagen hat, war beachtlich. Da könnte sogar ich noch etwas lernen", lobte ihn Eder. Sein alter Meister lächelte ihn respektvoll an.

„Danke. Im ersten Moment hätte ich sowohl Emma als auch dieser Pia am liebsten eine langen wollen. So ein Theater aufzuführen wegen eines Unglücks und eines banalen Flecks. Geht die doch tatsächlich und kauft sich so ein teures Stück als Arbeitskleidung! Ich wollte dich sowieso schon fragen, was es mit Melanie auf sich hat, dass ihr sie alle so herablassend behandelt?"

„Also, wirklich", empörte sich Eder, „ich behandle sie doch ganz normal."

„Wenn du meinst." Thomas zog die Augenbrauen nach oben.

„Ja, gut. Melanie ist die Tochter aus reichem Hause. Sie lebte wie Gott in Frankreich, bis sie den falschen Mann geheiratet hat. Seitdem geht es mit ihr bergab. Sogar ihr Vater, hast es ja selbst gehört, hat sie enterbt. Früher hat sie mit dem Geld herumgeschmissen, als sei es einfaches Papier. Und eines kannst du mir glauben. Die Boutique nebenan hat sicher nicht zu ihren bevorzugten Einkaufsstationen gehört. Ihre Garderobe kam von Designern und hat sicherlich das dreifache, wenn nicht mehr gekostet."

„Geld zu haben, ist kein Vergehen. Hat sie damals die Menschen schlecht behandelt?", wollte Thomas wissen.

„Das weiß ich nicht. Kann ich dir nicht sagen. Zu Ohren gekommen ist mir jedenfalls nichts."

„Aber ihr behandelt sie, wie den letzten Dreck! Warum?"

Eder zuckte mit der Schulter. „Vielleicht ist es Neid, wegen ihrer Herkunft. Und jetzt hat sie weniger als unsereins. Ist doch irgendwie komisch oder? Wer weiß, was sie angestellt hat, wenn selbst ihr Vater sie so behandelt?"

An dieser Stelle mussten sie ihr Gespräch abbrechen, da sich der Pfarrer und der Bürgermeister zu ihnen gesellten. An diesem ersten Abend nahm Thomas bereits Vorreservierungen für verschiedene Feiern entgegen. Taufe, Hochzeit, Geburtstagsfeier und noch einiges anderes.

„Das Essen hat wunderbar gemundet. So eine ausgezeichnete Küche habe ich noch nie erleben dürfen", flötete die Frau des Bürgermeisters zu Thomas. Sie hatte sich bei ihm eingehakt und nahm ihn völlig in Beschlag. Er lächelte sie freundlich an. Suchte aus dem Augenwinkel nach seiner Mutter und steuerte mit der guten Frau Bürgermeister an seinem Arm zu ihr.

„Mama, darf ich dir die Frau unseres Bürgermeisters vorstellen." Geschickt entwand er sich der Dame und entschuldigte sich. Seine Mutter würde ihm dafür später die Ohren langziehen. Das war ihm in diesem Augenblick herzlich egal. Er kontrollierte, ob noch Speisen aufgefüllt werden mussten. Lorenzo und Eder hatten alles im Griff. Das Servicepersonal funktionierte ausgezeichnet. Zufrieden und überglücklich ließ er den Blick über die vielen Menschen gleiten, die heute bei der Eröffnung gekommen waren. Er lehnte an der Bar. Etwas abseits vom Geschehen. Er bemerkte, wie ihn die Müdigkeit überkam. Jetzt musste er noch durchhalten.

„Darf ich Ihnen etwas zu trinken geben?" Mels Stimme holte ihn aus seinen Gedanken.

„Ja, einen starken doppelten Espresso, schwarz", bestellte er.

Kurz darauf stellte sie ihm das Getränk auf den Tresen. „Wie kommen Sie hier zurecht?" Ihm hatte bis dato die Zeit gefehlt, mit ihr ins Gespräch zu kommen.

„Oh, na ja. Ich lerne und versuche alles richtig zu machen. Ist für mich total neu."

„Wenn Sie sich ungerecht behandelt fühlen, kommen Sie zu mir. Sie müssen sich nicht alles gefallen lassen. Das

Gastgewerbe ist eine harte Branche und die Leute sind ob des Stresses oft ungehobelt und ungerecht."

„Danke. Aber auch das muss ich erst lernen. Bis jetzt habe ich nur bestellt. Nun lerne ich, es selbst zu machen." Mel blickte ihn unsicher an. Sie konnte seine Freundlichkeit nicht einschätzen. Als sich Lorenzo zu ihm gesellte, entschuldigte sie sich und huschte auf die Toilette. Lange hätte sie den Blasendrang nicht mehr zurückhalten können. Gerade als sie sich die Hände wusch, betraten Pia und Luise die Damentoilette.

„Ja wen haben wir denn da?" Pia stellte sich provokant vor Mel hin. Luise blieb dahinterstehen. „Du kleines falsches Luder lässt schön deine dreckigen Finger vom Chef! Hast du mich verstanden?" Pia beugte sich ob ihrer Größe zu Mel hinunter und stupste sie mit dem Zeigefinger in den Brustkorb. Mel trat einen Schritt zurück und klebte mit dem Rücken am Waschbeckenrand. „Der gehört mir! Und das mit der Bluse ist noch nicht ausgestanden! Da kann ich mir einmal im Leben so ein geiles Teil kaufen und dann mischt der sich in unsere Geschäfte ein. Baha! Du kommst aus reichem Haus und nimmst unsereins den Arbeitsplatz weg und dann schmeißt du dich auch noch an den Boss ran. So nicht!" Pia bebte.

„Aber ich habe kein Geld. Das weißt du doch!" Mel flüsterte.

„Ist mir doch egal. Musst halt deinen hochlöblichen Vater anschnorren. Das ist wohl das mindeste. Mir kannst du nichts vormachen, von wegen ..." Pia verstummte sofort, als eine Frau die Toilette betrat. Sie lächelte sie an, begann ihre Hände zu waschen. Diesen Augenblick nutzte Mel aus und schlüpfte aus dem Raum. Angstschweiß rann ihr den

Rücken hinab. Sie hatte Pia nichts getan. Kannte sie nicht einmal aus früheren Zeiten. Die offensichtliche Abneigung verwirrte sie und stimmte sie traurig. An der Bar war sie sicher. Sie hatte den restlichen Abend alle Hände voll zu tun, die bestellten Getränke auszugeben, die die Kellner servierten. Nebenbei versuchte sie, sofern es die Zeit erlaubte, die schmutzigen Gläser zu reinigen. Trotz der Anstrengung bemerkte sie, dass ihr die Arbeit Spaß machte. Das erste Mal in ihrem Leben tat sie etwas Nützliches, verdiente sie ihr Geld selbst. Gerne hätte sie ihren Vater bei seinen Geschäften unterstützt, im Büro, bei gesellschaftlichen Anlässen, aber er hatte ihre Anfragen diesbezüglich immer abgeblockt. ‚Wie sieht es denn aus, wenn meine Tochter in der Firma arbeitet? Das geht überhaupt nicht.'

Melanie schüttelte ihre Gedanken an ihren Vater schnell ab. Sie passten nicht hierher. Die meisten Gäste, die heute die Eröffnung des neuen Lokales feierten, waren für sie keine Unbekannten. Gleichzeitig hoffte sie, nicht die Aufmerksamkeit auf sich zu ziehen. Sie wollte nicht erkannt werden. Als die Frau Bürgermeister auf die Bar zusteuerte, drehte sich Melanie rasch um. Zum Glück wurde die gute Frau aufgehalten. Sie tratschte für ihr Leben gern. Jürgen stellte sich soeben vorne hin und legte sein Tablett auf den Tresen. „Na, wie geht es dir? Kennst du da jemanden?"

„Pst!" Melanie deutete mit dem Finger, dass er leise sein solle. Sie schielte an ihm vorbei, nur um festzustellen, dass sich niemand der Gäste um sie kümmerte. „Was brauchst du?" Er reichte ihr den Notizzettel mit der Tischnummer und den Getränkebestellungen. Melanie begann mechanisch die gewünschten Getränke einzuschenken. Sie konzentrierte sich auf die Arbeit.

„Sag, gehst du mit mir einmal aus?", fragte Jürgen sie. Melanie wäre vor Schreck beinahe die Weinflasche aus der Hand gefallen.

„Was?"

„Du hast mich genau verstanden. Wäre doch nichts dabei, wenn wir beide uns besser kennenlernen würden", meinte Jürgen und lächelte sie herausfordernd an.

„Hier, deine Getränke. Tut mir leid, ich gehe mit niemanden aus." Melanie sah ihn forsch an, drehte sich dann ohne weiteren Kommentar um und trocknete weiter die Gläser ab.

„Das werden wir noch sehen, Mel." Jürgen hob sein Tablett hoch und verschwand zischen den Gästen. Kurz darauf stellte sich Kevin an die Bar, ebenso mit einer langen Bestellliste. Melanie begann zu schwitzen. „Mach schneller", forderte Kevin, „die sind schon ungeduldig."

„Brauchen Sie Hilfe hinter der Bar?" Die Stimme von Thomas ließ beide in seine Richtung wirbeln. Melanie errötete. ‚War sie zu langsam?' Angst, die Arbeit nicht ordnungsgemäß zu machen, jagte durch ihren Körper. Beinahe hätte sie ein Glas fallen lassen.

Als hätte Thomas ihre Gedanken gelesen, beschwichtigte er sofort. „Sie machen den Job ausgezeichnet, Melanie. Aber wir haben die Situation ein wenig unterschätzt, dass auch an der Bar zusätzliches Personal eingeteilt hätte werden sollen. Alleine ist das kaum zu bewältigen." Kaum ausgesprochen, drehte er sich um, lief in den hinteren Teil des Restaurants. Kurz darauf kam er mit Luise im Schlepptau zurück. „Luise wird Ihnen helfen. Zu zweit wird es leichter gehen." Niemand wagte, Thomas zu widersprechen. Fast niemand. Wie aus dem Nichts tauchte die Restaurantleitung, Emma Smolnik auf.

„Was ist hier los? Luise, was machen Sie denn hier? Gehen Sie sofort wieder zurück an ihren Platz." Der Befehlston von Emma, ließ alle zusammenzucken. Erst jetzt bemerkte Emma die Anwesenheit von Thomas.

„Ich habe Luise hierher beordert", bekräftigte Thomas, „damit sie Melanie an der Bar helfen kann. Hier ist die Hölle los. Hinten am Buffet schafft es Pia auch alleine. Das meiste legen sich die Leute selbst auf ihre Teller. Die leeren Gefäße auffüllen schafft Pia auch und hat ja zusätzlich Unterstützung von Lorenzo und Eder. Also, wo ist das Problem?" Thomas fixierte Emma herausfordernd.

„Das Sie mir in den Rücken fallen, ist das Problem", konterte sie zornig.

„Leider war dies unumgänglich, nachdem Sie Ihrer Aufgabe anscheinend nicht nachkommen und die Arbeitseinteilung so treffen, dass alles reibungslos funktioniert." Thomas kochte. Er hatte auf Saison schon vieles erlebt. Aber nirgendwo hatte es sich die Restaurantleitung erlaubt, ihrer Arbeit nicht pflichtbewusst nachzugehen. Die längste Zeit hatte er sich das Chaos angesehen. Während Melanie kaum Zeit hatte, um Luft zu holen, waren die beiden Kellnerinnen am Buffet herumgestanden, hatten Smalltalk betrieben und hin und wieder die Speisen geordnet oder ein leeres Gefäß ausgetauscht. Emma tänzelte zwischen den Gästen herum, rief die Kellner, wenn Bestellungswünsche anfielen und ihr kam nicht in den Sinn, auch ein Tablett zu nehmen und die anderen zu unterstützen. Thomas schüttelte den Kopf, da würde er wohl mit Eder noch ein Wörtchen reden. Unter einer tüchtigen Restaurantleiterin verstand er zumindest etwas Anderes. Da Emma sich nicht vom Fleck rührte und ihn zornig anfunkelte, fragte er: „Gibt es noch etwas?"

„Nein!" Emma schnauzte ihn an.

„Gut, dann gehen Sie bitte wieder an Ihre Arbeit." Thomas drehte sich um und lief zu seiner Familie. Er brauchte jetzt etwas Verschnaufpause, damit ihm nicht der Kragen platzte.

Kapitel 4

„Hallo Kleines, wie ist es gelaufen? Sind viele Leute zur Eröffnung gekommen? Und du? Wie ist es dir ergangen?" Leise drangen die Fragen zu Mel, als sie die Wohnungstür hinter sich schloss. Beatrice Menser, vormals ihre Betreuerin, jetzt in Pension, war in all den Jahren ihre beste und mittlerweile einzige Freundin geworden. Sie ließ sie unentgeltlich bei sich wohnen.

Nach dem Rauswurf von Zuhause war Mels erster Weg zu ihr. Bea war ihre Ersatzmama gewesen. Lange Jahre durfte sie Mel begleiten. Als sie in den Ruhestand ging, wechselten die Erzieherinnen, wie ihr Vater sie nannte, beinahe wöchentlich. Mel galt als schwierige Jugendliche und Lernunwillige. Dabei sehnte sie sich so sehr nach Liebe, Anerkennung und Zuneigung. Nichts von alle dem hatte ihr Vater für sie übrig. Seine Liebe und Zuneigung galten seine um viele Jahre jüngeren Geliebten oder Ehefrauen. So schnell er heiratete, so rasch ließ er sich auch wieder scheiden, wenn er eine neue Flamme aufspürte. Man munkelte, dass die einzige Frau, die der alte von Stein je geliebt hatte, Mels Mutter war. Leider ist diese bei der Geburt an ihren inneren Blutungen verstorben. Seiner Tochter gab er seitdem indirekt die Schuld an diesem Unglück. Er kam dafür auf, dass es ihr finanziell an nichts mangelte und eine Betreuerin an ihrer Seite hatte. Es kümmerte ihn jedoch wenig, ob es seiner Tochter gut ging, ob sie glücklich war, was sie fühlte. Treffen gab es kaum. Als sie das Schulalter erreichte, steckte er sie ein teures Internat. Weil Mel sich dort allein gelassen und missverstanden fühlte und es dort jede Menge Pias gab, lief sie weg. Eine große Suchaktion nach ihr wurde gestartet. Wieder zu Hause, konnte sie ihren Vater als siebenjährige davon überzeugen, dass sie nicht mehr in ein Internat gehen wollte.

Ihr Vater finanzierte ihr Privatlehrer und Beatrice durfte sie weiterhin in ihre Obhut nehmen. So wuchs Mel fernab von Schulen und Mitmenschen auf. Prüfungen legte sie jährlich ab. Musste sie ja, damit sie nachweisen konnte, den Schulstoff zu beherrschen. Mel lebte in ihrem eigenen Reich. Mit dreizehn Jahren trennten sich die Wege von Mel und Beatrice. Beatrice ging in ihren wohlverdienten Ruhestand, versprach Mel aber, immer für sie da zu sein, wenn diese Hilfe benötigte. Nur, damals war Mel wütend auf Beatrice. Sie sperrte sich tagelang in ihrem Zimmer ein, verweigerte das Essen und hörte auf niemanden. Allen Betreuerinnen, die folgten, machte sie das Leben zur Hölle. Sie büchste aus. Versteckte sich am Dachboden des riesigen Elternhauses. Schrie und tobte, sodass alle Angst vor ihr bekamen. Aber sie hätte nie jemandem etwas zu Leide getan. Sie wollte Aufmerksamkeit, sie sehnte sich nach Liebe und der einzige Mensch, der ihr Liebe geschenkt hatte, durfte sie nicht mehr besuchen, weil sie in Pension war. Ihr Vater hielt ihr eine Standpauke um die andere, sprach Drohungen aus und vor allem ließ er sie alleine. Ihr Kummer interessierte ihn nicht. Er hörte sich ihre Beweggründe nicht an.

Die Jahre der Pubertät waren wohl die schlimmsten für sie, unverstanden und ständig der Sündenbock für alles. Die Lehrer und Pädagogen reichten sich die Türklinke. Bei diversen Anlässen und Feiern durfte sie als siebzehnjährige ihren Vater hin und wieder begleiten. So lernte sie gleichaltrige Mädchen aus reichen Häusern kennen. Mit manchen freundete sie sich an. Ab diesem Zeitpunkt wurde auch für Mel das Leben etwas bunter. Mit diesen Freundinnen verbrachte sie sehr viel ihrer reichlich freien Zeit, beim Shoppen, bei Kinobesuchen oder einfach nur im Café und sie besuchten alle Partys weit und breit. Arbeiten musste keine von ihnen. Geld spielte für sie keine Rolle. Es war im Überfluss vorhanden. Keine von ihnen machte sich Gedanken darüber, wo es herkam. Mel bekam von ihrem Vater monatlich ein stattliches Taschengeld überwiesen, das sie selbst verwalten durfte, damit sie nicht ständig seine Kreditkarte forderte.

In ein Fitnessstudio zu gehen, um eine tolle Figur anzutrainieren, kam für sie nicht in Frage. Also buchte sie sich einen Freizeitcoach und Fitnesstrainer. Paul Kröger, groß, breite Schultern, Sixpack, durchtrainiert, stand aufgrund ihrer Anzeige eines Tages vor der Tür. Dass die mittlerweile zweiundzwanzigjährige Mel weltfremd und in vielen Dingen unerfahren und teilweise sogar naiv war, hatte er sofort herausgefunden. Paul zeigte ihr nicht nur, wie sie ideal trainieren konnte, um an den richtigen Stellen, Muskeln aufzubauen, die Haut zu straffen und fit zu werden. Er zeigte ihr auch die körperliche Liebe, führte sie in eine Welt, die sie nicht gekannt hatte. Sie vertraute ihm, hatte sie sich doch Hals über Kopf in ihn verliebt. Sie verlor sich in ihm. Endlich war da jemand, der sie liebte und es ihr zeigte, bei dem sie sich geborgen fühlte. Ihre Freundinnen beneideten sie um diesen Prachtkerl. Und Paul roch den fetten Braten. Er machte ihr den Hof, versprach ihr den siebenten Himmel und bat sie, seine Frau zu werden.

Mels Vater gefiel diese Entwicklung ganz und gar nicht. Er engagierte einen Privatdetektiv. Dieser deckte prompt einige Vorstrafen des guten Pauls auf. Herr von Stein wollte seiner Tochter die Heirat verbieten. Er drohte ihr mit Enterbung. Mel und Paul flogen nach Las Vegas und heirateten dort ohne Familie und Freunde.

Als sie wieder zurück waren aus den Flitterwochen, hatte Herr von Stein, seiner Tochter eine kleine Abfindung gezahlt und sie ansonsten von den noch vorhandenen Besitztümern enterbt. Mel störte dies wenig. Sie hatte ihren Paul und fühlte sich überglücklich. Nur dieses Glück wehrte nicht lange. Bald zogen dunkle Gewitterwolken auf. Paul sah nicht ein, sich einen Job zu suchen. Er hatte schließlich reich geheiratet und seine Frau sollte ihm zu einem sorgenfreien Leben verhelfen. Streit und Beschimpfungen waren die Folge. Er trieb sich in Nachtlokalen herum und im Casino. Verspielte jeden Abend einen Batzen Geld, betrank sich und randalierte in der Öffentlichkeit. Einige Male wurde er von der Polizei aufgegriffen und in Gewahrsam genommen. Mel saß zu Hause und heulte sich die Augen aus. Wieder war sie von einem Menschen enttäuscht worden, dem sie voll und ganz vertraut hatte. Eines Abends kam Paul von einer Zechtour nach Hause. Abermals hatte er eine große Summe verloren und Casinoverbot erhalten. Er verlangte von Mel das restliche Geld. Sie weigerte sich. Viel war es ohnehin nicht mehr, das noch übrig war. In seiner unbändigen Wut schlug er Mel mit der geballten Faust ins Gesicht. Sie torkelte und fiel rückwärts auf den harten Boden. Paul riss sie hoch und langte ihr noch eine.

„Du verdammte Schlampe, gib das Geld her. Was glaubst du, warum ich so eine Niete wie dich geheiratet habe." Er brüllte und schrie.

Total erschrocken versuchte Mel, sich die Hände schützend vor ihr Gesicht zu halten. Es half nicht. Paul drosch noch ein paar Mal auf sie ein. Mel sank bewusstlos zu Boden. Als sie wieder zu sich kam, lag sie im Krankenhaus. Ein Polizist und ihr Vater saßen am Bett. Ihr gesamter Körper bestand nur aus einem einzigen Schmerz. Die Augen brachte sie nicht auf. Nur verschwommen nahm sie ihre Umgebung war. In diesem Moment wünschte sie sich, tot zu sein. Warum hatte er sie nicht gleich umgebracht. Sie wollte wissen, wie sie hier gelandet war, wer sie gefunden hatte. Aber sie brachte den Mund nicht auf. Sie vermochte weder ihre Lippen noch ihre Zunge zu bewegen. Ein Arzt betrat das Zimmer.

„Sie ist zu sich gekommen", hörte sie ihren Vater sagen.

„Frau Kröger, verstehen sie mich?" Der junge Arzt beugte sich zu ihr hinunter.

Mel nickte kaum mit dem Kopf. Es schmerzte zu sehr.

„Können Sie mir sagen, wie es ihnen geht.?"

Mel versuchte, den Kopf einmal nach links und dann nach rechts zu bewegen, um ein Nein anzudeuten. Es gelang nicht. Der Arzt begriff rasch.

„Nicht anstrengen. Sie sind übel zugerichtet worden. Ich verabreiche Ihnen noch eine Dosis Schmerzmittel. Danach werden Sie wieder schlafen. Wenn Sie aufwachen, wird es Ihnen bessergehen."

Seine Worte vernahm sie wie in Trance. Dann wurde es schwarz um sie.

„Mel?" Die Stimme von Bea riss sie aus den Gedanken.
„Entschuldigung, was wolltest du wissen?"
„Wie es dir geht, wollte ich wissen. Du bist ganz blass um die Nase", Beatrice lächelte ihren Schützling besorgt an. „Es ist doch etwas vorgefallen, oder?"
Langsam ließ Mels Anspannung los. Sie schüttelte ihre Erinnerungen ab und setzte sich neben Beatrice, legte ihren Kopf auf die Schulter der alten Frau. Tränen begannen über ihre Wangen, wie kleine Rinnsale, zu laufen. „Warum mag mich denn keiner?" Die geflüsterte Frage hing im Raum. „Ich habe doch niemanden etwas getan, und doch behandelt mich jeder wie Dreck."
„Wer behandelt dich schlecht? Dein Chef etwa?"
„Nein, der nicht. Er ist wirklich nett, musst du wissen. Aber meine Kolleginnen. Stell dir vor, diese Pia, die mir schon von Anfang an zuwider war, läuft heute in mich hinein und behauptet, ich hätte sie gerammt. Die Beerensoße ist übergeschwappt und auf ihren dicken Busen gekleckst. Sie hat sich bei der Restaurantleiterin über mich beschwert und die hat mich dazu verdonnert, Pia eine neue Bluse zu bezahlen – als Strafe. Dann geht dieses Miststück her, musst du dir vorstellen, und kauft sich ein sauteures Stück. Mich hat beinahe der Schlag getroffen! Hundertdreißig Euro will die von mir haben. Wo soll ich denn das Geld hernehmen?" Die letzten Worte waren eher ein Schluchzen. Mel wischte sich mit dem Handrücken die Wangen ab. „Nur der Chef war nett. Der hat dieses abgekartete Spiel gleich durchschaut. Er bot Pia fünfzig Euro als Entschädigung. Das Pia stinksauer war, kannst du dir sicher vorstellen. Und als ich auf die Toilette musste, haben mich Pia und ihre Freundin Luise abgepasst. Pia drohte mir, dass das mit der

Bluse noch nicht ausgestanden ist." Die andere Drohung bezüglich des Chefs ließ Mel lieber weg. Sie würde sowieso die Finger von ihm lassen. Ein gebranntes Kind scheute das Feuer. Nie wieder würde sie sich so um den Finger wickeln lassen, hatte sich Mel damals geschworen, als sie nach drei Tagen Tiefschlaf wieder langsam zu sich gekommen war. Sie hatte alles verloren. Das Vertrauen zu den Menschen, ihr gesamtes Vermögen und all ihre Freunde. Mit dem letzten Ersparten tilgte sie einen Teil der Schulden. Die Wohnung und sämtliche Einrichtung, die Paul gehörten, wurden zwangsversteigert. Und er wanderte wegen schwerer Körperverletzung hinter die schwedischen Gardinen. Die Scheidung, die Mel einreichte, war reine Formsache. Ihren Vater hatte sie seitdem nicht mehr zu Gesicht bekommen. Sie ahnte, dass er den Medien eine Stange Geld hatte zahlen müssen, damit sie die Story seiner gefallenen Tochter nicht in der Öffentlichkeit breittraten. Einen Skandal durfte es in der ehrwürdigen Familie nicht geben. Mel fröstelte.

„Lass dich nicht unterkriegen. Du brauchst diesem Biest nichts zu bezahlen. Und wenn sie keine Ruhe gibt, werden wir eine Lösung finden", versuchte Bea zu trösten. Sie streichelte sanft und in gleichmäßigen Zügen über Mels Rücken. „Ich hätte es nicht zulassen dürfen, dass du so weltfremd und fernab jeglicher Gesellschaft aufgezogen wurdest. Damals hätte ich mehr protestieren sollen. Deinem Vater die Meinung sagen. Nur, ich war zu feig. Hatte Angst, die Anstellung zu verlieren und dich dann gar nicht mehr zu sehen. Du hättest in eine anständige Schule gehört. Nicht in ein Internat, nein, in eine normale Schule, wie sie andere Kinder auch besuchen. Jetzt musst du all das erst lernen, was alle von klein auf mitbekommen. Gib nicht auf Kleines. Du lernst auch mit den Widrigkeiten des Lebens umzugehen und wirst auch einmal dazugehören."

„Ach, dazugehören ist für mich nicht mehr wichtig. Hast ja gesehen, wie sich meine Freundinnen rargemacht haben. Keine hat mir beigestanden." Mel hob den Kopf und sah Bea in die Augen. „Was täte ich ohne dich?"

„Alleine weiterkämpfen. Aber vorerst bin ich noch da. So, und nun braue ich uns einen Früchtetee, während du dir ein entspannendes Kräuterbad gönnst."

Mel tauchte ins heiße Wasser. Der Badeschaum bedeckte sie vollständig. Sie schloss die Augen. Die Wärme ließ nicht lange auf die entspannende Wirkung warten. Hier in dieser kleinen Wohnung ihrer Freundin fühlte sie sich das erste Mal überhaupt in ihrem Leben geborgen und zu Hause. Mit ihrem Vater wollte sie nichts mehr zu tun haben. Schließlich gab sie ihm die Hauptschuld an ihrem verpatzten Leben. Ja, Geld hatte es immer im Überfluss gegeben, aber das war auch schon das Einzige. Viel größer hingegen war der Mangel an Liebe, Wertschätzung und Gefühlen. Wie sollte sich ein Kind da normal entwickeln können. Mel wurde immer in irgendeiner Form Schuld aufoktroyiert. In einem Streit mit ihrem Vater offenbarte er ihr, dass ihre Mutter noch leben würde, wenn sie nicht geboren worden wäre. Seitdem hatten sie ihre Mutter nie wieder erwähnt. Mel ist allerdings bewusstgeworden, dass sie keine Liebe von ihrem Vater erwarten durfte. Zu tief saß sein Schmerz über den tragischen Verlust seiner Frau. Dass Mel ohne Mutter aufwachsen musste, ließ er außer Acht. Mel atmete tief ein. Die Fliesen des kleinen Badezimmers waren feucht und der Spiegel mit Dampf beschlagen. Mit dem Zeigefinger fuhr

Mel über die Kacheln und zeichnete lustige Figuren in den feinen Wasserfilm. Mit der Handfläche verwischte sie ihr Gemälde. Sie sank tiefer in die Wanne, spielte mit dem Schaum, der sich langsam auflöste. Als die letzte weiße Schaumkrone versiegt war, stieg Mel aus dem Wasser. Warum war in ihrem Leben bisher alles schiefgegangen? Schon von Geburt auf. Nachgrübeln half leider nicht. Die vielen Fragen blieben unbeantwortet. Traurig rubbelte sie sich mit einem Handtuch die Haut trocken, schlüpfte in ihre bequeme Nickihose und ein altes, ausgeleiertes T-Shirt. Sie ging in die Küche, wo bereits Bea mit dem köstlich duftenden Früchtetee auf sie wartete. Einem gemütlichen Abend stand nichts mehr im Wege. Sorgen konnte sie sich morgen wieder machen.

„Mel, kommen Sie bitte in die Küche. Können Sie mir kurz helfen?" Die Stimme von Thomas riss sie aus den Gedanken, in die sie bei der eintönigen Arbeit, dem Abstauben, eingetaucht war. Sie ließ das Staubtuch fallen und eilte zu ihm. Es war noch früh am Morgen und sie beide waren die Ersten hier. Wie so oft in den letzten Tagen, in denen Italienische Küche auf dem Wochenplan stand. Angefangen von Pizzen und Bastis füllten italienische Speisen den Menüplan. Als Tagesmenü gab es heute Salat (gemischter mit Rucola und Balsamico) und Garnelenspieße, danach Bandnudeln in Weißweinsauce mit gedünsteten Lachs, und als Nachspeise Pana Cotta Creme mit Himbecren. Thomas erhitzte in einer Schüssel bereits einige Zutaten. Daneben stand die Schüssel mit der eingeweichten Gelatine.

„Drücken Sie bitte die Gelatine aus und geben Sie sie zur Masse", bat er Mel, als sie zu ihm trat. Währenddessen rührte er die Masse gleichmäßig mit dem Rührbesen weiter.

„So?", fragte Mel unsicher.

Thomas blickte kurz auf. Ihre Blicke trafen sich. „Ja, genau so. Darf ich Sie etwas fragen, Mel?"

Sie nickte zaghaft.

„Erzählen Sie mir, warum Sie so verunsichert sind und mit den Kollegen Probleme haben?"

„Ich habe mit niemanden Probleme", sprudelte es aus ihrem Mund. Etwas zu hastig, allerdings.

„So? Wenn Sie meinen. Ich beobachte, auch wenn ich meist hier drinnen am Herd stehe. Vielleicht sollte ich die Frage anders stellen. Wieso haben die Kollegen Probleme mit Ihnen?"

Mel sah ihn empört aus ihren riesigen runden Augen an. Es waren traurige Augen. Sie mussten wohl schon seit langer Zeit ihr Strahlen verloren haben, mutmaßte Thomas. Er hielt ihrem Blick stand. Schließlich zuckte sie resignierend mit der Schulter.

„Ich gehöre eben nicht dazu. Ich habe noch nie irgendwo dazugehört. Das wird der Grund sein. Leider kann ich Ihnen die Frage nicht beantworten. Das müssen Sie wohl die besagten Kollegen fragen."

„Und was hat es mit Ihrer Unsicherheit auf sich?", bohrte Thomas hartnäckig nach. So schnell wollte er nicht aufgeben, endlich etwas aus Mel herauszubekommen. Bei einem gemütlichen Abendessen am Tag nach der Eröffnung mit Friedrich Eder hatte er beiläufig das Thema angeschnitten und wollte Erkundigungen über Mel einholen. Sein Freund hatte ihn nur angelächelt und gemeint: „Sie kommt aus reichem Hause, über ihre Kindheit weiß niemand etwas, ist nichts in die Medien gedrungen. Einen Skandal hat es gegeben mit ihrem Exmann, der jetzt hinter Gitter sitzt. Hat wohl viele Spielschulden gemacht. War ein mieser Kerl, der jedem Rockzipfel hinterherrannte, zu viel trank und oft in der Öffentlichkeit randalierte. Mehr kann ich dir über Mel nicht erzählen. Vielleicht noch eines, lass die Finger von ihr, du hast etwas Besseres verdient."

„Inwiefern? Ich will nichts von ihr! Mich interessiert es, wie es meinen Mitarbeitern geht. Und ihr geht es nicht gut! Und daran sind vorrangig die anderen Mitarbeiterinnen schuld." Damit war das Thema Mel an diesem Abend allerdings beendet. Umso mehr reizte es ihn nun, sie selbst zu befragen. Eine kurze Zeit blieb ihnen noch, bevor die anderen ihren Dienst antraten. „Mel! Erzählen Sie mir etwas von sich. Woher stammt Ihre Unsicherheit? Sie haben einmal gesagt, Sie hätten noch nie gearbeitet. Soweit ich es feststellen kann, haben Sie noch immer alles bestens erledigt. Keine Beanstandungen. Sie bemühen sich."

Mel senkte ihren Blick und ihre Hand mit dem letzten Rest der Gelatine. „Es war noch nie jemand mit dem zufrieden, was ich gemacht habe", flüsterte sie. „Ich habe nichts gelernt und gearbeitet, weil es nicht notwendig war. Vater hat mich einige Zeit mit seinem Geld versorgt und nichts von mir verlangt, außer dass ich still bin." Eine unangenehme Stille breitete sich in der Küche aus. Einzig die Uhr über der Tür tickte im Sekundentakt. Mel fing sich wieder und leerte den Rest zur Schokomasse, die Thomas trotz des Gespräches im gleichmäßigen Rhythmus weiterrührte. Reine Routine. Mel legt den Löffel beiseite, wischte sich die Hände in ihrer Schürze ab, die sie bei den

Reinigungsarbeiten trug. Die doppelte Flügeltür zur Küche flog schwungvoll auf und Lorenzo stürmte herein.

„Hallo, alle zusammen. Ich sage euch, heute schwebe ich auf Wolke sieben. Ich bin gestern tatsächlich meiner Traumfrau begegnet. Stellt euch das vor." Seine Euphorie und sein Strahlen beruhigte die aufgeladene Atmosphäre.

„Die wievielte ist das jetzt?", wollte Eder wissen, der Lorenzo folgte.

Mel verschwand aus der Küche. Sie lief hinaus in den Hinterhof und lehnte sich an die Hausmauer. Es schwindelte sie. Um nicht umzukippen, atmete sie tief ein und aus. Gleich mehrmals hintereinander. Ihre Hände zitterten. Was sollte das vorhin in der Küche? So nah war sie ihrem Chef noch nie gewesen. Hin und wieder hatte sie bei den Köchen schon ausgeholfen, wenn Hilfspersonal in der Küche vonnöten war. Aber alleine mit Thomas, in einem Raum, in seinem Reich, war sie noch nie gewesen. Und dann all seine Fragen? War es reine Neugierde seinerseits? Oder interessierte sie ihn als Person? Oder doch nur als Angestellte? Nein, sicher wollte er nur erfahren, ob es weiterhin Probleme geben wird, mit ihr und den anderen. Er sorgte sich um sein Geschäft. Sicherlich war es nur das, was ihn interessierte. Sein Geschäft. Mel schwirrte der Kopf. Verhielt sie sich wirklich so viel anders als ihre Kolleginnen? Sicher nicht! Oder doch? Und wie er sie angesehen hatte, intensiv, eindringlich. Und erst sein Aftershave. Das gehörte eindeutig verboten. Es kroch ihr ungefragt in die Nase, stieg in ihr Hirn, vernebelte es, raubte ihr die Sinne und nur mit Mühe hatte sie es verhindern können, nicht über ihn herzufallen, wie ein Vamp. Sie schüttelte den Kopf bezüglich ihrer abwegigen Gedanken.

Sie war alles Mögliche, aber keinesfalls ein Vamp. Unerfahren war sie, in allen Liebesdingen. Ihr Ex hatte ihr das laut und deutlich vermittelt. Thomas war definitiv ein Mann, der ihr gefiel, der ihr schlaflose Nächte bereitete. Daran war nicht nur seine angenehme freundliche Art schuld, sondern vor allem sein Aussehen. Sein dichtes dunkles Haar fiel ihm frech in die Stirn, das vermochte nicht einmal seine Kochhaube zu verhindern. Sein männliches Gesicht, die breiten Wangenknochen und die grauen, sanften Augen, ließen sie alles rundherum vergessen. Mensch sie durfte sich nicht in ihren Chef verlieben. Schon Pia wegen nicht! Aber wo glitten ihre Gedanken nur wieder hin? Niemand wollte mit der verkorksten von Stein – nein, jetzt Kröger – befreundet sein. Kein Mann, und schon gar nicht Thomas, verliebte sich in eine lebensuntüchtige abgedrehte Verrückte. War sie das? Verrückt? Oder doch nur anders? Sie wollte nicht anders sein! Mel hasste es. Schließlich machte sie sich wieder an ihre Reinigungsarbeiten, die ihr heute zugeteilt worden waren. Im Nebenraum hörte sie Pias lautes Lachen und ihre glucksenden Töne, als sie versuchte, etwas zu erzählen. Leider konnte Mel nichts verstehen. Jedenfalls war sie Pia die letzten Tage aus dem Weg gegangen, soweit es ihr möglich gewesen war. Sie würde dies hier durchstehen, ihr erstes eigenes Geld verdienen und Bea unterstützen, die nur eine sehr kleine Rente hatte und damit selbst kaum über die Runden kam.

Kapitel 5

„Hallo Thomas, wie geht es dir?" Jenny hielt ihr Handy dicht an ihr Ohr. Der Empfang war nicht der beste.

„Oh, hallo. Danke mir geht es prächtig. Wieso fragst du? Und wie sieht es bei dir aus?" Thomas stieg gerade aus der Dusche, als sein Handy klingelte.

„Bei mir, beziehungsweise uns, ist alles in Ordnung. Ich wollte mich nur entschuldigen, weil wir bei deiner Eröffnung nicht länger geblieben sind. Aber Max hatte am nächsten Tag einen dringenden Termin, weshalb wir noch am selben Tag zurückfahren mussten. Mama, Papa, Anika und Mike sind ja noch bis zum nächsten Tag geblieben, wie ich gehört habe. Es war so schön alle wieder zu sehen. Dein Restaurant ist einfach spitze. Gewaltig was du da mit deiner Mannschaft aufgetischt hast. Wir waren total begeistert. Ehrlich! Da kann die Konkurrenz sich eine Scheibe abschneiden." Jennys Begeisterung ging mit ihr durch. Thomas lächelte. Es freute ihn, so viel Lob aus dem Mund seiner älteren Schwester zu hören.

„Wie geht es meinen beiden Nichten und meinem Neffen?" Er wechselte das Thema.

„Sie halten uns auf Trab, wie du dir vorstellen kannst", lachte Jenny ins Telefon. „Amelie diskutiert ständig wegen der Hausaufgaben herum, die sie zu erledigen hat. Benny wickelt mit seinem Charme die Lehrerin um den Finger. Mir scheint, er hat bei ihr Narrenfreiheit, dieser Schlingel. Er kann mittlerweile das Alphabet fehlerfrei aufsagen und schreiben. Na ja und Lilly ist noch immer derselbe Wildfang, der sie schon als Baby war. Sie kann keinen Augenblick Ruhe geben. Im Kindergarten stellt sie fast täglich neuen Unfug an", seufzte Jenny. „In einer Woche, am Sonntag, feiern wir ihren vierten Geburtstag. Was meinst du, kannst du da vielleicht auch kommen?"

„Oje, das hätte ich beinahe vergessen. Natürlich komme ich zur Geburtstagsfeier. Sag, was wünscht sie sich denn?"

„Na, was glaubst du? Ein Feuerwehrauto, einen Bagger und einen großen Lastwagen." Kurz war es still in der Leitung. Dann folgte lautes Lachen. Thomas hielt sich den Bauch. Seine kleine Nichte schlug wirklich alles.

„Da ist aber ein Junge an ihr verloren gegangen", meinte er verschmitzt.

„Puppen und Stofftiere sind tabu. Die hat sie alle in eine riesige Schachtel verpackt und ich musste diese am Dachboden verstauen. ‚Puppen sind was für kleine Mädchen'", äffte Jenny ihre kleine Tochter nach. „Wenn sie groß ist, sagt sie, geht sie mit Papa auf den Bau."

„Das wird Max aber freuen."

„Ja, ja. Der bestärkt sie auch noch, du kennst doch Max. Benny lacht sie hingegen aus, denn schließlich will er die Firma vom Papa übernehmen", seufzte Jenny. „Das wird noch heiter werden, mit den beiden."

„Bis die beiden erwachsen sind, läuft noch viel Wasser die Donau hinab", tröstete Thomas. Insgeheim beneidete er seine Schwester um ihre Familie und die Kinder. Sie hatte es in der Vergangenheit auch nicht einfach. Nachdem ihre erste große Liebe daran gescheitert war, dass ihr Verlobter sie mit ihrer besten Freundin betrogen hatte, verließ sie kopfüber ihren Heimatort. Sie ist zwar ausgebildete Kindergartenpädagogin, aber in ihrer Verzweiflung nahm sie damals den Job als Nanny bei Maximilian Winter an. Amelie und Benny waren drei Jahre und ein Jahr alt, als sie angestellt wurde. Die Exfrau von Max und Kindesmutter hatte ihre Familie verlassen. Sie scheute die Verantwortung, liebte Partys und eine andere Welt, als Max sie ihr hätte bieten können. Besonders Amelie hatte unter dem Verlust ihrer Mutter gelitten. Benny war wohl noch zu klein dafür. Jenny und Max verliebten sich ineinander. Ihre Liebe überwand all die Widrigkeiten, die das Leben damals für sie parat gehalten hatte. Max hatte mit einem unschönen Scheidungskampf zu kämpfen. Jennys Ex tauchte auf und wollte sie unter allen Umständen dazu bringen, ihn doch zu heiraten. Er verursachte absichtlich einen Autounfall, bei dem ihre Eltern schwer verletzt und er selbst getötet wurde. Thomas gönnte Jenny ihr Glück aus vollem Herzen. Er durfte auch bei ihrer Hochzeit der Trauzeuge sein. Ein stolzes Lächeln huschte über seine Lippen.

„Hey, Thomas, hörst du mir überhaupt zu?", riss ihn die Stimme von Jenny aus den Gedanken.

„Ja, ja. Natürlich. Ich hab aber gerade nicht verstanden, was du gesagt hast", schwindelte er.

„Ich wollte wissen, ob du das Feuerwehrauto oder lieber den Bagger schenkst? Besorgt habe ich die Geschenke schon, weil ich weiß, dass du dafür kaum Zeit erübrigen kannst."

„Ich nehm das Feuerwehrauto. Es ist löblich von dir, schon alles gekauft zu haben. Das erspart mir eine Einkaufstour. Außerdem gibt es da sicherlich verschiedene Modelle und wie ich dein stures Töchterlein kenne, hat sie sich bereits ein bestimmtes Auto ausgesucht."

„Dito!" Jennys helles Lachen schallte durch den Lautsprecher.

„Und wie geht es mit deinem neuen Buchprojekt voran?", wollte Thomas wissen.

„Danke der Nachfrage, soweit recht gut. Bin gerade am Recherchieren über die unterschiedlichen Auffassungen von Erziehungsfragen, die es in den letzten Jahrzehnten immer wieder gegeben hat." Jenny schrieb mittlerweile erfolgreiche Erziehungsratgeber, hatte eine Zusatzausbildung absolviert und arbeitete mit traumatisierten Kindern. Auch bei ihr war wohl die soziale Ader der Familie Neumann nicht spurlos vorübergegangen. Als er schließlich aufgelegt hatte, freute er sich wie ein kleiner Junge auf das Treffen mit seiner Familie. Ab und an konnte er sich von der Arbeit loseisen. Eder und Lorenzo vertraten ihn, wenn es notwendig war. Und die Geburtstagsfeier seiner kleinen Nichte durfte er sich keinesfalls entgehen lassen.

Der nächste Tag brachte Aufregungen in jeglicher Form. Bereits am Morgen gab es Probleme bei der Fischbestellung. Der Lieferauftrag war verloren gegangen. Der Lieferant rief in aller Früh an, da es ihm eigenartig vorkam, dass Toms Genussoase an einem Freitag keinen frischen Fisch benötigt hätte.

„Wie viel vom Dorsch und der Seezunge hattest du für heute bestellt?" Eder brüllte die Frage durch die Küche, da ihn Thomas sonst nicht verstanden hätte. Augenblicklich verstummte das Getratsche, bis auf das Gebläse des Dunstabzuges war es leise.

„Warum fragst du?", wollte Thomas wissen.

„Hab den Fischlieferanten am Telefon. Da ist was schiefgelaufen. Er möchte jetzt wissen, was du brauchst."

„Dreißig Stück Dorsch, von der Seezunge mindestens zwanzig, können auch mehr sein. Vom Hecht brauche ich ungefähr zwanzig Stück, ebenso vom Zander. Wenn er Austern, Muscheln und Calamari liefern kann, nehme ich gerne einige Kilogramm." Ohne sich weiter um Eder zu kümmern, widmete er sich wieder der Rinderbrühe. Davon kochte er immer Unmengen vor, weil deren Sud zum Verlängern, Aufgießen und Verfeinern der Speisen benötigt wurde. Eder telefonierte zu Ende. Aufgrund seiner langjährigen Erfahrung wusste auch er, wie hoch der Verbrauch bei den Meerestieren für das Wochenende sein würde. Kaum dass er das Gespräch beendet hatte, hörte er im Restaurant Streit. Er eilte hinaus. Es konnte doch nicht sein, dass die weiblichen Angestellten untereinander nicht miteinander in Frieden auskamen. Tatsächlich gestikulierte Pia wild vor Melanie herum. „Ich habe dir gesagt, dass das mit der Bluse noch nicht ausgestanden ist. Da kannst du mir noch länger aus dem Weg gehen, aber diese Bluse bezahlst du. Hast du mich verstanden? So eine wie dich brauchen wir hier nicht. Du kannst auch gerne abhauen. Ich habe eine Freundin, die wegen dir nicht eingestellt wurde, die würde sich über den Job freuen."

„Was willst du noch? Die Bluse ist bezahlt, vom Chef. Wenn ich jemanden etwas schulde, dann ihm", konterte Melanie. Ihre Stimme klang jedoch nicht so resolut, wie sie es gerne gehabt hätte. „Du machst mir keine Angst. Und, ich brauche den Job dringender als jeder andere. Ob du mir das glaubst oder nicht!"

„Dann such dir woanders einen!"

„Pia! Mel! Hört sofort auf, euch zu zanken!" Eder hatte die letzten Sätze gehört und war doch erstaunt, wie Pia

Melanie verbal angegriffen hatte. Er stellte sich zwischen die beiden. „Was ist los? Worum geht es?" Wütend funkelte er die beiden an.

„Schmeiß sie endlich raus. Sie gehört nicht hierher. Soll sie doch zu ihresgleichen gehen. Die haben Geld in Hülle und Fülle und nehmen unsereins die Arbeit weg", blieb Pia stur. „Außerdem schuldet sie mir noch das Geld für die Bluse."

„Pia, jetzt reicht es. Du hast eine finanzielle Entschädigung erhalten. Die reicht voll aus, da bin ich ganz bei Thomas. Sag, seit wann bist du denn so dreist geworden?" Eder schüttelte den Kopf. Pia sah ihn nur beleidigt an und rauschte davon. Mel stand mit gesenktem Kopf vor ihm, die Hände im Rücken verschränkt.

„So, jetzt geh wieder an die Arbeit und wenn es Probleme gibt, komm zu mir oder Thomas." Mel nickte und schlich sich ebenfalls davon. Sie flüchtete förmlich in die Abstellkammer, wo die ganzen Putzutensilien verstaut waren. Leise schloss sie die Tür hinter sich. Sie machte Licht, um nicht total im Dunkeln zu stehen. Sie setzte sich auf eine Kiste und stützte ihr Gesicht auf die Hände. Die aufkeimenden Tränen blinzelte sie weg. Weinen machte keinen Sinn und half ihr nicht weiter. Wäre Eder nicht dazugekommen, wäre die Situation eskaliert. Pia war nahe daran gewesen, sie nicht nur verbal anzugreifen. Wieso ihre Arbeitskollegin sie so hasste, konnte sich Mel nicht erklären. Weil sie noch eine Menge zu tun hatte, und sich die Arbeit nicht von alleine erledigte, suchte sie die nötigen Putzmittel zusammen und begab sich zurück ins Restaurant. In einer Stunde würden sie öffnen und die ersten Gäste eintreffen. Um die Mittagszeit war am meisten Andrang. Die hervorragende Küche hatte sich bereits herumgesprochen. Die Gäste reservierten bereits Tage im Voraus, um auch einen Platz zu bekommen. In ihre Gedanken hinein hörte sie das Klingeln ihres Telefons. Sie holte es aus der Schürze, die sie während der Arbeit trug. Beatrice. Verwundert hob Mel ab.

„Ja, Bea, was ist los?"

„Hilf mir bitte, ich bin die Treppe heruntergestürzt. Ich kann nicht mehr aufstehen", keuchte sie ins Telefon. Vor Schreck hätte Mel ihr Handy beinahe fallen gelassen. „Ich ruf die Rettung, ich komm gleich", rief Mel und legte auf. Sie stürmte in ihrem ersten Schreck in die Küche. „Ich muss weg, ein Unfall", schrie sie durch die geöffnete Tür und rannte, wie vom Teufel verfolgt, davon. Ohne auf die anderen zu achten, lief sie auf die Straße. Im Laufen wählte sie den Notruf und gab die Adresse durch. Sie rannte die Anhöhe zum Wohnviertel hinauf, wo sich Beatrice kleine Wohnung befand. Mel, außer Atem, riss die schwere Tür im Parterre auf und eilte die hölzernen Stufen hoch. Auf der Höhe zwischen erster und zweiter Etage lag Bea verkrümmt am Boden. Das Gesicht Schmerz verzehrt.

„Bea, Bea, was machst du denn? Nicht bewegen, die Rettung kommt gleich." Mel bückte sich zu ihrer Freundin. „Soll ich versuchen, dich aufzusetzen?"

„Nein", schnaufte Bea. „Es tut alles weh, ich hab mir sicherlich was gebrochen." Mel ließ sich neben Bea auf die Stufen fallen. Sie rückte ganz nah an ihre Freundin, zog ihre Weste aus und betete sie unter Beas Schulter, damit sie nicht auf der harten Kante auflag. Keine Minute später hörten beiden die Sirene vom Einsatzwagen. Dann ging alles rasch. Die Rettungsmänner hoben Bea mit einem Ruck vorsichtig hoch auf eine Trage, fixierten sie mit Luftpolster und ab ging es mit Blaulicht ins nächstgelegene Krankenhaus. Mel blieb alleine zurück. Sie lief in die Wohnung hoch, kramte die kleine Reisetasche aus dem Kasten und legte die wichtigsten Dinge hinein, die Bea im Krankenhaus brauchen würde. Anschließend eilte sie zurück ins Restaurant. Nach der Arbeit wollte sie zu Bea ins Krankenhaus fahren. Wieder im Lokal, lief sie prompt Emma über den Weg.

„Wo kommst du denn jetzt her? Sag, bist du von allen guten Geistern verlassen? Haust einfach während der Arbeit ab. Ja geht's noch?" Als die aufgebrachte Emma kurz Luft holte, um mit ihrer Schimpftirade fortzufahren, huschte Mel an ihr vorbei. Wozu lange Erklärungen abgeben, die keinen interessierten. Mel verstaute die Tasche in ihrem Spint und machte sich auf den Weg zur Küche. Ihrem Chef musste sie Bescheid geben, das war sie ihm schuldig, fand sie. Aber kaum, dass sie um die Ecke bog, wo es zur Küche ging, stellte sich ihr Jürgen in den Weg.

„Na, wen haben wir denn da? Auch wieder zurück vom Ausflug. Die sind alle stinksauer auf dich, kann ich dir nur sagen. Aber wenn du mit mir ausgehst, lege ich ein gutes Wort für dich ein."

Seit wann war Jürgen so penetrant lästig? Er scharwenzelte schon die ganze Zeit um sie herum. Ständig versuchte er, sie einzuladen, kam ihr nahe, obwohl sie es nicht mochte. Sie wollte nichts von den Männern, von Jürgen schon gar nicht. Sie hatte ihn als netten Kollegen eingeschätzt, aber jetzt …

„Lass mich durch", forderte sie. „Ich muss mit dem Chef reden, und das kann ich durchaus alleine."

Jürgen wickelte sich eine blonde Haarsträhne von Mel um seinen Finger und zog sie leicht zu sich. „Den Chef vergiss! Ich bin derjenige, der dir hilft. Gerne sogar, wenn du mir eine kleine Gegenleistung dafür gibst." Er beugte sich nach vor und wollte sie küssen. Blitzschnell drehte Mel den Kopf zur Seite. Sein Kuss landete auf ihrer Wange. Er zog fester an der Strähne. Denk darüber nach, Kleines. Er lachte auf und ließ sie einfach stehen. Mel atmete erst einmal tief durch. Was war das denn eben. Jürgen war eigentlich immer nett zu ihr gewesen. Er hatte ihr immer geholfen, das stimmt schon, sie respektierte ihn als Kollegen, aber mehr wollte sie nicht von ihm. Sie lehnte sich an die Wand. Die Knie zitterten und drohten einzusacken. Langsam richtete sie sich wieder auf und steuerte zur Küche. Thomas war gerade im Gespräch mit Lorenzo. Sie schlich sich zu ihm und räusperte sich.

„Chef, Herr Neumann", ihre Stimme drohte ihr zu versagen. Der Blick, den er ihr zuwarf, war alles andere als freundlich. Sie nahm allen Mut zusammen. „Darf ich Sie kurz sprechen? Nur einen Augenblick. Bitte!"

Er nickte leicht und deutete mit dem Kopf Richtung Speisekammer. Sein Geschirrtuch, das er in der Hand gehalten hatte, legte er auf die Anrichte und schritt voran. Mel folgte. Sie bemerkte erst jetzt, dass auf einmal in der Küche Totenstille herrschte und alle Blicke auf sie gerichtet waren.

Thomas drehte sich abrupt um und verschränkte die Arme vor der Brust.

„Was sollte das eben?"

„Entschuldigung", flüsterte Mel. „Meine Freundin, bei der ich wohnen darf, ist die Treppe hinuntergestürzt. Ich musste ihr helfen. Ehrlich."

„Wo ist sie jetzt?"

Wie blöd konnte denn ihr Chef fragen, wo natürlich! Sie riss sich jedoch zusammen. „Jetzt ist sie im Krankenhaus. Die Rettung hat sie mitgenommen. Leider weiß ich noch nicht, welche Verletzung sie hat. Nach dem Dienst fahre ich ins Krankenhaus. Ich nehme an, dass sie dortbleiben muss." Mel versuchte, so sachlich als möglich die Situation zu schildern, obwohl sie aus Sorge beinahe in Tränen ausgebrochen wäre."

„Gut, das nächste Mal lassen Sie bitte nicht den Wassereimer und die Putzutensilien mitten im Restaurant stehen. Das geht nicht. Und diese Stunde arbeiten Sie ein."
Thomas eilte zurück in die Küche. Das Personal hatte ihn total kirregemacht, weil alle auf ihn eingeredet hatten, dass Mel eine der unzuverlässigsten Personen sei. ‚Wieso schmeißt du sie nicht einfach hinaus', hatte ihn Eder gefragt. Aber auch Emma hatte ihm die Ohren vollgesungen, weil sie und ihr Team mit Mel nicht mehr zusammenarbeiten wollten. Thomas hingegen verstand diese permanente Abneigung Mel gegenüber nicht. Sie lernte schnell, scheute sich vor keiner Arbeit und sie begegnete allen freundlich. Ja, dass sie heute einfach davongerannt war, als wäre der Teufel hinter ihr her, ärgerte ihn im ersten Moment auch. Aber jetzt, wo er ihre Erklärung kannte, verstand er sie. Er wusste von Eder, dass Melanie bei ihrer ehemaligen Erzieherin wohnte. Verstohlen blickte er ihr nach, als sie leise die Küche verlies. Thomas nahm sich vor, mit Mel zu reden. Aber nicht vor allen Angestellten. „Passt jemand auf, dass die Suppe nicht

überkocht? Ich komme gleich", rief er in den Raum. Mehrere Augenpaare richteten sich auf ihn. Rasch folgte er Mel. Er fand sie in der Bar, wo sie die schmutzigen Gläser in die Spülmaschine stellte. „Mel, ich muss mit Ihnen reden. Aber nicht hier. Wann passt es Ihnen?"

Mel zuckte zusammen. Sie hatte Thomas nicht gehört, zu sehr war sie in ihren Gedanken gefangen gewesen. Jetzt drehte sie sich zu ihm um.

„Ich weiß nicht", kam es zaghaft von ihr. „Es tut mir wirklich leid, aber Bea ist der einzige Mensch, den ich noch habe. Ich musste zu ihr, ich konnte sie doch nicht einfach liegen lassen, mitten auf der Treppe, verletzt!" Sie kämpfte gegen die Tränen.

„Das glaub ich Ihnen. Ich möchte trotzdem in Ruhe mit Ihnen einige Angelegenheiten besprechen." Er sah auf die Uhr. „Sie könnten um fünfzehn Uhr ins Krankenhaus fahren. Geben Sie mir telefonisch Bescheid, sobald Sie fertig sind. Ich hole sie dort ab." Er nahm den Kugelschreiber und den Block vom Tresen und kritzelte seine Handynummer darauf. Er riss das Blatt ab und reichte es ihr. Ihre Hand zitterte, als sie das Papier entgegennahm. So aufgewühlt, hatte Thomas seine Angestellte noch nie erlebt. Nicht einmal dann, wenn Pia meinte, sie niederwalzen zu müssen. Am liebsten hätte er Mel in seine Arme gezogen und sie einfach nur festgehalten. Sie beförderte immer wieder den Beschützerinstinkt in ihm hervor. Natürlich gab es in seiner Vergangenheit auch ab und an kurze Affären. Der stete Wechsel der Arbeitsstellen verhinderte jedoch, dass es je zu etwas Ernsterem werden konnte. Aber es hatte auch noch keine Frau zuvor in dieser Art sein Herz berührt, wie es Mel tat. Wenn er auf alle anderen und auf seine Vernunft hören wollte, wusste er, dass es besser war, die Finger von ihr zu lassen. Mel würde ihm eindeutig gefährlich werden. Sie brauchte Hilfe und das war das Einzige, das im Augenblick zählte. Er ging wieder in die Küche und machte dort weiter, wo er vor Mels Auftauchen, aufgehört hatte. In knapp einer halben Stunde würde der Run auf das Mittagessen losgehen. Viel Zeit blieb nicht mehr, vor der üblichen Stoßzeit.

„Fünf Mal die gefüllte Hähnchenbrust, einmal die Spareribs und einmal die Spaghetti arrabiata", bestellte Jürgen laut und war schon wieder aus der Küche verschwunden. Kevin, der zweite Kellner stürmte herein. „Dreimal das Menü und einmal Dorsch." Und weg war er wieder. In der Küche herrschte Hochbetrieb. Jeder Handgriff saß. Die Köche portionierten und richteten das Bestellte an. Die Tür zur Küche schwang auf und die ersten Speisen wurden hinausgetragen. In der ganzen Hektik hatte Thomas keine Zeit, an Mel zu denken. Beim Kochen war er in seinem Element. Kurz wischte er sich mit dem Ärmel den Schweiß von der Stirn. Seine gefüllte Hähnchenbrust ging weg, wie die warmen Semmeln. Das Rezept hatte er einst von seiner Oma bekommen. Das war als Kind seine Lieblingsspeise gewesen. Während die beiden Kellner für das Essen zuständig waren, servierten Pia und Luise die Getränke. Mel kam kaum nach, die Gläser mit den bestellten Getränken zu füllen. Das Gute daran war, dass auch Pia keine Zeit hatte, ihren Kleinkrieg gegen sie fortzuführen. Kurz vor fünfzehn Uhr verließ der letzte Gast das Lokal. Jetzt konnte zugesperrt werden. Die Angestellten hatten Freizeit. Ab achtzehn Uhr würden sie wieder aufsperren. Während die anderen in die Küche gingen und sich ihr Mittagsessen, das sie gratis bekamen, abholten, schlich sich

Mel fort. Sie lief, so schnell sie konnte, zur nächsten Bushaltestelle. Zum Glück brauchte sie nur fünf Minuten auf den Bus warten, der zum Krankenhaus fuhr. Wie sollte sie in diesem riesigen Komplex ihre Bea finden? Verzweifelt suchte sie nach einer Informationsstelle. Sie bog am Krankenhausgelände in die nächste Gasse und atmete erleichtert auf, als sie den Informationsschalter entdeckte. Wie vermutet, war Bea tatsächlich stationär aufgenommen worden. Aufgeregt lief sie zu besagter Station, wo Bea liegen sollte. Die Beschilderung war wirklich gut und übersichtlich, so konnte sie ihre Freundin schnell ausfindig machen. Diese wirkte zwischen den weißen Laken des Krankenhausbettes noch zerbrechlicher, als sie es sowieso schon war.

„Wie geht es dir? Hast du Schmerzen?", fragte Mel und beugte sich hinunter, um die Freundin auf beide Wangen zu küssen.

„Kind, schön, dass du da bist. Ich hab mir einen Oberschenkelhalsbruch auf der rechten Seite zugezogen. Morgen werde ich operiert", seufzte Bea. „Der Arzt meinte, es sei zwar eine langwierige Angelegenheit, aber ich werde wieder gesund und auch gehen können. Aber wieso bist du schon so früh da? Musst du nicht arbeiten?"

„Der Chef hat mich früher gehen lassen, damit ich dann beim Abendgeschäft wieder anwesend bin." Dass er sie anschließend sprechen wollte, verschwieg Mel ihrer Freundin. Sollte er sie kündigen wollen, würde es Bea noch früh genug erfahren. Es reichte jetzt ein Unglück. Sie wollte ihr nicht zusätzliche Sorgen bereiten. Mel hob die Tasche hoch, die sie mitgebracht hatte und zeigte Bea, was sie ihr alles eingepackt hatte. Die Zeit verflog viel zu schnell.

Kapitel 6

Mel holte ihr Handy aus der Tasche und wählte die Nummer, die ihr Thomas gegeben hatte. Bereits nach dem ersten Klingeln hob er ab. „Ja, nun, ich wäre jetzt soweit", stotterte Mel ins Telefon. Unbehagen stieg in ihr auf. „Kennen Sie das Café direkt am Zugang zur Parkgarage?", hörte sie Thomas fragen. „Ja."
„Gut, dann treffen wir uns dort in fünf Minuten." Noch bevor sie hätte antworten können, hatte er aufgelegt. Wow, in fünf Minuten? So schnell. Sie hatte gehofft, dass er mindestens, bedingt durch den Nachmittagsverkehr, zwanzig Minuten hierher brauchen würde. Genügend Zeit, sich wieder zu sammeln. Aber so! Sie setzte sich in Bewegung. Schon aus beträchtlicher Entfernung sah sie ihn vor dem Lokal stehen. Er wartete bereits. Er musste sich zeitig auf den Weg gemacht haben, noch bevor sie ihn angerufen hatte. Zögerlich ging sie auf ihn zu.
„Hallo." Was hätte sie auch sonst sagen sollen?
„Da sind Sie ja". Sein freundlicher Gruß munterte sie auf und sein Lächeln erwärmte ihr Herz, das vor Aufregung drohte, aus der Brust zu springen. „Kommen Sie, gehen wir hinein ins Warme." Jetzt Mitte November waren die Temperaturen deutlich kühler geworden und die Tage beträchtlich kürzer. Ein steiler Nordwind zog auf. Die Nebeldecke hing den ganzen Tag hartnäckig über dem Land. Feiner Nieselregen fiel aus ihr herab. Galant hielt Thomas die Tür auf, damit Mel eintreten konnte. Warme angenehme Luft strömte ihnen entgegen. Er führte sie an einen kleinen Fensterplatz. Kaum dass sie sich gesetzt hatten, stand die Kellnerin vor ihnen. Mel bestellte einen heißen Früchtetee

mit Zitrone und Thomas wählte einen kleinen Schwarzen. Mel linste aus dem Fenster, ihre Hände zitterten und sie wagte nicht, Thomas anzusehen. Was wollte er bloß? Thomas räusperte sich. Auch er war angespannt und wusste nicht so recht, was er sich dabei gedacht hatte, sich mit seiner Angestellten zu treffen. Die Kellnerin servierte die Getränke. Als sie wieder weg war, räusperte er sich noch einmal.

„Mel, ich möchte Ihnen nicht zu nahetreten. Aber ich werde das Gefühl nicht los, dass Sie dringend Hilfe benötigen. Ich würde Ihnen sehr gerne helfen, ehrlich. Dazu müssten Sie mir allerdings ein wenig von Ihnen erzählen. Und wenn wir schon dabei sind, wie geht es Ihrer Freundin?" Geduldig wartete er.

Mel begann, ihren Tee zu zuckern, den Beutel mit dem Löffel auszudrücken und umzurühren. „Bea hat einen Oberschenkelhalsbruch, rechts. Sie wird morgen operiert," erzählte Mel zögerlich. Jetzt blickte sie doch zu Thomas. Sein besorgter Gesichtsausdruck zeigte ihr sein Interesse. Sie nahm einen vorsichtigen Schluck des heißen Getränkes.

„Wie alt ist Bea, wenn ich fragen darf?"

„Sie ist im zweiundsiebzigsten Lebensjahr. Im Februar hat sie Geburtstag.

„Sie war ihre Gouvernante oder Kinderfrau oder wie sagt man?"

„Ja, sie war meine Erzieherin, aber vor allem war sie mein Mutterersatz. Sie hat mir die Liebe geschenkt, die ich mir von meinem Vater immer ersehnt habe. Ich weiß nicht, was ich Ihnen erzählen soll", meinte Mel und hatte nicht bemerkt, dass sie schon mittendrin war und einiges verraten hatte. „Meine Vergangenheit kennen Sie sicher schon, wird ja überall herumgetratscht. Das ich Geld verdienen muss, um mich über Wasser zu halten, wissen Sie seit unserem Vorstellungsgespräch. Und dass ich wie die Pest gemieden werde, ist auch kein Geheimnis."

„Was wollte Jürgen von Ihnen? Oder sind Sie ein Paar?" Thomas merkte, wie Eifersucht in ihm hochstieg. Aber das war totaler Blödsinn. Wieso eigentlich. Mel und er waren nicht liiert. Und doch hatte es ihm einen Stich versetzt, als er die beiden traut miteinander am Gang stehen gesehen hatte. Zumindest hatte er Jürgen gesehen, der sich breit vor Mel hingestellt hatte. Thomas sah kurz auf den Gang, als er von dort Stimmen vernommen hatte. Rasch wich er wieder zurück, um nicht gesehen zu werden. Leider konnte er nicht verstehen, was Jürgen zu ihr gesagt hatte. Als er sie küsste, hätte Thomas ihn am liebsten von ihr fortgezogen. Aber das durfte er nicht. Es ging ihn nichts an. Und nun saß er ihr gegenüber und hatte nichts Besseres zu tun, als sie auch noch dämlich darauf anzusprechen. Entschuldigend hob er beide Hände.

„Tut mir leid, es geht mich nichts an. Sie sind eine hübsche Frau und können tun und lassen was sie wollen", er redete sich um Kopf und Kragen. Schnell trank er Kaffee. „Wegen Ihrer Vergangenheit, da hätte ich allerdings schon gerne mehr erfahren", versuchte er rasch das Thema zu wechseln. „So viel wie Sie vermuten, wird nicht getratscht. Zumindest mir gegenüber nicht." Thomas sah zu Mel, die ihn nun mit riesigen Augen anstierte.

„Ich spreche nicht gerne über mich", meinte sie nach einiger Zeit des Schweigens. „Mit Jürgen bin ich nicht zusammen, wenn Sie das interessiert. Vielleicht hätte er es gerne, ich weiß nicht. Ist auch nicht wichtig. Momentan habe ich nur die Sorge, wie es mit Bea weitergeht, und ob sie wieder gesund wird." Dass sie Angst hatte, Bea zu verlieren, verschwieg sie. Wie sollte sie ohne ihre Freundin weiterleben? Aber das würde ein Herr Neumann, der aus einem wohlbehüteten Elternhaus stammte, kaum verstehen. Sie beneidete ihn um seine große Familie. Als Einzelkind hatte sie sich immer Geschwister gewünscht. Auch dies hatte Vater ihr nicht erfüllt. Sie seufzte. Mel hielt die heiße Teetasse mit beiden Händen umschlossen und genoss die Wärme, die von ihr ausging.

„Was ist mit Pia und Emma? Warum gibt es da immer Streit?"

„Ich weiß es doch nicht!" Mels Stimme klang verzweifelt. „Ehrlich, ich versuche, mit den beiden so gut als möglich auszukommen. Ich habe nicht die geringste Ahnung, warum sie mich ständig Piesacken. Wenn ich nicht so auf den Job angewiesen wäre, würde ich selbst kündigen, schon Ihretwegen, damit Sie nicht ständig Probleme mit uns Mitarbeitern haben. Aber ich brauche das Geld. Ehrlich." Mel klang verzweifelt.

„Sie kündigen nicht! Wieso auch? Ich bin mit Ihrer Arbeit mehr als zufrieden." Plötzlich breitete sich ein spitzbübisches Lächeln auf seinem Gesicht aus. „Sie haben einmal gesagt, dass Sie nichts gelernt hätten?"

„Mhm. Nur das, was mir die Privatlehrer beigebracht haben. Aber ich habe keinen Abschluss, keinen Beruf, wenn Sie das meinen. Warum?"

„Ich habe Sie beobachtet, wenn Sie in der Küche ausgeholfen haben. Sie stellen sich geschickt an. Außerdem haben Sie einen äußerst guten Geschmackssinn, ist mir aufgefallen, wenn Sie Speisen verkostet haben."

„Ja, und?" Mel klang verunsichert.

Thomas Grinsen wurde breiter. „Wie wäre es, wenn Sie mein Kochlehrling werden? Ich wollte sowieso einen Lehrling anstellen. Auch brauchen wir in der Küche mehr Personal. Für den Service und die Bar lässt sich sicherlich schnell eine Aushilfe finden. Der Vorteil für Sie liegt auf der Hand. Sie haben kaum Kontakt zu den Servicemitarbeiterinnen und Sie stehen unter meinem Schutz."

Am liebsten hätte er sich für die Idee selbst kräftig auf die Schulter geklopft. Tat er nicht, wäre doch komisch gewesen. Er hob die Augenbrauen, als er von Mel keine Reaktion bekam. Sie fixierte ihn aus ihren großen blauen Augen. „Kochen Sie nicht gerne?", fragte Thomas vorsichtig. War er jetzt zu voreilig gewesen? Er fand die Idee toll.

„Das kann ich nicht so genau beantworten, ich habe es ja noch nie so richtig ausprobiert", stotterte Mel. „Mir hat noch nie jemand so viel Vertrauen entgegengebracht und mir zugetraut, dass ich etwas Sinnvolles lernen könnte. Mein Vater und seine zahlreichen Exfrauen haben mich als ungeschickt und tollpatschig bezeichnet und mich dauernd gescholten. Sie machen sich sicher über mich lustig?" Mel wollte aufstehen. Thomas hielt sie zurück.

„Setzen Sie sich Mel, bitte. Was reden Sie denn da für einen Unfug. Ich habe Ihnen doch vorhin erklärt, wie zufrieden ich mit ihren Leistungen bin. Es ist ein Angebot meinerseits. Überlegen Sie doch. Vor Pia und den anderen wären Sie einigermaßen sicher. In der Küche haben Sie die Möglichkeit, vieles zu lernen und eine Ausbildung abzuschließen, vorausgesetzt, Sie wollen das auch." Thomas war die Idee spontan eingefallen. So hätte er ständig ein

Auge auf sie, nicht nur, weil sie ihm so gut gefiel, sondern weil er ständig dem Drang, sie zu beschützen, nachkommen wollte.

„Ich kann es mir nicht leisten, weniger Gehalt zu verdienen."

„Mel, Ihr Verdienst bleibt zumindest gleich. Da finden wir eine Lösung. Überlegen Sie es sich. Ja. Und morgen in der Früh geben Sie mir Ihre Entscheidung bekannt." Ein Blick auf seine Uhr zeigte ihm, dass es Zeit war, ins Restaurant zurückzukehren. Dort wartete wieder eine Menge Arbeit auf sie.

Müde, völlig erschöpft, schlurfte Mel nach Dienstschluss in die leere Wohnung. Sie vermisste die freundliche Begrüßung von Bea. Den Gedanken, sie jetzt noch anzurufen, verwarf Mel aufgrund der fortgeschrittenen Stunde. Ihr Magen knurrte. Sie hatte den ganzen Tag nichts gegessen. Nachmittags wollte sie rechtzeitig bei Bea sein und anschließend war sie zu aufgeregt wegen des Treffens mit ihrem Chef. Wieder knurrte der Magen. Ihr Magen rebellierte lautstark. Ein flaues Gefühl bescherte ihr Schwindel. Sie suchte im Kühlschrank nach etwas Essbarem. Sie fand Käse, Butter, Schinken, einen Joghurt, eine runzlige Wurst, einen offenen Becher mit Frischkäse. Die ungenießbaren Lebensmittel entsorgte sie. Anschließend bestrich sie sich ein Stück Brot mit Butter und legte zwei Scheiben Käse darauf. Hungrig biss sie hinein. Sie brühte sich Tee auf. Mit ihrem Tee und einem weiteren Käsebrot setzte sie sich auf die Couch im kleinen Wohnzimmer und schaltete den Fernseher ein. Sie zappte durch die Kanäle. Nach fünf Minuten schaltete sie das Gerät wieder aus und beschloss eine ausgiebige Dusche zu nehmen. Langsam ließ sie den heutigen Tag Revue passieren. Die Entscheidung bezüglich des Angebotes ihres Chefs stand noch aus. Ihr Kopf begann zu pochen. Was sollte sie nur machen? Och, in der Küche arbeitete sie gerne. Sie liebte die Gerüche nach Kräutern, Gemüse, Obst, nach den fertigen Speisen. Zu gerne hätte sie sofort das verlockende Angebot angenommen. Es gab nur ein Problem. Ein schwerwiegendes Problem, wie Mel fand. Thomas Neumann!

Sie hatte so schon Mühe, die Anziehungskraft, die er auf sie ausübte, zu ignorieren. Wie sollte sie seinem Charme, seinem Duft, seiner tiefen Stimme und vor allem, seinen warmen grauen Augen widerstehen? Tagtäglich in nächster Nähe mit ihm gemeinsam zu kochen, wie sollte sie sich da auf die Arbeit konzentrieren können und noch dazu dabei etwas lernen? Resigniert schlurfte Mel ins Badezimmer, stieg in die Dusche und ließ sich vom heißen Wasserstrahl die nackte Haut massieren. Das tat gut. Die Wärme stieg in ihre Poren, breitete sich im gesamten Körper aus. Die entspannende Wirkung ließ nicht lange auf sich warten. Eingehüllt im warmen Wasserfall hing sie ihren Träumen nach. Schon als Kind hatte sie für ihr Leben gerne geduscht. Bea tauchte vor ihrem geistigen Auge auf, ein Badetuch in der Hand und geduldig auf sie wartend, während Mel über die Unterrichtsstunden berichtete. Ihr Privatlehrer hatte ihr in Geografie die Länder beschrieben, in denen ihr Vater zurzeit auf Reisen war. Ja, ihr Vater, wie gerne hätte sie ihn begleitet. Durch den Unterrichtsstoff der verschiedenen Länder konnte sie ihm nahe sein. Die Fantasie war mit ihr durchgegangen, sogar an seiner Seite sah sie sich, bei diesen gedanklichen Reisen. Sie wollte ihn mit ihrem Wissen darüber erfreuen, sobald er wieder zu Hause war. Ihr Wissen hatte sie im Kopf behalten, ihrem Vater hatte sie bis heute nie davon erzählen können. Sein ausschließliches Interesse galt seinen Frauen. Mel drehte das Wasser ab und rubbelte sich den Körper trocken. Die Erinnerungen bescherten ihr einen kalten Schauer. Warum hatte sie diese schmerzlichen Gedanken zugelassen. Sie wollte sich entspannen. Mel schlupfte in ihr Nachtshirt und kuschelte sich ins weiche Bett. An Schlaf war noch lange nicht zu denken. Gerne hätte sie Beatrice gefragt, wie sie sich nun entscheiden sollte. Ob sie das Angebot ihres Chefs annehmen kann? Bea hätte ihr sicherlich eine kluge Antwort gegeben, damit sie die richtige Entscheidung zu treffen vermochte. Aber das ging ja nicht. Sie sah Bea erst am Nachmittag, wenn sie sie besuchen konnte. Thomas erwartete jedoch bereits in der Früh ihre Antwort. Noch lange wälzte sie sich hin und her, bevor sie in einen unruhigen Schlaf fiel.

Am nächsten Morgen schmerzte Mel der Kopf. Der Schlafmangel machte sich bemerkbar. Um acht Uhr hatte sie Dienstbeginn. Gemeinsam mit Agnes musste sie das Lokal reinigen, bevor sie um die Mittagszeit in der Bar eingeteilt war. Sie schluckte. Traumjob war das sicherlich keiner. Das Angebot von Thomas lag in der Luft, sehr verlockend und zum Greifen nah.

„Mel", hörte sie Thomas' Stimme rufen, kurz nachdem sie das Lokal betreten hatte. „Gut, dass Sie schon da sind, kommen Sie bitte."

Mel atmete tief ein. Sie war so gescheit wie am Abend zuvor. Die Nacht hatte keine Erleuchtung gebracht. Mit gesenktem Kopf betrat sie die Küche. Thomas lehnte an der Anrichte und hielt einen Espresso in der Hand. „Guten Morgen, möchten Sie auch einen Kaffee?"

„Nein, danke. Ich habe schon gefrühstückt", log sie. Die zwei Schluck Wasser, bevor sie die Wohnung verlassen hatte, zählten wohl nicht als Frühstück.

„Mel, haben Sie über mein Angebot nachgedacht?"

„Ja, aber..."

„Was aber?"

Mel sah in seine faszinierenden Augen. Seine Haare hingen störrisch in die Stirn. Die Kochhaube lag neben ihm auf der Anrichte. Sein schwarz-weiß-kariertes Kochhemd stand offen, darunter trug er ein weißes T-Shirt, das seine muskulöse Brust betonte. Dazu trug er eine schwarze Baumwollhose.

„Mel?"

„Entschuldigung. Ja, ich habe nachgedacht und weiß trotzdem nicht, wie ich mich entscheiden soll. Was ist, wenn die Kollegen in der Küche meine Mithilfe auch nicht wollen?"

„Mel, die Frage stellt sich nicht. Hier bin ich der Chef, sowohl in der Küche, als auch in diesem Geschäft." Ein Lächeln breitete sich auf seinem maskulinen Gesicht aus. „Gut, dann nehme ich Ihnen die Entscheidung ab. Sie fangen ab sofort in der Küche als Lehrling an."

„Hm, und wer macht dann meine Arbeit? Die Bar?" Mel stierte ihn überrascht an.

„Das lassen Sie meine Sorge sein." Thomas stellte seine Tasse auf der Anrichte ab. Er verschwand kurz in der anliegenden Speisekammer. Mit einer Kochkleidung in der Hand kam er zurück. Er reichte ihr die Kleidungsstücke.

„Gehen Sie sich umziehen, damit Sie zum Team passen", meinte er grinsend und zwinkerte ihr zu. „Ach ja, noch etwas, das hätte ich beinahe vergessen, unter der Küchencrew ist das du geläufig." Er reichte ihr die Hand, „Thomas, ab jetzt auch für dich." Zaghaft schlug sie ein.

„Danke." So ein Schlitzohr! Sie mühte sich die ganze Nacht ab, um eine Entscheidung zu fällen. Dabei stand es für Ihren Chef schon fest, sie in der Küche einzuteilen. Insgeheim grinste sie. Froh darüber, den täglichen Angriffen ihrer Kolleginnen zu entgehen, huschte sie auf die Toilette. Sie betrachtete sich im Spiegel, über dem Waschbecken. Viel sah sie ja nicht – nur den Brustbereich. Das schwarz-weiß-karierte Hemd passte perfekt. Sie wunderte sich, wie der Chef ihre Größe erraten hatte. Auch die schwarze Hose fühlte sich an ihr gut an. Statt einer Kochhaube gab es für das Hilfspersonal und jetzt auch fürs sie als Lehrling eine weiße Kappe. Sie sah keck darin aus. Auch ein wenig frech. Mel grinste ihr Spiegelbild an. Als sie die Außentüre und Stimmengewirr hörte, eilte sie in die Küche zurück. Sie wollte es vermeiden, ihren Kolleginnen über den Weg zu laufen. Wie sie wohl reagieren würden? Neugierde breitete sich in ihr aus. Als sie die Küche betrat, pfiff Lorenzo, der kurz zuvor angekommen war, anerkennend. „Wow, fesch, Mel. Sag, hast du heute schon etwas vor?"

„Finger weg!" Thomas dunkle Stimme glich einem Knurren.

„Okay! Aber Chef, schau doch nur, sie sieht doch hammermäßig aus." Lorenzo blinzelte Mel verschwörerisch zu. Von Thomas ernteten beide finstere Blicke.

„Alle herhören! Ab sofort hat Mel die Position als Lehrling. Sie ist ausschließlich, ich betone, ausschließlich mir unterstellt. Ich wünsche einen respektvollen Umgang ihr gegenüber. Habt ihr mich verstanden?" Er ließ den Blick über seine Angestellten in der Küche gleiten. Alle nickten. „Gut, dann geht an eure Arbeit. Mel, du kommst bitte mit", forderte er sie auf. Er eilte voraus ins Restaurant. Hier rief er die Crew zusammen. Als alle anwesend waren, stellte er auch sie vor seine vollendeten Tatsachen. „Luisa, Sie übernehmen ab sofort die Bar und Emma, Sie helfen bitte im Service aus, bis wir eine neue Kraft angestellt haben."

So ließ eine Emma Smolnik nicht mit sich reden. „Herr Neumann, Sie mögen hier der Chef sein, aber Sie haben mir die Einteilung und die Verantwortung im Restaurant zukommen lassen. Sie können doch nicht einfach meine Aufgabe übernehmen und alles über den Haufen schmeißen. Melanie sollte so lange ihren Dienst in der Bar erledigen, bis wir einen Ersatz für sie gefunden haben. Dann können Sie sie gerne einteilen, wo Sie glauben."

Thomas kochte innerlich. Wenn er sie nicht gebraucht hätte, hätte er sie hochkant hinausgeworfen. Und Pia, die ihn hämisch angrinste, gleich mit. Er atmete tief ein. Seine Augen verengten sich zu Schlitzen. „Sie befolgen meine Anweisungen! Ich bin nicht bereit, mich auf Diskussionen einzulassen. Wenn Sie mir jemanden empfehlen können, der die Arbeiten von Mel übernimmt, bin ich gerne bereit, die Person zu einem Vorstellungsgespräch einzuladen. Dass ich Mel aus dem Servicebereich abziehe, haben Sie sich alle selbst zuzuschreiben. Ich wünsche in meinem Haus einen kameradschaftlichen, freundlichen und vor allem respektvollen Umgang miteinander. Mehrmals habe ich versucht, dies allen verständlich zu machen. Leider hat es nicht gefruchtet. Denken Sie darüber nach. So, und jetzt gehen Sie bitte wieder an Ihre Arbeit. Emma, Sie kommen bitte mit."

Sein Tonfall duldete keinen Widerspruch. Mit Emma und Mel im Schlepptau marschierte er in die Küche. „Mel, hole bitte Eier, Milch und Mehl." Als Mel in der Vorratskammer verschwunden war, wandte er sich an Emma.

„Emma, Eder hat Sie mir empfohlen als gewissenhaft, loyal und gerecht, flink und fleißig. Leider habe ich bis jetzt noch keines dieser Vorzüge an Ihnen erkennen können. Sie fallen mir ständig in den Rücken, erledigen Arbeitsaufträge nicht immer zu meinem Gefallen und was am schlimmsten ist, Sie tolerieren, wenn eine Angestellte, die Ihnen unterstellt ist, von anderen angefeindet wird. Das dulde ich nicht! Haben Sie mich verstanden?"

Emma Smolnik schluckte. „So ist noch kein Chef mit mir umgesprungen. Das muss ich mir nicht gefallen lassen!"

„Es tut mir leid, aber anscheinend fordern Sie es bei mir ständig heraus."

„Hören Sie, diese Mel bringt seit Beginn nur Unruhe ins Team, da muss man härter durchgreifen."

„Stopp! Was habe ich vorhin gesagt? Was hat Ihnen Melanie getan?"

„Ehm, das tut hier nichts zur Sache. Aber …"

„Kein aber! Sehen Sie, damit Sie sich nicht mit einer so unliebsamen Mitarbeiterin abplagen müssen, habe ich sie in mein Team geholt. Gibt es noch Fragen?" Thomas zog seine Augenbrauen in die Höhe. Als sie verneinte, ließ er sie einfach stehen und ging zu Mel, die in der Zwischenzeit die Zutaten auf die Arbeitsplatte gestellt hatte. Er erklärte ihr mit ruhiger Stimme die Zubereitung des überbackenen Pfannkuchens mit Pilzragout, obwohl er innerlich kochte und Mühe hatte, nicht vor all seinen Kollegen Dampf abzulassen. In all den Jahren hatte Thomas immer wieder Querelen zwischen den Mitarbeitern erlebt. Meist fand man eine Lösung, bevor eine Situation eskalieren konnte, zumindest in guten Häusern. In Gastbetrieben, wo auf das Wohlbefinden der Mitarbeiter wenig Wert gelegt wurde, lernte er allerdings ebenso die Kehrseite kennen. Mitarbeiter, die mobbten oder gemobbt wurden. Keine angenehme Sache. So etwas duldete er auf keinen Fall, und wenn er dafür die Hälfte des Teams austauschen müsste. In kurzer Zeit war die Teigmasse angerührt. Thomas zeigte Mel, wie die Pfannkuchen gebacken wurden. Der erste Versuch missglückte ihr. Der Pfannkuchen glich einem verkohlten Brett – zu dunkel und zu dick. Beim nächsten Versuch gab sie besser acht und siehe da, das Ergebnis konnte sich sehen lassen. Ab dem Nächsten ging ihr diese Arbeit leicht von der Hand, und sie zauberte tatsächlich hauchdünne, goldgelbe Scheiben. Eder stellte sich zu ihr und beobachtete sie. Schließlich klopfte er ihr anerkennend auf die Schulter.

„Mädel, das machst du ausgezeichnet", dann verschwand er in der Vorratskammer. Mel errötete aus Verlegenheit. Lob war etwas, womit sie nicht umzugehen wusste ...

„Stell dir vor", erzählte sie später Bea im Krankenhaus, „sogar der Eder hat mich gelobt. Kannst du dir das vorstellen? Die Zeit ist heute wie im Flug vergangen. Jetzt freu ich mich sogar schon wieder auf die Arbeit. Aber ich quatsche die ganze Zeit nur über mich. Sag, wie geht es dir?

Hast du Schmerzen? Ist die Operation gut verlaufen?"

„Kind, jetzt mal langsam", bremste Bea lächelnd. „Also, soweit ich von der Schwester gehört habe, passt alles. Sie haben meinen Oberschenkel verschraubt und jetzt muss das ganze zusammenheilen. Das wird allerdings einige Wochen dauern. Gegen die Schmerzen bekomme ich ausreichend Medizin. Naja, ansonsten ärgere ich mich noch immer, weil ich so tollpatschig war. Ich wollte meinen Mantel zuknöpfen, habe einen kurzen Augenblick nicht auf die Stufen geachtet und peng, bin ich dagelegen."

Bea schüttelte den Kopf. „Was mir Kopfzerbrechen bereitet, ist, wie es danach weitergeht, wenn ich aus dem Krankenhaus entlassen werde. Vorerst werde ich keine Treppen steigen können. Wie soll ich da in die Wohnung kommen? Aber es ist nicht nur das alleine. Wer weiß, ob ich wieder soweit hergestellt bin, dass ich komplett gesund werde und überhaupt wieder laufen kann."

Mel ergriff Beas faltige Hand. „Wir finden eine Lösung, mach dir nicht zu viele Sorgen. Werde erst wieder gesund. Vielleicht machst du ja anschließend auch einen Rehabilitationsaufenthalt in einer Klinik", überlegte Mel laut. „Und notfalls schaue ich mich auch nach einer anderen Wohnung um. Eine, wo du ebenerdig wohnst. Gemeinsam ist es auch finanziell leichter, überhaupt, wo ich jetzt einen längerfristigen Job habe". Mel strahlte über das ganze Gesicht. Seit langer Zeit erreichte ihr Lächeln auch die Augenpartie.

Kapitel 7

„Hallo, och ist das schön, dass du kommen konntest", begrüßte ihn Jenny überschwänglich und fiel ihm um den Hals, kaum, dass sie die Tür für ihn geöffnet hatte. Thomas erwiderte ihre Umarmung. Obwohl es Sonntag war und im Lokal wieder eine Menge Tische reserviert waren, hatte er sich diese Auszeit gegönnt. Eder hatte ihn förmlich dazu gedrängt, zwei Tage frei zu nehmen. Er würde erst am Montag seine Heimreise antreten.

Er lächelte seine ältere Schwester an. Sie sah bezaubernd aus. Ihr Gesicht strahlte. „Komm, sie warten schon alle auf dich. Lilly ist schon ganz ungeduldig, weil sie noch keines ihrer Geschenke öffnen durfte." Jenny blinzelte ihm zu. Im hellen, großzügigen Wohnzimmer der Familie Winter wimmelte es von Menschen, alles Familienangehörige. Thomas hatte Mühe, dem Ansturm der Begrüßungen Stand zu halten. Lilly klammerte sich an sein Bein. Seine Mutter und Anika, seine jüngere Schwester, herzten und küssten ihn. Auch Benny und Amelie kamen angestürmt, um ihren Onkel zu begrüßen. Michael, Anikas Gatte, drückte ihm ein Glas Sekt in die Hand. Mitten in diesem Trubel fühlte er sich wohl. Erst jetzt bemerkte er, wie sehr er seine Familie vermisst hatte. Ein wenig Wehmut kroch hoch. Bei all seinem beruflichen Erfolg fehlte ihm eine Partnerin an seiner Seite. Bis jetzt hatte er sich immer eingeredet, für die Liebe keine Zeit zu haben. Er schluckte den fahlen Beigeschmack dieser Gedanken hinunter und war sofort wieder vergessen, als Lilly ihre Geschenke auspacken durfte. Zerrissenes Geschenkpapier flog durch die Luft. Für sorgfältiges Öffnen der Pakete fand das kleine Mädchen keine Zeit. Die Neugierde war zu groß. Zum Vorschein kamen ein Bagger, ein Feuerwehrauto, ein Lastwagen mit Anhänger, ein ferngesteuerter Stapler, Bauklötze, aus denen man Häuser bauen konnte. Beim Betrachten der Geschenke wären Außenstehende nie auf den Gedanken gekommen, dass dies eine Geburtstagsfeier für ein Mädchen war. Benny schielte zu seiner kleinen Schwester, die ihre Fahrzeuge in Reih und Glied aufstellte und aufgeregt herumhüpfte. Wenn er sie ganz lieb bat, würde sie ihn vielleicht ja auch mitspielen lassen.

Rosa trug belegte Brötchen und Fingersnacks herbei. Anschließend gesellte sie sich zu den Gästen. Sie gehörte seit ewigen Zeiten zur Familie Winter und war schon lange nicht mehr nur die Haushälterin, sondern eine gute Freundin. Lilly gesellte sich zu Thomas auf die Couch. „Onkel Thomas, nun kann ich endlich mit Papa auf die Baustellen mitfahren", erklärte sie ihm stolz, „und kann mit meinem Bagger beim Löcher graben helfen." Hinter ihm hörte Thomas das tiefe Lachen von Max. Er blickte zu seinem Schwager hoch. „Da hast du ja alle Unterstützung, die du benötigst."

„Allerdings", grunzte Max mit Tränen in den Augen. „Lilly und Benny werd ich gründlich einschulen und dann kann ich mich getrost in Ruhestand begeben."

„Was ist Ruhestand, Papa?" Lilly blickte Max neugierig an.

„Das heißt, dass ich zu Hause bleibe und du und Benny am Bau arbeitet", erklärte Max.

„Gut. Das ist okay! Wenn Benny das macht, was ich will, darf er mitkommen", erklärte die Kleine selbstbewusst.

„Du bist doch noch viel zu klein", protestierte Benny sofort. „Außerdem müssen Mädchen immer das tun, was wir Männer ihnen sagen."

„Bäh, so ein Blödsinn. Ich mach sicher nicht das, was du willst." Lilly funkelte ihren Bruder wild an.

„Kinder, ist schon gut, nicht streiten. In zehn Jahren reden wir weiter." Max lächelte die beiden an.

„So, kommt mit", mischte sich Rosa ein, bevor die beiden Kleinen sich in die Haare kriegen konnten, was sie nur allzu gerne taten. „Es gibt Eis und Torte, ihr müsst mir kurz helfen."

„Buh, das ging ja noch einmal gut", meinte Jenny und lehnte sich an ihren Gatten. „Du sollst doch die beiden nicht immer so aufziehen."

„Hab ich doch gar nicht", beschwerte sich Max, „frag Thomas."

Jenny blickte belustigt zwischen den Männern hin und her und erntete unschuldige Blicke. Rosa brachte gemeinsam mit den Kindern die riesige Schoko-Geburtstagstorte, verziert mit bunten Marzipanfiguren. Lilly durfte die Kerzen ausblasen und sich etwas wünschen. Während Rosa für alle Kaffee einschenkte, schnitt Jenny mit Lilly die Torte an. Klara Neumann und Eleonore Winter verteilten sie an die Anwesenden.

„Wie läuft es bei dir?" Gert hatte sich zu seinem Sohn gestellt. Auch die anderen stellten sich zu ihnen.

„Ganz gut. Danke. Bis jetzt ist das Lokal gut besucht. Wir bekommen tolle Kritiken und werden weiterempfohlen. Was will man mehr?" Thomas nahm ein großes Stück der köstlichen Torte in den Mund.

„Und gibt's Aussicht auf eine Schwägerin", fragte Michael frech. Thomas verschluckte sich. Sein Gesicht lief rot an. Er hatte Mühe, den Inhalt seines Mundes bei sich zu behalten. Als er hinuntergeschluckt hatte, meinte er: „Spinnst du? Willst du meinen Tod? Mich so zu erschrecken. Ich und eine Frau, dafür hab ich keine Zeit."

„Für Frauen hat „Mann" immer Zeit. Zumindest sollte er sie sich nehmen. Schau, wenn ich so gedacht hätte, wäre ich nicht mit deiner Schwester verheiratet. Und die war eine harte Nuss, das kannst du mir glauben." Fröhliches Gelächter erfüllte den Raum.

„Wenn du mich mit deiner selbstgefälligen Art und deinen Lügen nicht ständig genervt hättest, wer weiß, dann wäre aus uns vielleicht schon früher ein Paar geworden, mein Schatz", mischte sich Anika grinsend ins Gespräch.

„Es hat sich auf jeden Fall gelohnt", schmeichelte Michael und fuhr liebevoll über ihren Bauch, der bereits eine kleine Wölbung aufwies.

„Wann ist es denn soweit?" Thomas deutete mit der Kuchengabel in der Hand auf Anika. Dass seine Schwester in anderen Umständen war, wusste er bereits. Die Neuigkeit hatte sich in der Familie wie ein Lauffeuer verbreitet.

„Mitte April. Michael und ich haben uns schon überlegt, ob du einen guten Patenonkel abgeben würdest. Aber nachdem ich gesehen habe, welches Geschenk du deiner Nichte zum Geburtstag überreicht hast, bin ich schwer am überlegen", neckte sie ihn.

„Och, was kann ich denn dafür, wenn deine Schwester unbedingt einen Jungen aus der Kleinen machen möchte?" Bevor Thomas es sich versah, spürte er Jennys Ellenbogen in den Rippen. „Au! Wofür war das denn?", beschwerte er sich lautstark und schielte zu ihr.

„Das weißt du ganz genau, liebes Bruderherz." Glücklich hakte Jenny sich bei ihm unter. „Als Patenonkel hast du natürlich die Befugnis, meine Tochter eines Besseren zu belehren. Ich wünsch dir jedenfalls viel Glück dabei." Spitzbübisch funkelte sie ihn an.

„Ne, das lass ich lieber. Ich befürchte, die ist dasselbe aufmüpfige Biest wie ihre Mutter."

„Noch immer lebensmüde, wie?" Jenny funkelte ihn herausfordernd an.

„Kinder! Wie eh und je", mischte sich Klara ein. „Müsst ihr euch immer zanken und necken? Hört das denn nie auf?"

„Ach Mama, lass gut sein", beruhigte Anika, „sonst wäre es doch stinklangweilig."

Thomas stellte sich zu seiner Mutter und legte versöhnlich den Arm um ihre Schulter. „Keine Sorge, wenn es ernst wird, gehen wir hinaus auf die Blutwiese." Seine Augen funkelten belustigt.

„Oh ja, macht das. Ich will endlich einen Kampf zwischen Geschwistern sehen", feuerte Max an.

„Wer kämpft?", fragte Benny aufgeregt.

„Deine Mama und Onkel Thomas." Max kämpfte gegen einen Lachanfall. Verräterische Tränen bildeten sich in seinen Augenwinkeln.

„Herrje, du bist der gleiche Hornochse wie meine Kinder", winkte Klara resigniert ab.

Thomas genoss dieses Geplänkel. Fröhliches Lachen ertönte. Seine Familie würde jederzeit sein Anker sein, egal was die Zukunft brachte. Kurz schweiften seine Gedanken zu Mel. Sie tat ihm unendlich leid, nie ein Familienleben dieser Art kennen gelernt zu haben. Durfte er ihren Erzählungen glauben, war ihre Kindheit mehr als trübselig verlaufen. Plötzlich fehlte sie ihm. Er hätte sie gerne hierher mitgenommen zu seinen Angehörigen, hätte sie gerne teilhaben lassen an dieser unbefangenen fröhlichen Gesellschaft. Ob sie sich hier wohlfühlen würde? Thomas bezweifelte es. Er sah ihr zartes hübsches Gesicht vor seinem geistigen Auge, ihre traurigen großen Augen. Was sie jetzt in diesem Augenblick wohl machte?

Verstohlen blickte er auf seine silberne Armbanduhr. In der Küche herrschte um diese Zeit Hochbetrieb. Eder hatte ihm mit der Hand auf dem Herzen versprochen, gut auf sie Acht zu geben. Auch Lorenzo wollte sich um sie kümmern. Eifersucht schlich sich in seine Gedanken. Obwohl, Lorenzo war zwar ein Frauenheld, aber er würde Thomas nie hintergehen und sich an eine Frau heranmachen, die seinem Freund etwas bedeutete. Thomas holte sich eine Flasche Bier aus dem Kühlschrank. Wenn er Mels Vertrauen gewinnen wollte, musste er sich etwas einfallen lassen. Sie hatte um sich herum einen riesigen Schutzwall aufgebaut, eine Barriere, die es zu durchdringen galt, um ihr Herz zu erreichen. Alle Mühen, sich ihr anzunähern, ihr Vertrauen zu gewinnen, blieben bis dato erfolglos.

Mels Interesse am Kochen, ihre Lernbereitschaft und Auffassungsgabe, imponierten ihm. Sie sog alle Informationen wie ein Schwamm auf. In den letzten vierzehn Tagen hatte sie sich mehr Wissen angeeignet, als so mancher Lehrling in einem halben Jahr. Sie strahlte wie ein Honigkuchenpferd, wenn sie eine Speise perfekt zubereitete. Und sie wurde verlegen, wenn sie Lob erhielt. Damit konnte sie überhaupt nicht umgehen. Thomas lächelte. Sie sah so bezaubernd aus, wenn sie leicht errötete. In solchen Augenblicken hätte er sie gerne an seine Brust gedrückt und umarmt. Ob er das jemals bei ihr machen durfte? Sie umarmen. Geduld war da gefragt. Nur, Thomas war nicht unbedingt der geduldigste Mensch. Das kostete ihm viel an Selbstbeherrschung.

„Thomas", holte ihn die Stimme seiner Mutter aus seinen Gedanken, „wieso verkrümelst du dich in die Küche? Hast du Probleme? Oder bist du müde?" Eine tiefe Sorgenfalte legte sich quer über die Stirn seiner Mutter.

„Mama, nein, keine Probleme, habe mir nur ein Bier geholt. Weißt du, manchmal, so wie jetzt, ist es wirklich schade, dass wir alle so weit entfernt von einander leben. Wir sind doch ein lustiger Haufen, findest du nicht?"

„Ja, da hast du wohl recht. Mir würde es auch besser gefallen, euch öfter um mich zu haben. Sag, was ich dich schon länger fragen wollte", drückte Klara herum, „hast du eigentlich eine Freundin?"

„Nein! Wie kommst du denn jetzt auf diese Gedanken?"

„Ich sorge mich um dich, weil ich befürchte, dass du bei all deinem beruflichen Ehrgeiz, auf dein Privatleben vergisst. Zu zweit ist vieles leichter zu ertragen. Gefällt dir von deinen Angestellten denn keine? Hast ja ein paar hübsche, und wie mir scheint, auch tüchtige Mädchen angestellt. Waren alle sehr nett und freundlich."

„Mama, also wirklich, für diese Dinge steht mir im Moment nicht der Kopf. Und was soll diese Frage, ich kann mich doch nicht auf eine Angestellte einlassen."

„Warum nicht? Wenn du es ernst mit ihr meinst, finde ich nichts dabei", protestierte Klara.

„Nein, das geht wirklich nicht, wie das aussehen würde."

„Schau dir doch Michael und Anika an, wie glücklich die beiden sind. Ich möchte dich nur daran erinnern, dass auch Michael zuerst Anikas Chef war. Oder Max und Jenny. Auch Max war ..."

„Nein, nein, lassen wir das Thema", fiel ihr Thomas ins Wort, „gehen wir lieber wieder zu den anderen". Mutter war die Letzte mit der er seine Gefühle, die er für eine gewisse Angestellte empfand, teilen wollte. Bei ihrem Feingespür hätte sie ihn in null Komma nichts entlarvt. Mel geisterte ihm im Kopf herum. Diese zierliche Frau mit ihrer sehr bewegten Vergangenheit berührte sein Herz, wie keine andere. Sie war so anders, als die Mädchen und Frauen, die er bis jetzt kennengelernt hatte. Nun ja, die meisten davon waren Kolleginnen gewesen. Mit einigen wenigen hatte er sich auf eine kurze Liaison eingelassen, wie es in Saisonbetrieben oft der Fall war. Von Dauer war keine dieser Bekanntschaften gewesen. In letzter Zeit fragte er sich des Öfteren, ob es mit Mel anders wäre. Er fühlte sich zu ihr hingezogen, das stand für ihn mittlerweile außer Frage. Aber er vermochte nicht einzuschätzen, wie Mel empfand, ob sie überhaupt für ihn etwas empfand. Rasch schüttelte er seine Gedanken ab. Hier war ganz sicher nicht der passende Ort, sich all diesen Überlegungen zu stellen.

Klara unterdrückte ein Schmunzeln. Ihr Sohn war leicht zu durchschauen. Trotz ihrer Neugierde schlenderte sie mit ihm zurück ins Wohnzimmer.

Am frühen Vormittag fuhr Thomas auf den Parkplatz hinter seinem Lokal vor. Durch die großen Küchenfenster sah er bereits seine Mitarbeiter fleißig werken. In der Küche herrschte um diese Zeit Hochbetrieb. Die Menüs für die

Mittagszeit wurden vorbereitet. Als Thema dieser Woche stand die Asiatische Küche am Programm. Natürlich gab es trotzdem Standardgerichte wie das traditionelle Wienerschnitzel, Schweinebraten, Jägerbraten, Kasnudeln und dergleichen am Speiseplan, für alle jene, die ausschließlich das aßen, was sie kannten. Er huschte in den Pausenraum und zog sich seine Küchenmontur über. Als er den Gang entlanglief, Richtung Küche, vernahm er aus dem Damen-WC lautes Gezeter. Kurz blieb er stehen. Die Stimme, die eine laute Schimpftirade losfeuerte, ordnete er eindeutig Pia zu. Er riss die Tür auf. Drei Köpfe schnellten in seine Richtung. Pia und Luisa standen bedrohlich vor Mel.

„Was ist hier los?" Thomas blickte Pia wütend an. Sie zuckte nur lässig mit der Schulter.

„Nichts Besonderes. Wir haben nur etwas mit Mel besprochen, stimmt's Luisa?" Ihre Freundin reagierte nicht.

„Pia, Sie kommen mit mir mit. Mel, geh zu deinem Arbeitsplatz und Luisa, Sie ebenfalls und geben Sie Frau Smolnik Bescheid, dass Sie in mein Büro kommen möge. Thomas gab Pia zu verstehen, dass sie ihm folgen sollte. Sein Büro war ein kleiner Raum mit einem Schreibtisch auf dem kreuz und quer Rezepte, Bücher und verschiedene Schriftstücke, wie Rechnungen lagen, einem Bürosessel und einem Regal, vollgestopft mit seinen Kochbüchern und Mappen mit den gesammelten Rezepten. Zwei Personen in dem Raum, war schon eine zu viel. Aufgrund der Enge, ließ er die Tür offen. Kurz nach ihnen erschien Emma Smolnik.

„Sie meinen, neuerlich auf Mel losgehen zu können? Wie?" Zornig funkelte er Pia an. „Erklären Sie mir und Frau

Smolnik genau, was sich soeben in der Toilette abgespielt hat!"

„Nichts, gar nichts, wir haben nur getratscht."

„Lügen Sie mich nicht an, Pia, Sie machen es nicht besser, das können Sie mir glauben."

„Was war los, Pia?", meldete sich auch Emma zu Wort. Sie hatte vorhin mitbekommen, wie die beiden Mädchen auf die Toilette gingen, dass Mel auch dort war, hatte sie nicht gewusst. Weil Pia sich in den letzten Wochen nicht mehr schlecht über Mel geäußert hatte, nahm sie an, dass sich die Fronten zwischen den beiden beruhigt hatte. Aber im Grunde interessierte sie der Disput unter den Mädels wenig.

„Pia, nun rede schon, was war da gerade eben los?"

Pia hob trotzig die Nase. „Nichts, absolut nichts, und wenn Sie mir nicht glauben, können Sie ja Luisa und Mel dazu befragen. Wir haben nur unsere Meinungen ausgetauscht, mehr nicht."

„Und dazu mussten Sie so laut schreien, dass man es auf den Gang hinaus hören konnte? Worte die nicht unbedingt salonfähig sind wie ‚Schlampe geh zurück in deinen Drecksstall' oder ‚lass die Finger von ihm'." Thomas Blick verfinsterte sich. „Erklären Sie mir, was es damit auf sich hat."

„Nichts, es war nur ein Gespräch unter Frauen", blieb Pia stur.

„Noch einmal so ein Vorfall oder eine ähnliche Situation, in der ich bemerke, dass Sie Mel bedrohen und Sie fliegen hochkant hier hinaus!" Die Schärfe in Thomas' Tonfall ließ beide Frauen zusammenzucken. „Gehen Sie wieder an die Arbeit." Er wartete, bis die beiden weg waren, erst jetzt erlaubte er sich, tief Luft zu holen. Es hatte seine ganze

Beherrschung benötigt, um der Situation Herr zu bleiben. Pia war ihm mittlerweile ein Dorn im Auge. Diese Person nervte ihn bis ins Mark. Hätte er sie nicht so dringend als Arbeitskraft benötigt, weil es um diese Jahreszeit schwer war, neues Personal zu finden, hätte er ihr sofort die fristlose Kündigung gegeben. Außerdem erledigte sie ihre Arbeit anstandslos. Nachdem sich sein Pulsschlag beruhigt hatte, ging er in die Küche. Mel stand am Herd und rührte in einem Topf, in der eine asiatische Soße köchelte.

„Oh, schon zurück, schön, dass du wieder da bist", begrüßte ihn Eder und klopfte ihm auf die Schulter, als er an ihm vorbeiging. Auch die anderen in der Küche begrüßten ihn. Thomas eilte zu Mel.

„Was war da draußen los? Erzählst du mir, was die beiden von dir wollten?" Seine sanfte Stimme berührte ihre Seele.

Mel zuckte zusammen. Ohne ihn anzusehen, rührte sie im Topf weiter. „Ist schon okay, du kennst ja Pia und ihr Temperament. Sie erklärt ihre Standpunkte immer etwas impulsiver als andere", versuchte Mel abzuschwächen.

„Wenn du Probleme hast, komm bitte zu mir, versprichst du mir das?"

Mel nickte. Sie starrte in ihren Topf, als wäre dort das Orakel, das ihr Erlösung versprach. Weil Mel nicht weiter reagierte, machte auch Thomas sich schließlich an die Arbeit. Er zog sich in sein Büro zurück. Die Speisenkarte für diese Woche sollte noch fertiggestellt werden. Ihm lief das Wasser im Mund zusammen, als er die verschiedenen Speisen und Gerichte auflistete. Fladenbrot, knusprige Frühlingsrollen, Sushireis, Shuman (gefüllte Teigbällchen), scharf-saure Hühnersuppe, Wan Tan Suppe, TomYam Khung, Sate Ayam, Nasi Goreng, Zitronenchutney,

Yakitori-Spieße, Asiatische Nudelpfanne und und und ... Er speicherte alles im PC und druckte die Speisenkarte mehrfach für diese Woche farbig aus. Das Servicepersonal würde sie gegen jene der vorigen Woche in den Mappen austauschen. Mit dem Rezept der indonesischen Pfanne ging er zu Mel. Sie sollte dieses Gericht zubereiten, das er von einer ehemaligen Kollegin erhalten hatte, die aus Indonesien stammte.

Die Zutaten dafür waren: Pangasius-Filets, Hühnerbrust, Krabben, Asia-Gemüse wie Sojabohnensprossen, Bambus, Chicorée, Lauch, Austernpilze, Wasserkastanien, Exotische Früchte sowie der Saft dieser Früchte, Gewürze wie Curry, Ingwer, Sojasauce, Knoblauch, Zitronengras, Chilisauce, Salz, Zucker, Pfeffer (schwarz), dann noch Kokosmilch, Erdnussöl und Sonnenblumenöl, Maniokmehl ...

Die Pause vor dem Abendgeschäft nutzte Mel wie jeden Tag, für den Besuch im Krankenhaus. Ihre Freundin wirkte zwischen den weißen Laken im metallenen Krankenhausbett zerbrechlicher, als sie es wahrscheinlich war. Die Beine hochgelegt, las sie in einem Buch, als Mel eintrat. Sie drückte ihr einen Kuss auf die faltige warme Wange. „Kindchen, wie geht es dir? Du siehst nicht gut aus", begrüßte Bea sie und legte ihr Buch beiseite.

„Ach lass nur, es geht schon", versuchte Mel zu beruhigen. „Und was gibt es bei dir?" Sie lächelte Bea an und nahm fürsorglich ihre Hand in die ihre.

„Warte, ich läute nach der Schwester, damit sie mir beim Aufstehen hilft, dann können wir eine kleine Runde gehen. Das geht mit diesem Ding da schon ganz gut", sie zeigte auf den Rollator, der neben dem Bett geparkt war. „Schmerzen habe ich dank der starken Medikamente kaum. Es wird schon werden." Beatrice war eine harte Natur. Mit aller Kraft wollte sie wieder auf die Beine kommen. Sie wollte nicht als Pflegefall enden. Trotzdem musste sie eine Lösung finden, denn in ihrer Wohnung würde sie nicht mehr bleiben können. Das war gewiss. Treppensteigen ging gar nicht mehr. Das hatte ihr der Arzt vorhin klar und deutlich erklärt. Der Quacksalber meinte sogar, sie solle sich einen Platz in einem Pflegeheim suchen. Bedrückt schob Bea diese Gedanken beiseite. Die Schwester zog ihr die Pantoffel an und stützte sie, bis sich Bea an diesem Metallding mit Rädern festhalten konnte. Langsam, Schritt für Schritt, schlurfte Bea aus dem Krankenzimmer, den Gang entlang. Sie steuerte die Krankenhaus Kantine an. Mel schlenderte neben ihr her, in ihre Gedanken versunken.

„So, und nun erzähl mal, was los ist. Du siehst besch ... aus. Mir kannst du nichts vormachen", bestand Bea auf eine Erklärung.

Mel blickte sie erstaunt an. Sie kannte Bea zu gut. Schon als Kind hatte sie ihr nie etwas vormachen können. Wozu jetzt etwas vorspiegeln. Außerdem war sie eine verdammt schlechte Schauspielerin. Ihre Gefühle, ihre Gefühlswelt standen auf ihrem Gesicht geschrieben. Anscheinend vermochte jeder darin zu lesen, wie in einem offenen Buch.

„Pia und Luisa haben mich wieder einmal auf der Toilette abgepasst. Ich soll endlich die Bluse bezahlen und ..." Sie stockte in der Erzählung. Bis jetzt hatte sie noch niemanden erzählt, was sie für ihren Chef empfand. Auch Bea nicht. Irgendwie musste Pia es spitzbekommen haben, oder es stand ihr auch in ihre Stirn gebrannt - ‚hey, ich liebe meinen

Chef". Weshalb war ihr Pia denn heute so auf die Pelle gerückt und hatte sie deswegen beschimpft?

„Und?" Beatrice blickte zu ihrem Schützling hoch, war sie doch mittlerweile um einen ganzen Kopf kleiner als Mel, nicht zuletzt wegen der gebückten Haltung, die sie einnahm.

„Na ja, sie hat mich beschimpft, dass ich eine Schlampe wäre und die Finger von meinem Chef lassen soll." So jetzt war es draußen. „Aber es ist ja nichts zwischen Herrn Neumann und mir, ehrlich nicht."

„Wie kommt diese Pia dann dazu, dir so etwas zu unterstellen? Oder steckt da doch mehr dahinter?" Die sanfte Stimme von Bea wirkte beruhigend.

„Es stimmt schon, ich mag ihn, mehr als ich dürfte, ja. Aber ich habe immer versucht, es zu verbergen. Also er hat da ganz gewiss noch nichts davon bemerkt, ehrlich nicht. Aber Pia möchte sich den Chef selbst angeln und deswegen bedroht sie mich ständig. Ich trau mich schon gar nicht mehr auf die Toilette zu gehen, weil sie es immer irgendwie überlauert und mir folgt." Mel zuckte mit den Schultern.

„Inwiefern bedroht sie dich?" Bea ließ nicht locker.

„Sie, sie, nun, ja, sie sagt, dass ich nicht mehr lange dort angestellt sein werde, dafür würde sie schon sorgen. Ich soll lieber gleich selbst kündigen, bevor sie mich sowieso rausschmeißen." Mel schluckte. Mühsam drückte sie die aufkeimenden Tränen zurück. Sie arbeitete gerne im Lokal und auch in der Küche. Kochen bereitete ihr Freude. Seit zwei Monaten arbeitete sie nun schon und verdiente ihr erstes Geld. Sie war so stolz auf ihre Leistungen und dann war da jemand, der ihr dies nicht gönnte und sie wieder vertreiben wollte. Um von ihrem Kummer abzulenken, suchte sie ein freies Plätzchen, wo Bea sich hinsetzen konnte. Mel holte für sie beide Kaffee und setzte sich zu ihrer Freundin. „Hier, dein Kaffee. Sag, möchtest du ein Kuchenstück dazu?"

„Nein, ich bekomme ja bald Abendessen. Das wird mir dann zu viel." Bea schaufelte zwei Löffel Zucker in ihr Getränk, und goss etwas Sahne dazu. „So, so", begann sie, „du liebst also deinen Chef." Diese Feststellung schwebte vor ihnen in der Luft.

„Bea! Nicht so laut. Ich weiß doch nicht, ob ich ihn liebe. Ich mag ihn einfach. Er ist immer nett und höfflich zu mir. Gibt mir die Chance, etwas zu lernen. Tröstet mich, wenn etwas nicht auf Anhieb gelingt und spricht mir Mut zu. Das hat, außer dir natürlich, noch keiner für mich gemacht. Mein Ex hat mich ausgelacht, wenn ich Dinge nicht schnell genug begriffen habe. Und von meinem Vater will ich gar nicht reden." Mel schluckte ihre Wut hinunter. Um wie viel schöner hätte ihr Leben verlaufen können, wenn ihr Vater sie unterstützt und ihr Liebe geschenkt hätte. Beas faltige Hand zitterte, als sie sie hob und auf Mels Hand legte.

„Nicht traurig sein, Kindchen. Du schaffst das. Auch vor Pia und ihrer Freundin brauchst du dich nicht zu fürchten. Da stehst du doch über den Dingen. Die beiden können dir nicht einmal ansatzweise das Wasser reichen. Du bist intelligent und geschickt. Ich denke, aus Pia spricht der Neid. Sie weiß wahrscheinlich sehr genau, dass der Chef dir den Vorzug gibt."

„Ja, ja, Bea, du und dein Optimismus." Mel lächelte ihre Freundin an. „Lass mal gut sein. So und jetzt erzählst du mir, was der Arzt bei der Untersuchung gesagt hat. Weißt du schon, wie lange du noch im Krankenhaus bleiben wirst?"

Jetzt war es an Bea, die aufkeimenden Tränen zu

unterdrücken. Verdächtige Flüssigkeit füllte die Augen. Langsam tupfte sie sich den Mund mit der Serviette ab. Schließlich legte sie ihre Hände in ihren Schoß. „Der Arzt hat mir zu verstehen gegeben, dass ich nicht mehr in meine Wohnung zurückkann. Das Treppensteigen ist nicht mehr möglich." Bea schluckte. Sie trank einen Schluck Wasser, das mit dem Kaffee serviert wurde. „Ganz ehrlich, ich weiß nicht, was ich tun werde. Auf keinen Fall möchte ich in ein Pflegeheim. Mein ganzes Leben war ich für mich alleine verantwortlich. Diese Verantwortung möchte ich behalten und mich nicht von fremden Personen bevormunden lassen."

„Bea, ich verstehe dich. Wir werden eine Lösung finden, das verspreche ich dir", versuchte nun Mel ihrerseits zu trösten. Als sie am späteren Nachmittag das Krankenhausgelände verließ, nahm sie sich ein Taxi und ließ sich zu ihrem Elternhaus chauffieren. Ihre Hand zitterte, als sie auf die Klingel neben dem großen eisernen Tor drückte. Die Stimme der Haushälterin Martha Schuschnig stellte sich ein. „Bitteschön, melden Sie sich."

„Hallo, Martha, ich bin es, Melanie. Ist mein Vater zu sprechen?"

„Ach, Kindchen, Mel. Natürlich, komm rein. Du hast Glück. Er ist gerade vorhin nach Hause gekommen." Mel hörte das leise Klicken des Schlosses. Schnell drückte sie die Tür auf. Rasch lief sie den Kiesweg entlang, der direkt zum Haus führte. Martha stand bereits auf den Stufen und erwartete sie. Die Haushälterin war schon ewige Zeiten bei ihrem Vater im Dienst und kannte Mel schon von klein auf. Sie spendete Mel früher oft Trost, wenn es ihr nicht gut gegangen war. Martha zog sie ohne Worte in eine feste

Umarmung, bevor sie Mel genauer betrachtete. „Du bist viel zu dürr, Kind. Bekommst du nicht genug zu essen?"

„Martha, doch, doch. Danke, dass du mich hereingelassen hast. Ich befürchtete schon, dass ich das Haus nicht mehr betreten darf", flüsterte Mel. „Wo ist er? Im Arbeitszimmer?"

„Nein, im Salon. Er wollte sich etwas ausruhen und einen Scotch zu sich nehmen."

Mel schlüpfte an Martha vorbei und eilte in Richtung des Salons, Vaters Lieblingsraum, wenn er sich nicht in seinem Büro aufhielt. Mel beschlich ein mulmiges Gefühl. So viele Monate war sie nicht mehr hier gewesen. Nie mehr wollte sie hierherkommen. Aber die Umstände ließen ihr in diesem Fall keine Wahl. Sie wischte sich die feuchten Hände an der Jeans ab. Vorsichtig klopfte sie. Dann ein zweites Mal.

„Ja?" Die brummige Stimme ihres Vaters drang durch die Holztür, die Mel daraufhin öffnete und eintrat. Ihr Vater erschien ihr um Jahre gealtert. Oder war er immer schon so ein alter Mann gewesen? Mels Erinnerungen spielten ihr einen Streich. Der Mann hier war ihr fremd. „Hallo Vater", grüßte sie. „Darf ich dich einen Augenblick stören?"

„Was willst du hier? Ich denke, wir haben alles besprochen", seine Stimme klang hart und unbarmherzig. Trotzdem nahm Mel allen Mut zusammen.

„Ich habe eine Bitte, ein Anliegen", begann sie vorsichtig. „Wenn es ums Geld geht, kannst du dir die Worte sparen", fiel er ihr ins Wort.

„Ja, es geht um Geld, aber nicht für mich." Rasch sprach sie weiter, bevor er sie wieder unterbrechen konnte. „Beatrice, mein damaliges Kindermädchen, ist schwer gestürzt und laut der Diagnose ihres Arztes wird sie keine

Stufen mehr hochsteigen können. Sie benötigt dringend eine andere Wohnung. Im Haus, wo sie ihre Mietwohnung im dritten Stock hat, gibt es keinen Lift. Ich wollte dich bitten, ob du ihr Geld leihen kannst, damit sie sich zumindest den Umzug in eine andere Wohnung und die Kaution leisten kann. Ich zahl dir alles wieder zurück. Ehrlich."

„So, so! Du zahlst alles wieder zurück! Das ich nicht lache. Mit was, wenn ich fragen darf?" Seine Worte sprießten vor Sarkasmus. Mel kämpfte mit den Tränen. Zorn stieg auf. Trotzdem bemühte sie sich, ruhig zu bleiben. „Ich habe einen Job. Leider konnte ich mir noch nicht so viel wegsparen, dass ich Bea damit helfen könnte." Dann hatte sie einen spontanen Einfall. „Oder kann sie hier eine Zeitlang wohnen? Miete würde sie dir schon zahlen. Hier könnte Martha sie betreuen. Freie Zimmer gibt es auch genügend."

„Sag spinnst du? Hier ist doch kein Altersheim. Das kommt doch überhaupt nicht infrage! Da kann ich dir leider nicht helfen. Wenn du einen Job hast, kannst du dir ja von der Bank einen Kredit nehmen."

Mel stand wie vor den Kopf gestoßen da. Der Klos im Hals wurde immer größer. Ohne ein weiteres Wort drehte sie sich um, und rannte aus dem Haus. Martha rief noch etwas hinterher, das hörte Mel jedoch nicht mehr. Sie wollte nur mehr weg von hier. Das Vater ihr nichts geben würde, war ihr klar. Aber, dass er nicht einmal Bea etwas Geld borgen würde, hätte sie nicht gedacht. Sie rief übers Handy ein Taxi und kam gerade noch rechtzeitig im Restaurant an. Rasch schlüpfte sie in ihre Kochkleidung und eilte in die Küche. Mühsam versuchte sie, ihre Gedanken an ihren herzlosen Vater zu verdrängen. Sie würde für Bea und sich eine

Lösung finden. Während sie laut Rezept das Gemüse für die Indonesische Pfanne vorbereitete, bemerkte sie nicht, dass Eder sich neben sie gestellt hatte. Gerade als sie mit dem Messer das Gemüse in Streifen schneiden wollte, legte Eder seine Hand auf ihre. Sie erschrak. Beinahe wäre ihr das Messer aus der Hand gefallen. Tief schnaufte sie durch.
„Mein Gott, Eder, hast du mich erschreckt."
„Tut mir leid, wollte ich nicht. Wollte dir nur sagen, dass du etwas mehr Menge berechnen musst, es sind noch einige Reservierungen dazugekommen."
Mel nickte. „Okay."
„Warum zitterst du so? Mir ist vorhin schon aufgefallen, als du hereingekommen bist, dass du ganz fahrig bis. Was ist los?"
„Es geht schon. Danke. Da kannst du mir nicht helfen."
„Wieder Pia?"
„Nein. Nicht Pia." Mel zuckte mit der Schulter. „Später, vielleicht später, aber ich kann jetzt nicht darüber reden. Das schaffe ich gerade nicht." Sie senkte den Blick. Die aufkeimenden Tränen brauchte niemand zu sehen.

In den nächsten zwei Tagen durchforstete Mel in jeder freien Minute sämtliche Zeitungsannoncen nach verfügbaren Immobilien, Mietwohnungen, ebenerdig gelegen, Nähe Zentrum. Die wenigen, die infrage kämen, waren leider preislich für sie beide nicht erschwinglich. Mel saß beim Mittagessen im Aufenthaltsraum und studierte das örtliche Immobilienblatt, als Thomas den Raum betrat. Er trug einen Teller mit dem indonesischen Gericht in der Hand. Ein Blick auf die Zeitung ließ ihn neugierig werden.
„Suchst du eine neue Wohnung?"

Mel schrak hoch. Sofort liefen ihre Wangen rot an.

„Nein! Ja …", stotterte sie.

Thomas Mund verzog sich zu einem breiten Grinsen. „Was jetzt? Nein oder Ja?"

„Beatrice, meine Freundin, die, die im Krankenhaus ist, die sucht dringend eine neue Wohnung. Der Arzt dort meinte, dass sie das Treppen steigen nicht mehr schaffen wird, mit ihrer Verletzung." Mel stockte in der Erzählung.

„Gibt es keinen Lift, dort wo ihr beide jetzt wohnt?" Thomas wusste, dass Mel auch bei dieser Beatrice lebte.

„Nein, leider nicht. Ist ein altes Gebäude."

„Und was ist mit einem Altersheim oder Wohnheim mit Betreuung für alte Menschen?"

„Bea möchte nicht in so ein Heim. Sie möchte von niemanden abhängig sein. Außerdem hofft sie, dass sie soweit genesen wird, dass sie wieder für sich alleine sorgen kann." Mel zuckte mit der Schulter. „Ich verstehe sie. Aber alles, was annähernd passen würde, kostet ein Vermögen", seufzte sie.

„Wann kann sie denn das Krankenhaus verlassen?"

„Das ist ja das Problem. Schon übermorgen! Und wenn ich nichts finde, muss sie sich in ihre Wohnung quälen und sitzt dort quasi fest. Dann muss ich versuchen, eine Pflegerin aufzutreiben, die sie zumindest ein paar Stunden am Tag versorgt, bis ich nach Hause komme." Die Verzweiflung war aus Mels Stimme deutlich herauszuhören.

Thomas sah sie lange an. „Hm, blöde Sache. Ich werd mir etwas überlegen. Ich geb dir Bescheid, sobald mir eine Lösung eingefallen ist", dann begann er genüsslich zu essen. „Das schmeckt hervorragend. Wenn du so weitermachst, wirst du eine ernsthafte Konkurrenz für mich."

„Hör damit auf, mich ständig wegen des Kochens aufzuziehen", schalt ihn Mel mit geröteten Wangen. „Ich hab nur das befolgt, was du angeordnet hast."

„Es schmeckt aber trotzdem hervorragend", grinste Thomas.

„Nicht trotzdem, sondern genau deswegen", protestierte Mel. Konnte sich ein Grinsen aber auch nicht verkneifen.

„Jetzt gefällst du mir schon besser. Dein Lächeln ist zauberhaft. Du bist selbst schuld, wenn ich dieses Lächeln nur zu Gesicht bekomme, wenn ich dich necke. Dass du dich als Köchin gut anstellst, meine ich durchaus ernst. Frag Eder oder Lorenzo, die beiden sind derselben Meinung." Thomas freute sich, dass er es geschafft hatte, Mel ihre Probleme zu entlocken. Seit ein paar Tagen hatte er bereits bemerkt, wie bedrückt sie gewesen war. Und ihr Lächeln hatte ihm tatsächlich gefehlt. Als Mel aufstehen wollte, hielt er sie zurück. „Leiste mir doch noch Gesellschaft, deine Mittagspause ist ja noch nicht zu Ende und alleine schmeckt das Essen halb so gut."

Mel schaute ihn verwundert an und setzte sich wieder.

„Fährst du heute Nachmittag wieder ins Krankenhaus?"

„Ja, natürlich. Ich fahre jeden Tag zu Bea. Warum?"

„Reine Neugierde. Ist die Wohnung Eigentum oder zur Miete?"

„Nur Mietwohnung. Bea hatte nur einen geringen Lohn, während sie bei Vater angestellt war. Und daher ist auch die Pension nicht besonders hoch. Aber wenn ich meinen Lohn dazu nehme und mit ihrer Pension, könnten wir uns eine neue Wohnung mieten. Leider sind die Kautionen meist sehr hoch oder bei den Neubauwohnungen ist die Miete nicht leistbar. Und bevor du fragst, mein Vater, der einflussreiche

Herr von Stein borgt nicht einmal Bea eine kleine Summe Geld. Dass er mir nichts leihen würde, war klar, aber nicht einmal Bea", empörte sich Mel. Abermals stieg unbändige Wut in Mel hoch. Ihr Vater hatte sie neuerlich enttäuscht. Warum war sie bloß zu ihm gefahren. Ihre Magenkrämpfe kehrten zurück. Lange Zeit hatte ihr Magen nicht mehr rebelliert, aber seine harten Worte gruben sich tief in die Magengrube.

„Muss ein sehr netter Zeitgenosse sein, dein Herr Vater oder?"

„Allerdings, wahrscheinlich kosten ihm seine Scheidungen und seine neue Freundin schon genug Geld."

„Mel, wir werden eine Lösung für deine Freundin finden. Mach dir keine Sorgen. Irgendetwas wird uns schon einfallen. Und wenn sie vorübergehend in ihre Wohnung zurückkehrt, wird das doch kein Problem sein, zumindest solange, bis wir eine andere Wohnmöglichkeit gefunden haben, oder? Mit Essen kannst du sie von hier aus versorgen. Du lieferst ihr mittags oder in einer Pause ein Menü. Ist ja nicht weit von hier."

Mel riss die Augen auf. Ihr Chef sprach in der Wir-Form. Er machte sich Gedanken, wie er helfen könnte. Dabei ginge ihm die ganze Sache gar nichts an. „Das würdest du erlauben, während der Arbeitszeit Bea das Essen zu bringen?"

„Ja, selbstverständlich. Warum denn nicht? Das ist doch nur ein vorübergehendes Arrangement, bis wir eine Lösung des Problems haben."

Mel freute sich, mit diesen guten Neuigkeiten ins Krankenhaus fahren zu können. Bea würde auch eine Last von den Schultern genommen. In der Wohnung konnte sich

Bea zwar barrierefrei bewegen, das Treppenhaus war allemal eine Überwindung. Aber vielleicht war es ja auch nur für kurze Zeit …

Kapitel 8

Der Donnerstagmorgen begann nicht nur für Mel voller Hektik. Die Lieferung der Lebensmittel hatte sich verzögert und jetzt griff das gesamte Küchenpersonal zu, um die Ware ordnungsgemäß einzuräumen, um endlich mit der eigentlichen Arbeit, dem Kochen, beginnen zu können. Lorenzo schien sich wieder einmal eine Nacht um die Ohren geschlagen zu haben, seine Augen waren Schlitze und sein Arbeitstempo glich dem einer achtzigjährigen Frau. Auch seine Laune ähnelte der einer Diva. Alle machten einen weiten Bogen um ihn. So ein lieber Kerl Lorenzo war, so ein ungehobelter Klotz konnte er sein, wenn ihm der nötige Schlaf fehlte. Eder kämpfte mit Magenkrämpfen. Seine Gastritis machte sich wieder bemerkbar. Er schluckte seine Tabletten, die ihm die Hausärztin verschrieben hatte, allerdings mit wenig Erfolg. Stress bekam ihm einfach nicht. Aber in Ruhestand zu gehen, kam für ihn überhaupt noch nicht infrage. Über dreißig Jahre hatte er dieses Lokal geführt, nun hatte er es sich zur Aufgabe gemacht, seinem Nachfolger unter die Arme zu greifen, solange, bis es nicht mehr notwendig war. Außerdem hätte ihm die Gesellschaft gefehlt, die Kommunikation mit den anderen. Eders Blick schweifte durch die Küche, die durch fleißiges Treiben und lustiges Getratsche belebt wurde.

„Eder, kommst du mal bitte mit?" Thomas klopfte seinem Freund auf die Schulter. Eder legte sein scharfes Fleischmesser zur Seite. „Okay, was gibt's?" Er folgte Thomas in den Pausenraum.

„Ich möchte mit dir etwas besprechen und möchte nicht, dass die anderen zuhören. Du hast doch mitbekommen, dass Mels alte Freundin in zwei Tagen aus dem Krankenaus entlassen wird und welche Probleme das mit sich zieht?"

„Ja, hab ich. Mel ist ja seit Tagen total aus dem Häuschen. Hätte nie gedacht, dass sie sich um einen Menschen solche Sorgen macht. Warum fragst du?"

„Na ja, mir ist eingefallen, dass es in deinem Ferienhaus ebenerdig Apartments gibt, die jetzt in der Zwischensaison leer stehen. Du könntest Bea und Mel eines davon zur Verfügung stellen, zumindest vorübergehend, bis sie eine passende Wohnung gefunden haben. Mel könnte so während der Arbeitszeit in zwei Minuten bei Bea sein, wenn diese Hilfe braucht und mit Essen können wir sie zu Mittag ebenso versorgen."

„Bist du jetzt zu den Samaritern gegangen?" Eder glotzte Thomas verwundert an.

„Warum? Nur weil ich helfen möchte. Mel hat das Zeug zu einer guten Köchin, das weißt du. Aber derzeit hat sie den Kopf voller Sorgen, die ihr anscheinend den Schlaf rauben. Sie wirkt müde, ist blass um die Nase und oft unkonzentriert. Sie isst viel zu wenig. Ich möchte einfach nur, dass es ihr wieder gut geht."

„Ist schon gut, das weiß ich ja. Und dass dir Mel ans Herz gewachsen ist, brauchst du gar nicht erst zu leugnen. Ich hab doch Augen im Kopf und bemerke wie du sie ansiehst." Eder grinste breit. Thomas zuckte mit den Schultern.

„Na und, sie gefällt mir halt. Mel hat niemanden, der ihr hilft. Gestern war sie bei ihrem Vater, um ihn um Geld zu bitten für Bea. Sie wollte nur eine kleine Summe ausgeliehen bekommen. Er muss darauf sehr ruppig reagiert haben, weil Mel danach total von der Rolle war. Kennst du den Herrn von Stein? Was ist denn das für ein Mensch, der seinem eigenen Kind nicht hilft, wenn es Probleme hat. Ich verstehe das nicht. Und wenn ich noch so einen Mist gebaut hätte, oder eine meiner Schwestern, wir hätten jederzeit zu unseren Eltern gehen können und wären immer mit offenen Armen aufgenommen worden."

„Ja, ich habe ihn schon öfter gesehen. Früher kam er hin und wieder ins Lokal, meist mit einer seiner Flammen. Keine Ahnung, ob er in jungen Jahren auch so hartherzig war, die Leute munkeln, dass er den Tod von Mels Mutter nie verwunden hätte. Seine vielen Affären, Frauengeschichten und zahlreichen Ehen haben ihn oft in die Schlagzeilen gebracht. Über sein Kind wurde nie berichtet. Mel, heißt es, hätte er einfach vernachlässigt, sich nie um sie gekümmert. Er weiß nicht, was ihm an seiner Tochter entgeht. Armer Narr." Eder klopfte Thomas freundschaftlich auf die Schulter. „Natürlich helfen wir dem Mädel, ist doch klar. Du kannst Mel sagen, dass Bea vom Krankenhaus direkt ins Apartment einziehen darf." Die beiden beendeten ihre Pause und kehrten in die Küche zurück.

Bea strahlte, als sie mit dem Rollator mühelos das Apartment betrat, das für die nächsten Wochen ihr neues Zuhause sein würde. Der Sanitäter stellte ihre Reisetasche auf das Sofa des geräumigen Raumes, in dem sich noch eine Küchenzeile und ein Esstisch mit vier Sesseln befand. Sogleich verabschiedete er sich. Mel stürmte zur Tür herein und umarmte Bea.

„Du bist schon da, das ist schön, Hast du dich schon umgesehen? Was sagst du?"

„Halt, mal langsam Mel. Ich bin doch gerade eben erst angekommen. Außer diesem Raum habe ich noch nichts gesehen."

„Na dann, komm mit." Mel hüpfte ungeduldig voraus. Sie war Eder gestern vor Begeisterung um den Hals gefallen, als er ihr dieses Apartment gezeigt und gleich die Schlüssel übergeben hatte. Eigentlich hätte sie ja auch Thomas am liebsten gehalst. Nur, sie traute sich nicht. Wie hätte denn das ausgesehen? Man munkelte so schon genug über sie beide, obwohl, es gab ja gar nichts zu quatschen. Mel öffnete zwei Türen, die in getrennte Schlafzimmer führten. „Schau, das Zimmer nimmst du, hab ich mir gedacht. Es ist geräumiger als das andere hier und mit einem größeren Kleiderschrank ausgestattet. Badezimmer und Toilette befinden sich genau gegenüber und das wird mein Zimmer." Mel trat einen Schritt zur Seite, damit Bea einen Blick in das Schlafzimmer werfen konnte. Tatsächlich war dieser Raum kleiner, als das andere Schlafzimmer. Durch die Einrichtung mit den hellen Holzmöbeln ähnelten sie einander. Bea kehrte zurück in die Wohnküche. Sie ließ sich langsam auf das Sofa nieder, müde ob der Anstrengung und Aufregung.

„Möchtest du etwas zu trinken oder hast du Hunger?" Mels Frage klang besorgt.

„Etwas Wasser bitte, das wäre nett. Ich werde mich dann hinlegen und ausruhen. Essen habe ich noch im Krankenhaus erhalten, bevor mich die Rettung geholt hat."

Mel reichte ihr ein Glas kaltes Wasser, als es an der Tür klopfte. Thomas und Eder traten ein. Sie stellten sich vor, reichten Bea zur Begrüßung die Hände und hießen sie

Willkommen. Die alte Frau war ganz gerührt. X-Mal bedankte sie sich bei den beiden.

„Herr Eder, ich bin ihnen zu tausend Dank verpflichtet, dass Sie mich hier wohnen lassen. Ich werde natürlich für die Miete aufkommen. Sagen Sie mir bitte, was das alles kostet und wie lange ich hierbleiben darf, bevor Sie es an die Urlauber vermieten?"

Thomas mischte sich ein, bevor Eder zu Wort kam. „Liebe Frau Menser, Mel und ich werden Ihnen aus Ihrer Wohnung die wichtigsten Kleidungsstücke und alles, was Sie sonst noch benötigen, holen, bevor das Abendgeschäft angeht. Sie verhandeln in der Zwischenzeit mit Eder das Geschäftliche." Thomas grinste Eder breit an und schenkte Bea ein spitzbübisches Lächeln. „Kommst du Mel?"

Die Angesprochene drehte sich überrascht zu ihm. Sie hatte schon überlegt, wie sie die Sachen, die Bea brauchen würde, transportieren sollte und vor allem, wann. Thomas sah sie auffordernd an. Sie nickte. „Oh, jetzt bin ich überrascht. Damit habe ich nicht gerechnet, aber ich nehme das Angebot gerne an. Hast du spezielle Wünsche Bea oder reicht es, wenn ich deinen Kleiderschrank durchwühle und mitbringe, wo ich denke, dass du es brauchst?"

„Ja, ja, pack mir hauptsächlich bequeme Kleidung ein, die ich auch alleine anziehen kann. Momentan habe ich keine Wünsche." Bea rutschte mit ihrem Gesäß hin und her und versuchte das eine Bein hochzuheben. Sie schnaufte. „Huch, ich möchte mich gerne hinlegen, kann mir jemand helfen, diese alten Gebeine hochzuheben?" Eder trat an sie heran und half Bea. Mel und Thomas verabschiedeten sich und eilten zur Tür hinaus.

„Ich weiß nicht, wie ich dir danken soll." Mel drehte sich zu Thomas, der den Wagen Richtung Wohnung steuerte.

„Das mache ich doch gerne. Ich …", Thomas stockte kurz, er überlegte ob und wie er weitersprechen sollte, „also, ich …, ich würde gerne …, na ja, ich helfe dir einfach gerne." Kam es Mel nur so vor, oder war er tatsächlich leicht rot geworden? Thomas blickte wieder geradeaus auf die Straße. Verlegene Stille breitete sich aus. Keiner wagte, etwas zu sagen. Mel knetete nervös mit ihren Händen.

„Wo geht es jetzt lang", fragte Thomas in die Stille.

„Gleich hier, links abbiegen, das Haus da vorne ist es", erklärte Mel. Thomas lenkte den Wagen auf einen freien Parkplatz direkt vor das Haus. Mel stieg aus und kramte aus ihrer Tasche den Wohnungsschlüssel heraus. Als sie das große Eingangstor öffnen wollte, stieß sie mit Thomas Hand zusammen. Reine Elektrizität sprühte Funken. Thomas lächelte.

„Wow, sehr aufgeladen", er blinzelte ihr zu. Schnell huschte sie an ihm vorbei in den dunklen Flur. Die Holzstufen knarrten beim Auftreten. Im Eiltempo lief sie die Treppen hoch in den dritten Stock. Zum Glück hatte sie gestern noch etwas aufgeräumt. Es war ein seltsames Gefühl, ihren Chef hierher mitzubringen. Ach was sie schon wieder dachte. Sie sollte am Boden der Tatsachen bleiben. Schließlich war das hier ja kein Date. Sie holte aus der Abstellkammer den großen Koffer und verschwand damit in Beas Schlafzimmer. Thomas sah sich ein wenig um. Alles in allem war hier alles sehr einfach eingerichtet. Hier lebte Mel also seit sie aus ihrem Elternhaus weggezogen ist. Die riesige Villa von den Steins kannte er vom Vorbeifahren. Muss wohl eine riesige Umstellung für Mel gewesen sein, auf all den Luxus zu verzichten. Die Möbel waren dunkel gebeizt. Sie strahlten Wärme aus, ließen den Raum allerdings noch kleiner wirken.

„Und, wie gefällt es dir?" Die Stimme von Mel holte ihn aus seinen Überlegungen.

„Nett ist es, aber doch etwas beengt."

„Für uns ist es groß genug. Na ja, früher hat Bea hier alleine gelebt."

„Fehlt dir der Luxus nicht, den du früher hattest?"

„Nein, warum auch? Geld ist nicht alles. Natürlich ist es beschissen, wenn man keines hat, wie ich jetzt. Aber irgendwann kann ich mir sicherlich eine eigene Wohnung leisten. Bis dahin teile ich mir eben eine mit Bea." Mel blickte ihn herausfordernd an.

„Ich wollte nicht persönlich werden, Entschuldigung. Aber ich wundere mich eben, denn in deinem Elternhaus wirst du, nehme ich an, sicherlich mehr Platz zum Wohnen gehabt haben."

„Allerdings, der Bereich war sicherlich viermal so groß, wie die Wohnung hier. Allein mein Wohnzimmer umfasste die Größe dieser Wohnung. Dann gab es noch mein Schlafzimmer, Gästezimmer, ein riesiges Badezimmer und WC und einen Ankleideraum. Und was hat es mir gebracht? Im Prinzip war mein Reich sehr klein, wenn man bedenkt, dass ich viele Jahre nur dort verbracht habe. Meine Lehrer sind zu mir gekommen. Das Personal war mein Kontakt zu anderen Menschen. Hin und wieder durfte ich mit Bea spazieren oder einkaufen gehen. Meistens hielten wir uns auf unserem Areal auf. Ich habe keine Schule besucht, daher keine anderen Kinder im selben Alter kennengelernt. Von Erwachsenen war ich täglich umgeben. Alles Personen, die mich betreuten. Jedoch keine Familie. Mein Vater hat sich einen Kehricht darum gekümmert, dass es mich gibt. Monatlich hat er die Angestellten bezahlt und mir eine kleine Summe überwiesen. Wenn ich ihn im Monat einmal gesehen habe, war das oft." Mel sah zu Thomas hoch, bereute es jedoch sofort, als sie seinen betroffenen Gesichtsausdruck wahrnahm. Mitleid brauchte sie jetzt am allerwenigsten. Sie drehte sich um und wollte den Koffer nehmen. Thomas hielt sie am Arm zurück.

„Mel." Seine sanfte Stimme streichelte ihre traurige Seele wie Balsam. „Mel, irgendwann wird dein Vater merken, was er an dir verloren hat."

Thomas trat einen Schritt näher und zog Mel zu sich. Er legte die Arme um sie und drückte sie sanft an seine Brust. Mit einer Hand streichelte er ihren Rücken. Schlaff lehnte sie an seiner muskulösen Brust. Seine Wärme durchflutete ihren ganzen Körper. Sein Duft kroch in ihre Nase und betörte sie. Sie schloss die Augen, wie von selbst legten sich ihre Arme um seine Taille. Sie hielt sich an ihm fest. Stundenlang hätte sie so stehen können. Geborgen. Seine Hände fuhren ihren Rücken entlang, streichelten über ihr blondes Haar. Tränen sammelten sich in ihren Augen. Nicht weinen, dachte sie. Der Augenblick ist viel zu schön dafür. Sie wollte sich von ihm lösen. Mit sanftem Druck hinderte er sie daran.

„Nicht, bleib noch so. Es ist schön, dich im Arm zu halten, du fühlst dich wunderbar an". Thomas Stimme klang weit entfernt, so leise, obwohl er die Worte in ihr Ohr geflüstert hatte. Sie spürte den leichten Lufthauch auf ihrer Haut. Als sie ihren Kopf hob, trafen sich ihre Blicke. Seine Augen füllte ein tiefes dunkles Grau, alle seine Bedürfnisse und Wünsche meinte sie, dort ablesen zu können. Langsam kamen sie näher. Seine Lippen hauchten einen zärtlichen Kuss auf die ihren. Unfähig zu reagieren, verhielt sie in der Starre. Seine Hand fuhr in ihr Haar und stützte ihren Kopf. Neuerlich näherten sich seine Lippen, ohne sie dabei aus den Augen zu lassen. Sie war gefangen in seinem Blick. Als seine Lippen erneut die ihren berührten, traf sie ein Stromschlag. Blitze funkten. Seine Zunge streichelte über ihren Mund und forderte Einlass. Sie vermochte nicht zu widerstehen. Wie von selbst öffnete er sich. Ein feuriges Spiel ihrer Zungen begann. Nach gefühlter unendlicher Zeit löste Thomas sich von ihr. Verträumt blinzelte er sie an. Zärtlich strich er mit dem Daumen über ihre heiße Wange.

„Schön, zauberhaft. Ich hoffe, ich darf das öfter, dich küssen und trösten?" Er legte die Stirn gegen ihre. Sie fühlte seinen heißen Atem. Ihre Knie wackelten und sie befürchtete, die Knochen werden zu Gummi. Erst jetzt bemerkte sie, dass sie sich noch immer an ihm festklammerte. Ungern lösten sich ihre Finger von seiner Jacke.

„Keine Antwort?", fragte er mit rauer Stimme.

„Mhm, ja …, aber ich denke, wir müssen zurück." Sie getraute sich nicht zu sagen, wie wohl sie sich in seinen Armen fühlte, wie sie die Geborgenheit in diesen Minuten genossen hatte. Mit einem Mal war der Augenblick vorbei. Sie strich sich beschämt über die Stirn. Als sie ihm in die Augen sah, funkelten diese frech.

„Das wollte ich hören, meine Liebe. Komm, wir müssen leider wirklich zurück, ich wäre gerne länger hiergeblieben, alleine mit dir." Ein sanfter Kuss musste noch sein. Mel löste sich ungern aus seiner Umarmung, aber auch für sich selbst musste sie noch einen Koffer packen, um nicht täglich in die Wohnung laufen zu müssen.

Bea schlief als Mel und Thomas die Koffer ablieferten. Den Inhalt verstauen würde Mel später. Thomas eilte in die Küche, einiges zur Vorbereitung stand an. Mel stellte für Bea noch Knabbereien und einen Tee auf den kleinen Tisch neben dem Sofa, wo Bea noch immer ihren Nachmittagsschlaf hielt. Sie wirkte um Jahre gealtert. Liebevoll betrachtete Mel sie, bevor sie sich hinunterbeugte und ihr ein Küsschen auf die faltige Stirn hauchte. Dann lief auch Melanie in die Gastroküche. Lorenzo und Eder diskutierten heftig, wie so oft, weil sie anderer Meinung waren, was die Zubereitung eines Gerichtes betraf. Die Küchenhilfe Franzi wusch in ihrer Ecke Salat. Milan schrubbte eifrig einen großen Topf sauber. Schweißtropfen standen ihm auf der Stirn. Thomas stand mit dem Rücken zu ihr und telefonierte. Wärme stieg in ihr Herz, als sie ihn so betrachtete. Wie sollte sie im selben Raum mit ihm arbeiten, nachdem, was heute geschehen war, ohne dass sie ihn ständig anhimmelte und die anderen Wind davon bekamen. Sie huschte in die Vorratskammer. Mit den Garnelen, Hühnerbrüsten, Knoblauch, Rosinen, Mandelblättchen und Basmatireis für das Koresht Polo, einem Gericht aus der persischen Küche, kam sie wieder heraus. Sie stellte den Reis auf und begann die Hühnerbrüste würfelig zu schneiden. Das Geschehen rund um sie schaltete sie aus. Das Vorbereiten und Zubereiten von Speisen war wie eine Therapie für sie. Nie hätte sie sich vorstellen können, dass ihr diese Arbeit so viel Spaß und Erfüllung bereiten würde. Jeder Handgriff saß, kurz las sie im Rezept nach. Die

Gedanken schweiften ab, zu Thomas, der neben ihr seinen Arbeitsplatz hatte. Obwohl sie nicht zu ihm hinübersah, spürte sie seine Anwesenheit, mehr als sie im Moment vertrug. Dieser Mann machte sie nervös. Sie wusste nicht, mit der Situation umzugehen. Wie würde er sie ab jetzt behandeln, hier in der Küche, vor den anderen?

Na ja, bis jetzt ließ er sich nichts anmerken. Er arbeitete wie immer, schnell, gewissenhaft und konzentriert. An ihm war keine Gefühlsreaktion ablesbar. Hatte sie alles nur geträumt? Vielleicht war dieser Kuss nur ein kleiner Ausrutscher seinerseits und er wollte gar nicht mehr von ihr. Sie interpretierte da sicherlich wieder etwas falsch. Anders konnte es gar nicht sein. Als ihr aufgrund ihrer Unaufmerksamkeit beinahe das Messer aus der Hand gefallen war, konzentrierte auch sie sich auf die Arbeit. Für die Gedanken und das gesamte Gefühlschaos, das in ihr wütete, hatte sie in der Nacht Zeit.

Nach Feierabend verabschiedete sich Thomas von seiner Crew. Jeder eilte seines Weges. Es war wieder spät geworden, beinahe Mitternacht. Die warme Küche schloss um zweiundzwanzig Uhr dreißig. Mel packte noch etwas von den Essensresten für sich und Bea ein und huschte an der Hintertüre hinaus, die auf den Innenhof führte. Von dort gelangte sie in wenigen Schritten zum Apartment. Thomas sah ihr nach. Er nahm seine Kochhaube ab. Mit einer Hand fuhr er sich durch sein dichtes Haar. Als Mel auf der anderen Seite des Hofes im Apartmenthaus verschwand, machte er sich auf den Weg zu seinem Auto. Zu Hause in seinen Wänden schälte er sich müde aus den Klamotten und stieg unter die heiße Dusche. Sein Rücken schmerzte. Den ganzen

Tag stehen, ab und an in gebückter Haltung, hinterließ seine Spuren. Aber das tat seinem Ehrgeiz keinen Abbruch. Er liebte seine Arbeit und der Erfolg gab ihm recht. Seine Speisen und die Idee mit den Themenwochen kamen gut an. Das Lokal war bereits auf Wochen im Voraus ausgebucht. Seine Spezialwochen kündigte er bereits frühzeitig an, damit möglichst viele Menschen darauf aufmerksam wurden. Dafür legte er Infoblätter auf und er postete auf den verschiedenen Social-Media-Kanälen. Mit seiner Crew hatte er ebenfalls einen guten Griff getan. So selbstverständlich war es wohl nicht mehr, gutes Personal zu bekommen. Thomas lächelte zufrieden. Das warme Wasser rann über seinen Kopf den Körper hinab, entspannte die Muskeln und entfernte die Küchendämpfe, die sich hartnäckig festgesaugt hatten. Als er aus der Duschkabine stieg, fühlte er sich wie neu geboren. Er schlüpfte in den Bademantel und wollte sich einen Drink holen, als es an der Haustüre klingelte. Verwundert blickte er auf die Uhr. Weit nach Mitternacht. Wer wollte zu so später Stunde noch etwas von ihm? Als er öffnete, staunte er nicht schlecht, Pia vor sich zu sehen. Ohne etwas zu sagen, huschte sie an ihm vorbei in die Wohnung.

„Pia, was soll das?" Thomas sah sie entgeistert an. Sein Tonfall klang mehr als ruppig. Er zog den Bademantel zurecht und schnürte den Gürtel enger.

„Hallo, was ist das denn für eine Begrüßung? Ich dachte, Sie freuen sich, mich zu sehen?" Sie schenkte ihm ein sehr keckes, zweideutiges Lächeln und trat näher. So nah, dass sie nur mehr wenige Zentimeter entfernt war. Ihr Busen, spärlich verhüllt in einem enganliegenden Shirt mit tiefem Dekolleté, streifte seine Brust. Thomas trat einen Schritt zurück. Mit Damenbesuch hatte er nicht gerechnet. Und noch dazu mit Pia. Diese Situation war für ihn sehr befremdlich.

„Ich freue mich keineswegs, dass Sie hier sind. Was wollen Sie?"

„Küssen Sie mich. Ich kann sehr weich und anschmiegsam sein." Sie klebte auf einmal förmlich an ihm, schlang die Arme um seinen Hals und drückte ihm ihre Lippen auf die seinen. Ihre Zunge leckte frech darüber. Überrumpelt stieß Thomas sie von sich.

„Pia, verdammt! Hören Sie auf! Was bilden Sie sich ein? Sie sind nicht mein Typ. Ich schlafe nicht mit Ihnen! Ist das klar? Es gibt sicherlich genug Männer, die Ihrem Charme nicht widerstehen können." Thomas schnaufte. So eine Dreistigkeit war ihm noch nie untergekommen. Er funkelte sie zornig an.

„Ach, seit wann stellt sich ein Mann so an? Sie wollen mir doch nicht weiß machen, dass ich ihnen nicht gefalle. Ha! Ich kann hunderte Männer haben." Pia raste innerlich. Nach außen gab sie sich abgeklärt. „Ich kann Ihnen das Leben versüßen. Auf angenehme Art und Weise. Und dass wollen Sie sich entgehen lassen? Ich fass es nicht! Wir beide wären ein super Team – Sie in der Küche und ich im Service. Wir wären unschlagbar", sie blinzelte ihm zu, „auch im Bett."

„Raus!", befahl Thomas. „Raus, aber schnell, bevor ich mich vergesse und Sie Ihren Job auch morgen noch haben wollen!" Thomas riss die Eingangstür sperrangelweit auf. Zornig funkelten seine Augen. Ein untrügliches Zeichen, dass die Gelegenheit verpasst war. Pia zuckte mit den Schultern, so nach der Art ‚selbst schuld', und verschwand durch die offene Tür in die Dunkelheit. Thomas schlug sie zu, sperrte ab und rauschte ins Wohnzimmer. Total perplex ließ er sich auf die bequeme Couch fallen. „Habe ich dieses Frauenzimmer jemals im Glauben gelassen, etwas Derartiges von ihr zu wollen?", fragte er sich. Er stand schwerfällig auf und holte sich seinen Drink, einen Scotch. Die braune Flüssigkeit brannte wie Feuer die Kehle hinab. „So unterschiedlich können Küsse schmecken", dachte er und zog sich ins Bett zurück. Wie er allerdings am nächsten Tag mit der Situation umgehen sollte, wusste er noch nicht. Auch schwebte ihm das zarte Gesicht von Mel vor den Augen herum, ihre rosa Wangen, die strahlenden blauen Augen, der weiche Mund. Mel! Sie war so ganz anders als Pia.

Kapitel 9

„Mensch, Pia! Sag spinnst du? Du kannst dich doch nicht dermaßen anpreisen." Luisas Stimme glich einem Kreischen. Sie verstand ihre Freundin nicht. Seit wann war Pia so in eine Sache verbissen. Nicht nur, dass sie ständig Mel auflauerte, sie beschimpfte und sie bei allen schlecht redete. Nein, jetzt hatte sie sich auch noch ihrem Chef an den Hals geworfen.

Pia war ein Vamp. Sie fand Spaß am Flirten, sie erzählte uneingeschränkt von ihren Sexabenteuern, ohne mit der Wimper zu zucken. Jedes einzelne Detail wurde haargenau beschrieben, auch die sehr pikanten Einzelheiten. Mit den Jungs vom Service hatte sie sich auf einen flotten Dreier eingelassen, wenn man ihren Erzählungen trauen durfte. Luisa, aus strengem Elternhaus und vom Land, hatte sich mit Pia angefreundet, als sie gemeinsam die Lehre bei Eder vor einigen Jahren begonnen hatten. Damals war sie alleine und fremd in Velden. Auch Pia, die aus dem Pongau stammte, trat eher schüchtern auf. In den letzten Jahren des Erwachsenwerdens veränderte sie sich zu dem Vamp, der sie heute war. Pia suchte das Vergnügen. Ob es Gäste waren, die Angestellten oder Aufrisse in der Disco, sie prahlte mit ihren Eroberungen. Kaum eine Nacht schlief sie in ihrem eigenen Bett. Warum sie es gerade auf ihren Chef abgesehen hatte, verstand Luisa überhaupt nicht. Deshalb wetterte sie ohne zu verschnaufen weiter.

„Pia, es ist mehr als peinlich, was du dir da geleistet hast. Was willst du damit bezwecken? Du kannst jeden Mann haben, den du willst. Aber den Chef lass in Ruhe. Was ist, wenn er dich hochkant hinauswirft? Verstehen würde ich ihn."

„Baha, seit wann hältst du denn mit denen mit? Lass mich doch. Du wirst sehen, er kann meinem Charme nicht mehr lange widerstehen. Heute Nacht hätte ich ihn beinahe soweit gehabt. Wenn er nur einmal mit mir ins Bett geht, auch wenn ich mir ziemlich sicher bin, dass dieser hochnäsige Arsch keinen hochkriegt, drehe ich ihm einen Balg an. Der wird schön für mich und das Kind sorgen. Dann wird er mir sicher einen Heiratsantrag machen, weil in einer so anständigen Familie, wie die alle zu sein glauben, macht man das. Und dann habe ich ausgesorgt." Pia stierte ihre Freundin an. „Und wenn du nett zu mir bist, darfst du sogar meine Trauzeugin sein und ich sorge dafür, dass du hier weiter angestellt bleibst. Wenn du das, was ich dir gerade erzählt habe, weitertratscht, finde ich Mittel und Wege, wie du deinen Job loswirst."

Pia fuchtelte zur Bestätigung wild mit den Armen. Luisa starte sie entgeistert an. Zur Feindin haben wollte sie Pia nicht, aber weiterhin mit ihr befreundet sein ebenso wenig. Mit solchen Anschauungen wusste sie nichts anzufangen. Sie erkannte ihre Freundin nicht wieder. Wann war Pia zu dieser unmöglichen Person geworden?

„Mädels, habt ihr nichts zu tun", schnauzte Emma sie böse an. „Hinten sind die Tische neu zu decken, für die Gesellschaft, die sich für dreizehn Uhr angemeldet hat."

Luisa war froh über diese Störung. Sie hätte keine Antwort auf Pias Aussagen gewusst. Schockiert darüber, wie sich ihre Freundin entwickelt hatte, lief sie voraus, um die Teller und das Besteck zu holen. Sie wollte noch überlegen, wie sie mit dem gerade Erfahrenen umgehen würde. Sich auf Männer einzulassen, die es wollten, war eine Sache, aber sich jemanden an den Hals zu werfen und sich anzubiedern, eine andere. Noch dazu, wenn man diesem Jemand ein Kind unterjubeln wollte, ärgerte sich Luisa. Die Arbeit lenkte sie ab und brachte sie auf andere Gedanken, für die nächsten Stunden zumindest.

Lorenzo lief quer durch die Küche zu Thomas. Wild fuchtelte er mit den Händen. „Himmel, hörst du mir eigentlich einmal zu, Thomas?"

Thomas konzentrierte seine ganze Aufmerksamkeit auf den Teller vor ihm, den er mit ruhiger Hand und einem Spritzbeutel mit feinen Schokoladenglasurstreifen verzierte. Seine berühmte Dessertvariation, die aus verschiedenen exotischen Früchten, Mouse au Chocolat, Cremé Brûlée und seinem exzellenten Schokotörtchen mit Birnensorbet bestand, erhielt die letzte Dekoration. Ihm lief das Wasser im Mund zusammen. Am liebsten hätte er den üppigen Nachtisch selbst verspeist, ihm knurrte zu dem sein hungriger Magen. Lorenzo nahm er erst wahr, als dieser mit seiner Hand vor den Augen herumfuhr. Thomas schrak hoch.

„Hey, spinnst du? Was gibt es denn, du weißt doch, dass ich nicht gestört werden möchte." Er wischte sich mit dem Ärmel die Schweißperlen von der Stirn.

„Ist wirklich dringend, tut mir leid", entschuldigte sich Lorenzo halbherzig. Kevin vom Service schoss herein. Thomas hob den Teller auf die Anrichte. „Hier, die Variationen können nach draußen", dirigierte Thomas. Kevin verschwand so schnell, wie er aufgetaucht war.

Thomas wischte sich die Hände sauber und sah Lorenzo ungeduldig an.

„Ich wollte dir nur mitteilen, dass ich jetzt die Fliege mache, es wartet eine heiße Flamme auf mich." Er blinzelte Thomas zu.

„Spinnst du? Du kannst doch nicht während des Mittagsgeschäftes so einfach abrauschen!" Thomas stierte seinen Freund entgeistert an.

„Für die griechische Woche habe ich die Bestellliste nochmals gecheckt und noch zusätzlich Lammfleisch, Weinblätter, Auberginen und Halloumi, den halbfesten Käse, dazugeschrieben. Die Mengenangaben waren sehr bescheiden berechnet. Eigentlich wollte ich nur wissen, ob dir noch etwas einfällt, was bestellt werden muss. Der Lieferant wartet am Telefon."

Lorenzo freches Grinsen verzehrte sein Gesicht.

„Reingefallen!"

„Verschwinde!" Auch Thomas konnte sich ein Grinsen nicht verkneifen, dieses Mal jedoch aus Erleichterung. Wenn es um Frauen ging, war Lorenzo nicht mehr zu bremsen. Da konnte es schon mal passieren, dass er tatsächlich die Fliege machte, egal wie stressig es gerade zuging.

„Ja, Boss!" Lorenzo salutierte vor Thomas und lief davon, um sein Telefonat fortzusetzen. Thomas schüttelte lächelnd den Kopf. Er selbst hatte keine Zeit, länger über Lorenzo nachzugrübeln, die nächsten Teller mussten servierfertig angerichtet werden. In der Küche stand die Hitze, es war fast nicht mehr auszuhalten. Der Schweiß rann ihm zwischen den Schulterblättern hinab. Sein Shirt klebte mittlerweile patschnass auf seinem Rücken. Bevor er weitermachte, holte er sich ein Glas Wasser. Etwas Anderes trank er während der

Arbeit nicht, um seine Geschmacksnerven nicht zu irritieren. Mel stand in ihrem Bereich und kochte Fischfond. Er stellte sich zu ihr. „Wie sieht's aus? Schaffst du es alleine oder brauchst du Hilfe?"

Sie sah erstaunt zu ihm hoch, schließlich war er ein ganzes Stück größer als sie. „Danke, das schaff ich."

„Sag, kannst du heute nach dem Abenddienst länger bleiben? Ich wollte ein neues Rezept ausprobieren und könnte deine Hilfe gebrauchen."

„Gut, ich bring das Mittagessen zu Bea und da kann ich ihr gleich sagen, dass sie am Abend nicht auf mich warten soll."

„Ja, mach das, grüß sie von mir. Hat sie sich schon eingelebt?"

„Och, das wäre wohl zu früh. Aber es gefällt ihr. Sie bezeichnet den Aufenthalt hier als Urlaub. Bea war gestern schon am See. Bei den ebenen, asphaltierten Gehsteigen kommt sie mit ihrem Gefährt, wie sie es nennt, gut voran." Mel lächelte. Ein Lächeln, das ihre schönen Augen erhellte. „Bea ist einfach eine Perle von Mensch. Sie nimmt ihr Schicksal an und versucht das Beste daraus zu machen. Sie war schon immer eine Kämpferin. Aufgeben tut sie nicht so rasch. Und dabei verliert sie nie ihren Humor, ist immer gut gelaunt und aufmunternd." Mel lobte ihre Freundin nur zu gern. Selten jemand in ihrem Alter nahm ihr Schicksal so gefasst an. Mel war überzeugt, dass Bea bald wieder ohne dieses Ding gehen würde können. Ein Wohnungswechsel würde trotzdem notwendig sein. Bea war schon am Organisieren, die Unterlagen von Maklern hatte sie bereits angefordert. Thomas legte sanft seinen Arm um Mels Schulter und drückte sie für einen Bruchteil eines

Augenblicks an sich. Kaum merklich, nur kurz und für andere ohne Belange. Eine kurze freundschaftliche Geste, die auch als Lob durchgegangen wäre. Für Mel bedeutete es einen Ausbruch an unterschiedlichen Gefühlen. Im Bauch erwachten Krabbeltiere zu hunderten, tausenden, die Nackenhärchen stellten sich auf, Wärme stieg in ihre Wangen und zogen eine leichte rosa Farbe auf, Hitze durchflutete ihre Glieder.

Als Thomas seinen Arm wegzog, hinterließ er eine kribbelnde Stelle, die ein unangenehmer Schauer überzog. Am liebsten hätte Mel seinen Arm wieder an diese Stelle zurückgelegt. Nur zu gerne hätte sie sich an ihn geschmiegt und für ewig festgehalten. Stattdessen schnitt sie die Petersilie klein, die vor ihr am Küchenbrett lag und womit sie vor Thomas' Auftauchen beginnen wollte, nur um ihre Hände zu beschäftigen und ihre Gedanken von sich und Thomas, die dem Jugendverbot unterlagen, abzulenken.

„Thomas, ich brauch für Tisch vier die Seebrasse und den Persischen Eintopf", hallte die Stimme von Kevin durch den Raum.

„Kommt schon", bestätigte Thomas und lief um den Küchenblock herum. Er stellte zwei vorgewärmte Teller auf die Anrichte und befüllte sie mit den bestellten Speisen. Seine flinken Hände portionierten ruckzuck und Kevin verließ mit den befüllten Tellern die Küche. Die Schwingtür flog auf und Jürgen holte für Tisch sechs als Vorspeisen knusprige Frühlingsrollen, Sushireis, Shuman (gefüllte Teigbällchen) und Sate Ayam die bekannten gegrillten Hühnerspießchen mit Erdnusssoße. Für die Vorspeisen war Eder zuständig. Thomas sah kurz auf den nächsten Bestellbon und begann mit dem Anrichten des fernöstlichen

Currygeschnetzelten. Als nächstes stand eine Dessertvariation an. Heute war der letzte Tag der asiatischen Themenwoche. Zur Mittagszeit herrschte im Lokal reges Treiben. Es war bis auf den letzten Platz gefüllt und es gab kaum eine Verschnaufpause für die Küchencrew. Jeder Handgriff saß. Während ausschließlich Thomas und Eder fürs Anrichten der Speisen zuständig waren, wurden sie von Mel, Lorenzo und der Fischer Franzi tatkräftig unterstützt, die die notwendigen Lebensmittel und fertigen Gerichte in ihre Reichweite stellten. Nach dem Mittagsgeschäft, die letzten Besucher hatten das Lokal verlassen, speisten die Angestellten. Mel portionierte für sich und Bea das Mittagessen und eilte zu ihrer Freundin. Sie aß mit ihr gemeinsam. So konnte sie Bea Gesellschaft leisten und sich mit ihr unterhalten.

„Heute wird es spät, Bea. Ich soll Thomas noch aushelfen. Er meinte, er möchte ein neues Gericht ausprobieren. Bin schon gespannt, was er vorhat, weil er in bestehende Rezepturen seine eigenen Kreationen einbaut." Mel merkte nicht, wie sie ins Schwärmen geriet, wenn sie von ihrem Chef erzählte. Bea hörte ihr gerne zu und freute sich im Geheimen, dass es ihrem Schützling sichtlich gut ging. Mel war aufgeblüht, seit sie ihr eigenes Geld verdiente und ihre Arbeit auch wertgeschätzt wurde. Thomas hatte Bea vom ersten Augenblick an beeindruckt. Der junge Koch schien ihr das Herz am rechten Fleck zu haben.

„Ja, ja, mach nur", sagte sie daher. „Um mich mach dir mal keine Sorgen. Ich sehe ein wenig fern, irgendeinen Film finde ich mit Sicherheit. Und wenn ich müde genug bin, lege ich mich schlafen. Die Ruhe hier genieße ich. Ist angenehmer als im Krankenhaus. Ständig liefen die

Schwestern ein und aus, um nach jemandem zu sehen, den Puls zu messen, die Laken gleichzuziehen, die Leibschüssel zu bringen", Bea schnaufte, „oder es schnarchte jemand. Oft habe ich die ganze Nacht kein Auge zugetan. In den letzten beiden Nächten habe ich durchgeschlafen. Ist in meinem Alter keine Selbstverständlichkeit mehr." Bea lächelte. „Nein, um mich mach dir keine Sorgen. Ach ja, und bitte richte aus, dass sie meine Abendportion halbieren können. Wenn ich so weiter futtere, platze ich bald aus allen Nähten." Sie zwinkerte Mel spitzbübisch zu.

Die Abendjause erhielt Bea von der Fischer-Franzi oder jemand anderem serviert, hing davon ab, wer gerade Zeit erübrigen konnte. Bis zur Abendschicht blieb Mel noch etwas Zeit und deshalb spazierte sie mit Bea noch an den Seestrand. Der lag nur wenige Gehminuten vom Apartmenthaus entfernt. Heute schien die Sonne. Eine leichte Brise kräuselte die Wasseroberfläche. Um diese Jahreszeit, im November, standen die meisten Ferienwohnungen frei. Urlauber traf man nur vereinzelt, solche, die sich auf der Durchreise befanden oder Wanderer. Im Sommer hingegen herrschte hier Hochbetrieb. Am See entlang tummelten sich die Badegäste, Musik dröhnte aus den Lautsprechern der Musikboxen, Kindergeschrei übertönte diese. Mel kannte diese Szenen aus ihren Jugendtagen, wenn sie damals mit Bea an den Strand spazierte. Oft hatten sie sich auf eine der vielen Bänke gesetzt und dem regen Treiben zugesehen. Gerne hätte Mel damals in irgendeiner Weise zu dieser lustigen Menschenschar gehört. Diese kurzen Momente zwischen all den Menschen genoss sie. Selbstverständlich war das nicht gewesen, hatten sie doch zu Hause einen eigenen riesigen Pool gehabt. Leider war es dort immer langweilig gewesen.

Schon von Weitem sah sie Pia im Hof, am Eingang zum Restaurant stehen. Offensichtlich wartete sie auf jemanden. Doch wohl nicht auf sie? Mel zog den Kopf ein, das bedeutete nichts Gutes.

„Na, auch schon zurück?" Diese patzigen Worte, verursachten bei Mel Gänsehaut. Ohne einen Kommentar wollte sie sich an Pia vorbeischleichen. Doch diese erhaschte ihren Hemdsärmel.

„Nicht so schnell, meine Kleine", nuschelte sie. „Du kannst mir dankbar sein, dass ich hier auf dich gewartet habe, damit ich dich warnen kann." Pia grinste hinterfotzig. „Dein alter Herr hat einen Tisch reserviert. Nur für zwei." Sie zwinkerte. „Da hast du gleich die Gelegenheit, deine zukünftige Stiefmama kennenzulernen. Ist sicher spannend für dich. Was?" Pia lachte so laut auf, dass es Mel in den Ohren schmerzte. Noch bevor sie etwas antworten hätte können, wenn sie gewollte hätte, was ja eh nicht der Fall war, aber, sie wäre gar nicht erst dazugekommen, weil Pia am Stand eine Kehrtwendung absolvierte und ins Restaurant verschwand. Mel benötigte einige Sekunden, um das eben Gehörte zu verdauen. Es war ja nichts Neues, Vater und seine Frauengeschichten. Aber Pia hatte genau den wunden Punkt von Mel getroffen. Wie eine vergiftete Pfeilspitze trafen ihre Worte ins Ziel. Wieso musste er ausgerechnet hier her kommen mit seiner Neuen. Es gab so viele Lokalitäten in der näheren Umgebung. Mel seufzte leise und huschte in die Küche. Das Kochen würde sie ablenken, so hoffte sie. Aber auch die Küchencrew stand in hoher

Aufregung, wegen des angesagten Besuches. Lorenzo stolperte aufgelöst zu ihr.

„Stell dir vor, wer uns heute beehren wird", wollte er Mel überschwänglich informieren. Doch diese wehrte angewidert ab.

„Spar dir deine Worte, Lorenzo, ich weiß es schon. Pia hat es mir auf ihre besondere Art mitgeteilt. Nur dass ihr es alle wisst, ich werde heute meinen Platz hier in der Küche nicht verlassen. Soll der doch mit seiner neuen Freundin hier auftauchen. Na und wenn schon. Ihr behandelt ihn gefälligst wie jeden anderen Gast." Mel blickte besorgt in die Runde. Niemand sollte ihren Vater über Gebühr behandeln, als sei er eine Durchlaut oder so was Ähnliches. Nur weil er reich war.

„So, nun los an die Arbeit und ihr habt Mel gehört. Ich schließe mich ihr voll und ganz an. Keine Extrabehandlung." Thomas hatte gerade noch die letzten Worte von Mel gehört. Er blickte seine Angestellten eindringlich an. Ein Raunen ging durch die Küche, Schulterzucken und dann arbeiteten alle wieder weiter. Thomas legte seinen Arm fürsorglich auf Mels Schulter.

„Na, wie geht es dir? Lass dich nicht ärgern oder unterkriegen."

Sie schüttelte den Kopf und schluckte den schweren Klos in ihrem Hals hinunter. Die nächsten zwei Stunden wurde gehackt, geschnitten, geschmort und gebraten. Die Zeit verflog. Die Kellner servierten die ersten Vorspeisen, Suppen, Salate. Pia und Luise servierten die Getränke, wobei Luise meist hinter der Theke stand und den Ausschank bediente. Sie hatten dafür noch niemanden anderen angestellt. Emma schwebte zwischen den Tischen hin und her, um nach dem Rechten zu sehen. Sie nahm die Bestellungen auf und reichte sie ans Personal weiter. Herrn von Stein und seine jugendliche Begleiterin umschwirrte sie wie eine emsige Biene. Sie versuchte Wortfetzen zwischen den beiden aufzuschnappen, was allerdings kläglich scheiterte. Die beiden tuschelten nur sehr leise miteinander. Mit der Bestellung von Herrn Stein lief Emma höchstpersönlich in die Küche, um der Crew auch dort seine Ankunft kundtun zu können.

„Das Essen für diesen Tisch werde ich selbst servieren", gab sie bekannt und verließ hoch erhobenen Hauptes die Küche.

„Die hat auch die Tarantel gestochen", knurrte Eder, was bei Lorenzo und Thomas, die in seiner Nähe standen, ein Grinsen abrang.

Mel verkrümelte sich in ihrer Arbeitsecke. Die Kappe tief ins Gesicht geschoben, versuchte sie für jedermann unsichtbar zu sein. Das Letzte, dass sie wollte, war, dass ihr Vater sie hier sehen konnte. Aber warum eigentlich? Die Frage schlich sich in ihre Gedanken. Es war nichts Verbotenes oder Schlechtes, selbst sein Geld zu verdienen. Wie man dies anstellte, war doch einerlei. Sie warf einen zaghaften Blick zu Thomas. Er arbeitete wie immer, hoch konzentriert. Sie bewunderte ihn, für seine mentale Stärke. Er wusste, was er wollte, und verfolgte dies zielstrebig.

„Thomas, bitte, kommen Sie rasch", trällerte Emma aufgeregt. „Herr von Stein möchte Sie sprechen."

„Sie wissen doch, dass ich keine Zeit dafür habe und ich nicht mit den Gästen tratsche."

„In diesem Fall ist es aber wirklich wichtig. Herr von Stein ist die angesehenste Persönlichkeit hier. Wenn er dieses Haus schlechtmacht, nur weil der Küchenchef meinte, keine Zeit für ihn erübrigen zu können, dann können wir zusperren." Emma schnaufte. Ungehalten baute sie sich vor Thomas auf. Zum Glück war die Anrichte dazwischen. Genervt blickte Thomas sie an. Resigniert wischte er sich die Hände im Geschirrtuch ab.

„Macht ihr das fertig?", wandte er sich an Eder und umrundete den Block, um seiner Restaurantleiterin zu folgen. Sie lief in den hinteren Bereich. Vor einem Tisch, an dem ein älterer Herr und eine junge Dame saßen, stoppte sie.

„Herr von Stein, darf ich Ihnen den Chef vorstellen, Thomas Neumann. Herr von Stein, Herr Neumann", machte Emma die beiden auf eine sehr gekünstelte Weise bekannt. Sie machte keine Anstalten, zu gehen, bis Thomas sich räusperte und ihr einen strengen Blick zu warf. Sie deutete galant eine Verbeugung in Richtung Herrn von Stein an, bevor sie sich zurückzog. Thomas nervte dieses zur Schau gestellte Verhalten seiner Angestellten. Er wandte sich stattdessen seinem Gast zu. „Sie wollten mich sprechen?" Herr von Stein tupfte sich mit der Serviette den Mund ab. Er musterte sein Gegenüber. Ihm behagte nicht, dass er selbst saß, während der junge Mann vor ihm stand.

„Nun, ich wollte Ihnen nur mitteilen, dass das Essen vorzüglich gemundet hat. Ich habe selten so eine exquisite Küche erleben dürfen und ich bin doch schon weit gereist." Sein Lob freute Thomas, das war nicht zu leugnen. Er bedankte sich höflich.

„Es hat sich herumgesprochen, dass meine Tochter bei Ihnen angestellt ist. Allerdings konnte ich sie nirgends erblicken." Wie zur Demonstration ließ Herr von Stein seinen Blick durch das Lokal schweifen, bevor er ihn auf Thomas heftete. „Hat sie frei? Oder ist sie bereits wieder auf und davon?" Die Stimme des alten Herrn hatte an Schärfe zugenommen.

„Sie kocht. Die Vorspeise und die Fischsuppe, die Ihnen so gemundet haben, hat Ihre Tochter zubereitet. Sie können also durchaus stolz auf sie sein. Melanie ist eine begnadete Köchin, eine Meisterin ihres Faches, trumpfte Thomas absichtlich dick auf. Ihn störte diese herablassende Art dieses Herrn. Mochte er auch eine angesehene Persönlichkeit und Mels Vater sein.

„Melanie?" Ungläubig stierte Herr von Stein zu seinem Gegenüber auf. „So, so. Das sind ja allerdings mal Neuigkeiten. Hätte ich ihr nicht zugetraut, war ja als Kind zu nichts zu gebrauchen", sprach er aus, was ihm auf der Zunge lag. „So, nachdem ich Sie kennenlernen durfte, würde ich gerne noch meine Tochter sprechen. Sie soll herkommen, damit ich ihr gleich meine Verlobte vorstellen kann."

Er nahm einen Schluck vom Champagner. Seine Verlobte saß da, ohne sich zu äußern. Thomas zweifelte daran, dass diese junge Dame überhaupt bis drei zählen konnte. Sie begutachtete ihre gestylten langen Nägel und zog einen Schmollmund. War wohl gelangweilt.

„Ich werde es Ihrer Tochter mitteilen. Denke aber, sie wird nicht kommen, nachdem, wie ihr letztes Treffen gelaufen ist." Die letzten Worte konnte sich Thomas nicht verkneifen. Mochte dieser Herr Stein noch so angesehen sein, warm würde Thomas mit ihm nie werden. Er hasste kaltschnäuzige Typen wie ihn. Ohne eine Antwort abzuwarten, lief Thomas zurück. „Mel, dein Vater möchte dich sprechen." Er sagte es nah an ihrem Ohr, so dass nur sie es hörte.

„Was will er?" Ohne aufzuhören, schnitt sie das Putenfilet in gleichmäßige Streifen. Thomas bemerkte das leichte Zittern in ihren Händen. Sanft legte er seine Hand auf ihren Rücken. „Dir seine Verlobte vorstellen."

„Wie alt?"

„Nun ja, geschätzt, in deinem Alter? Nein, ich glaube, sie ist sogar etwas jünger." Thomas Augen funkelten belustigt, als sie kurz zu ihm aufblickte. „Sie ist hübsch, hat Wahnsinns Fingernägel und volle Lippen, die sie zu einem Schmollmund gezogen hat. Tolle Rundungen. Dein Alter hat Geschmack, das muss man ihm lassen. Geh raus zu ihnen, überzeug dich selbst", zog Thomas sie auf.

„Keine zehn Pferde bringen mich da hinaus. Das weißt du genau. Was wollte er von dir?" Mels Gedanken fuhren Achterbahn. Wieder einmal! Was sollte das alles. Sie vermochte ihren Vater, nein, eigentlich Erzeuger, nicht ein zu schätzen. Die Bezeichnung Vater hatte sich dieser Mensch nicht verdient. Erzeuger passte eindeutig besser zu ihm. Mehr war er für Mel nie gewesen. Sie fühlte bei diesen Gedanken tief in sich hinein. Früher hatte ihr dies Weinkrämpfe beschert. Jetzt berührten sie ihr Innerstes, ihre Seele nicht mehr. Dieser Mensch war ihr mit einem Mal völlig egal. Sollte er tun und lassen, was er wollte. Behutsam legte sie die Putenstreifen ins brutzelnde Öl.

„Ich gehe nicht hinaus. Er interessiert mich nicht mehr. Soll er doch heiraten, wen er will." Mel wendete die Fleischstreifen, die auf der einen Seite eine goldgelbe Farbe angenommen hatten.

„Sie können doch nicht einfach da hereinkommen", hörte sie die aufgeregte Stimme Eders.

„Wo ist sie. Ich will meine Tochter sehen. Vorher glaube ich nicht, dass sie hier arbeitet", die laute Stimme ihres Vaters übertönte den Küchenlärm.

Missmutig, angewidert von seiner herrischen Art, drehte sie sich in seine Richtung. „Ich bin hier. So und nun, wo du mich gesehen hast, kannst du auch gleich wieder gehen."

„Melanie, du kommst jetzt sofort mit mir und lernst deine Stiefmutter kennen", befahl Herr von Stein.

„Das bringt nichts. Ich hab schon gehört, dass sie jünger ist als ich. Also verschon mich. In zwei Monaten hast du bereits wieder jemand anderen an deiner Seite. Ich muss außerdem arbeiten. Die nächsten Menüs müssen serviert werden." Ohne ihn eines weiteren Blickes zu würdigen, drehte sie sich wieder ihren Putenstreifen zu, die sie nun auf einen Teller legte. Thomas, der noch immer neben ihr stand, nahm es ihr ab und brachte es zu Lorenzo, der bereits darauf wartete. Das rege Treiben in der Küche ging weiter, allerdings war es still geworden, bis auf die Dunstabzüge, die über den Öfen ratterten. Herr von Stein sah sich einer Situation gegenüberstehen, die er so noch nie erlebt hatte. Seine Tochter ignorierte ihn. Die Köche standen wie lebende Schutzschilde vor ihr. Er bemerkte sehr wohl, wann er verloren hatte. Herr von Stein war nicht naiv. Er verließ ohne weiteres Wort die Gastroküche. Ihre Worte schmerzten. Sie hatte nicht unrecht. Ihm war es ja gar nicht darum gegangen, dass sie seine neue Partnerin kennenlernte. Dies diente nur als Vorwand. Er war erst letzte Woche wieder von einer Fernreise zurückgekehrt, als er durch Zufall sein Zimmermädchen hörte, wie diese am Telefon jemanden davon erzählte, dass Melanie im neuen Gourmetlokal in der Küche arbeitete. Mel hatte ihm zwar bei ihrem letzten Besuch gesagt, dass sie eine Arbeitsstelle hat, aber er glaubte ihr nicht. Und als er sie jetzt in dieser Uniform sah, wie sie vor dem riesigen Herd stand, wurde ihm bewusst, dass er sie verloren hatte. Wahrscheinlich für immer. Oder? Sollte er über seinen Schatten springen, und sie von da herausholen? Sie gehörte nicht dorthin. Schließlich war sie eine von Stein, auch wenn sie diesen Nichtsnutz geheiratet hatte. Er wollte sich zu Hause in seinen Salon zurückziehen und überlegen, was jetzt zu tun war.

Kapitel 10

Die letzten Gäste hatten das Lokal verlassen. Sperrstunde! Knapp vor Mitternacht schloss Thomas hinter seinen Bediensteten das Lokal. Müdigkeit kroch hoch, saugte sich an seinen Gliedern fest. Die Aufregung, für die Herr von Stein am Abend verantwortlich zeichnete, lag noch in der Luft. Thomas eilte zurück in die Küche, wo Mel bereits auf ihn wartete. Sie war, wie versprochen, noch geblieben, um ihm bei seinem neuen Rezept zu helfen. Eigentlich war diese Bitte seinerseits nur ein Vorwand gewesen, um Mel länger bei sich zu haben. Natürlich wollte er etwas Neues probieren. Aber es musste nicht jetzt sein. Mel wusch sich soeben die Hände unter dem Wasserhahn, als Thomas sich zu ihr gesellte.

„Na, müde? Es ist schon sehr spät, ich denke, unser neues Projekt werden wir ein andermal probieren. Du bist ganz blass um die Nasenspitze." Um es ihr zu demonstrieren, tippte er mit dem Zeigefinger darauf. Sofort setzte diese Berührung alle möglichen Glückshormone bei Mel frei. Sie bemühte sich darum, sich nichts anmerken zu lassen. Nur die aufsteigende Röte vermochte sie nicht zu unterdrücken. Thomas nahm ihr die Kappe ab. Zärtlich strich er ihr mit dem Handrücken über die Wange. Langsam näherten sich seine Lippen. Der innige Blick seiner warmen grauen Augen hielt sie gefangen. Mel vermochte nicht, ihm auszuweichen. Sie spürte seinen heißen Atem, seine Wärme. Die Zeit, bis seine Lippen zart auf die ihren trafen, schien unendlich zu dauern. Thomas legte seine Arme um ihre Taille und zog sie näher, drückte sie fest an sich, während seine Zunge verbotene Spielchen mit ihrem Mund anstellte. Sie vermochte nicht, sich zu wehren. Warum auch. Zu schön waren diese Empfindungen. Zu lange war es her, als sie von jemanden begehrt wurde. Mel schlang stürmisch, losgelöst von jeglichen Überlegungen, die Arme um seinen Hals. Die Hände wühlten durch sein dichtes Haar. Sie genoss jeden Augenblick dieser Intimität. Sie kochte, jetzt nicht Speisen, sondern selbst, in ihrem Inneren brodelte es wie in einem siedenden Suppentopf. Sie stand kurz davor, zu explodieren. Thomas Hände wanderten ihren Rücken ab, streichelten und liebkosten. Ungern löste er sich von Mel.

„Ich muss aufhören, sonst vernasche ich dich hier mitten in der Küche", flüsterte er. „Aber ich möchte es langsam angehen lassen, mit uns beiden." Liebevoll wischte er ihr eine verirrte Haarsträhne aus dem Gesicht. Er hauchte ihr einen Kuss auf die roten, geschwollenen Lippen. „Mädchen, Mädchen, was stellst du bloß mit mir an?"

Mel zuckte verlegen mit den Schultern. „Ich mach doch gar nichts."

„Das brauchst du auch nicht. Deine Anwesenheit reicht, um meine Gefühle durcheinander zu wirbeln. Ich schaffe es nicht einmal mehr, bis drei zu zählen. Das ist nicht gut." Thomas küsste ihre Hände, die er in seinen hielt. Dann zog er sie nach draußen. „Du gehst jetzt schlafen. Morgen ist wieder ein anstrengender Tag. Die griechische Woche beginnt, in der Früh ist noch einiges dafür vorzubereiten. Das neue Dessert könnten wir am Mittwoch ausprobieren. Ich lade dich ein, mit mir diesen Tag zu verbringen. Was meinst du? Ein freier Tag mit mir?" Er zwinkerte verschmitzt.

„Es wäre schön, aber ich kann doch Bea nicht alleine lassen."

„Rede mit ihr, ein paar Stunden werden doch möglich sein. Ich schätze Bea nicht so ein, dass sie uns diese nicht gönnen würde."

Der Mittwochmorgen brachte mieses Wetter. Regen gemischt mit dicken, schweren Schneeflocken fielen aus tiefhängenden, bedrohlich wirkenden Wolken. Mel sah kurz aus dem Fenster und hätte sich am liebsten wieder auf die Seite gedreht, um noch eine Weile zu schlummern. Sie wollte jedoch Thomas nicht warten lassen, der würde sie in einer Stunde abholen und Bea wartete bereits mit dem Frühstück auf sie. Am freien Tag nahmen sie sich Zeit, gemeinsam zu frühstücken. Mel seufzte, schlug die Decke zurück und stieg aus den warmen Federn. Rasch zog sie sich an. Bea saß am Tisch, wie vermutet. Sie las in der Zeitung, die sie sich bereits geholt hatte. Wie üblich studierte sie die Immobilienseiten, nach wie vor auf der Suche nach einer passenden Wohnung. Als sie aufblickte, lächelte sie.

„Guten Morgen, mein Schatz. Du siehst noch müde aus." Mel drückte ihrer alten Freundin ein Küsschen auf die Wange. „Geht schon. Hätte tatsächlich noch eine Mütze voll Schlaf vertragen. Macht es dir wirklich nichts aus, wenn ich dich heute schon wieder alleine lasse? Du brauchst es nur zu sagen und ich bleibe hier."

„Das kommt überhaupt nicht infrage, dass du junges Ding den ganzen Tag mit einer alten Frau verbringst, wo ein netter, junger Mann auf dich wartet. Nein, nein. Diese Verabredung hältst du schön ein. Natürlich mit der Bedingung, dass du mir nachher bis ins kleinste Detail alles haarscharf erzählst. Schließlich möchte ich an deinem Glück ein klitzekleines bisschen teilhaben", neckte Bea.

„Ach Bea, du bist mir eine. Wenn du mal nicht enttäuscht wirst. Wir werden ein neues Dessert kreieren, das ist alles." Mel getraute sich nicht, Bea anzusehen, hegte sie doch die leise Hoffnung, dass Thomas sie nicht nur wegen des Rezeptes treffen wollte. Sie leckte sich über die Lippen, und vermeinte noch immer den Geschmack seines Kusses zu spüren. Seit Sonntag standen die griechischen Spezialitäten am Speiseplan. Täglich waren sie bis auf den letzten Platz ausgebucht. Durch die viele Arbeit hatten sie keine Zeit mehr gefunden, privat miteinander zu sprechen. Ständig war einer oder mehrere Kollegen in ihrer Nähe. Mel bedauerte dies. Zu gerne hätte sie sich von Thomas küssen lassen. Sie sehnte sich nach seinen Zärtlichkeiten. Ob er es mit ihr ernst meinte? Ganz ließ sich die Unsicherheit doch nicht verdrängen.

„Du wirkst bedrückt? Was ist los?" Bea holte sie aus ihren Gedanken.

„Oh! Nein, ist nichts. Glaubst du, Thomas mag mich?"

„Kindchen, was soll denn diese Frage. Natürlich mag er dich. Er würde dich doch sonst nicht am freien Tag abholen und mit dir zusammensein wollen. Warum plagen dich jetzt Zweifel?"

Mel zuckte mit den Schultern. „Du weißt doch, dass ich bis jetzt mit Männern, kein gutes Händchen bewiesen habe."

„Soweit ich informiert bin, hattest du erst eine Beziehung und dein Ex war und bleibt ein Gauner. Der hat dich ausgenutzt und wollte nur dein Geld. Dass Thomas anders ist, wirst du ja wohl schon bemerkt haben."

„Wenn du es sagst", lächelte Mel und nahm einen Schluck Früchtetee. Und weil sie noch Zeit hatte und die letzten Tage nicht dazugekommen war, erzählte sie die Begebenheit mit ihrem Erzeuger ...

Thomas trank seinen Espresso und blätterte in der Tageszeitung. Ein kurzer Blick auf die Uhr zeigte ihm, dass er noch knapp eine halbe Stunde Zeit hatte, um Mel wie versprochen abzuholen. Er freute sich auf den heutigen Tag. Für das neue Dessert hatte er die Zutaten bereits mit in seine Wohnung genommen. Er wollte Mel zeigen, wo er wohnte und mit ihr ein paar vergnügliche Stunden verbringen, mit ihr plaudern, kochen, kuscheln und vielleicht sogar etwas mehr. Ein Lächeln huschte ihm über die Lippen. Alles machte viel mehr Spaß, wenn sie an seiner Seite war. Vor den Kollegen hatte er sie noch nie geküsst. Manche ahnten vielleicht etwas, so wie sein Freund Eder, oder auch Lorenzo. Aber wirklich offiziell gemacht hatte er die Beziehung mit Mel noch nicht. Er wusste ja gar nicht, ob sie das überhaupt wollte. Aber das würde er heute alles mit ihr besprechen und klären. Schließlich wollte er sie nicht übergehen und vielleicht etwas tun, das ihr peinlich war. Nur, wenn er ehrlich war, hatte er schon das Gefühl, dass Mel sich in seiner Gegenwart nicht unwohl zu fühlen schien. Das Sturmläuten seiner Haustürglocke riss ihn unsanft aus seinen Grübeleien. Mürrisch stand er auf. Er erwartete keinen Besuch. Noch missgelaunter wurde er, als er die Tür öffnete.

„Sie? Was wollen Sie?"

„Warum so grantig? Ein bisschen freuen könntest du dich schon, Chef. Ich bin an meinem freien Tag extra früh aufgestanden, um zu dir zu kommen." Pias Lächeln wirkte schleimig.

„Pia, erstens bestehe ich auf das ‚Sie', zweitens freue ich mich nicht, Sie zu sehen und drittens habe ich keine Zeit, ich bin verabredet. Also machen Sie es kurz, wenn Sie ein Problem haben, das die Arbeit betrifft und sonst bitte ich Sie, zu gehen." Thomas musste an sich halten, um die Worte einigermaßen freundlich auszusprechen. Innerlich brodelte er vor Wut. Pia nervte. Sie schien ihn auf Schritt und Tritt zu verfolgen, jede freie Minute, die sie im Lokal hatte, nutzte sie, um mit ihm zu flirten. Ja, genau, das störte ihn. Auch jetzt, wie sie dastand, wieder nur sehr spärlich und besonders aufreizend bekleidet, obwohl es draußen schüttete und die riesigen Schneeflocken, die sich zum Regen mischten, den Winterbeginn ankündigten.

„Darf ich rein, hier draußen ist es ein bisschen kalt", fragte sie auch prompt.

Widerwillig trat Thomas zur Seite und ließ sie eintreten. Den Tod sollte sie sich woanders holen, aber nicht unbedingt vor seiner Tür. Kaum, dass er diese geschlossen hatte, meldete sich sein Handy. Er entschuldigte sich und lief ins geräumige Wohnzimmer, wo er es achtlos auf den Tisch gelegt hatte. Seine Mutter, na toll!

„Hi, Mama, was gibt es? Wie geht es euch?"

„Gut, uns geht es gut. Ich wollte nur hören, wie es dir geht. Schließlich hast du dich seit der Geburtstagsfeier nicht mehr gemeldet." Hörte er da einen leisen Vorwurf heraus. Schlechtes Gewissen stieg hoch. In all dem Trubel hatte er tatsächlich seine Eltern vergessen. „Tut mir leid Mama, aber ich habe einfach viel um die Ohren". Er begann von den letzten Tagen zu erzählen und vergas darauf seinen Besuch, bis sich nackte Arme von hinten um seinen Bauch legten und er einen warmen Körper an seinem Rücken spürte, der sich fest an ihn presste. Erschrocken fuhr er herum. Pias Blick glich dem einer Schlange, kurz bevor diese ihre Beute verschlang. Thomas wollte ausweichen und sich aus ihrer Umklammerung lösen, noch immer das Telefon am Ohr, um auch seiner Mutter zu zuhören. „Warte kurz Mama", sagte er schließlich und hielt die Hand vors Handy.

„Pia, Sie verschwinden jetzt! Sofort, auf der Stelle! Ich werde mit Ihnen kein Schäferstündchen halten, wenn Sie das mit diesem Besuch bezwecken wollten. Treiben Sie es nicht an die Spitze, wenn Sie nicht eine fristlose Entlassung riskieren wollen!" Thomas Stimme bebte vor Wut. „Mama, tut mir leid, ich kann jetzt unser Gespräch nicht weiterführen, ich habe soeben unerwartet Besuch bekommen. Ich melde mich später. Tschau!" Bevor seine Mutter etwas sagen konnte, hatte er das Gespräch weggedrückt. Zornig funkelte er Pia an, die noch immer keine Anstalten machte, zu verschwinden. Sie stand lasziv vor ihm, nur mit ihrer Unterwäsche bekleidet. „Gefällt dir denn nicht, was du siehst? Ich weiß doch, dass ich dir gefalle."

„Verschwinde! Raus! Bevor ich mich vergesse!" Thomas hob ihre Kleidungsstücke auf und reichte sie ihr. Am liebsten hätte er sie ihr um die Ohren gehauen.

Nachdem Pia merkte, dass sie bei Thomas einfach keine Chancen hatte, begann ihre Sicherheit zu schwinden. Rasch zog sie sich an.

„Sind Sie mit dem Auto da, oder soll ich Sie mit in den Ort nehmen?"

„Nicht nötig. Spielverderber. Du wirst schon sehen, was dir entgeht", meckerte Pia. Sie lief in den Vorraum und zur Haustür hinaus, ohne sich noch einmal umzudrehen.

Thomas eilte in die Küche. Sein Kaffee war mittlerweile eiskalt und verspäten würde er sich nun auch. Na toll. Kurz überlegte er, ob er anrufen sollte. Entschied sich jedoch dagegen, schlüpfte in seine Jacke, griff nach dem Autoschlüssel und machte sich auf den Weg zu Mel.

Während der Fahrt überlegte Thomas, ob er den Vorfall mit Pia, Mel erzählen sollte. Schließlich entschied er sich dagegen. Wozu Mel von seinen Problemen erzählen. Gerade Pia verhielt sich Melanie gegenüber nicht sonderlich nett. Er fragte sich ernsthaft, was Pia mit ihrer Aktion vorhin und vor wenigen Tagen bezweckte. Warum wollte sie unbedingt mit ihm eine Affäre beginnen? Gerade sie, die sich immer rühmte, alle Männer um den Finger wickeln zu können. Sicherlich war Pia eine hübsche Frau, aber eben nicht sein Geschmack. Er bevorzuge das Zierliche, Kleine, eben Melanie, seit er sie das erste Mal gesehen hatte, zog sie ihn magisch an.

Ein kleines Lächeln huschte über Thomas Gesicht. Schnell war Pia vergessen. Wie üblich stellte er den Wagen im Hof des Restaurants ab. Dieses Mal ging er nicht ins Lokal, sondern schlug die andere Richtung ein. Das Apartmenthaus lag ruhig da. Jetzt um die Winterszeit stand es leer, bis auf die Wohneinheit, die von Beatrice und Mel vorübergehend bezogen worden war. Als er klopfte, öffnete Beatrice die Tür. Die alte Dame hatte in den letzten Tagen, seit dem Krankenhausaufenthalt, wieder an Farbe zugelegt. Sie bewegte sich bereits schneller mit ihrem Rollator. Ganz ohne ging es dann doch noch nicht. Sie begrüßte Thomas freundlich.

„Kommen Sie herein, Thomas. Melanie ist bald fertig. Sie zieht sich nur noch ihren Mantel an." Thomas reichte

Beatrice die Hand und begrüßte sie ebenso. Gerne folgte er ihr. Kaum dass sie im Wohnzimmer waren, huschte auch Mel aus ihrem Zimmer. Sie trug eine enge Jeans, dazu einen Rollkragenpullover in weichen Pastelltönen. Den Wollmantel hatte sie sich über den Arm gelegt. Rasch schlüpfte sie in die Stiefeletten. „Hi, Thomas", grüßte sie. Sag, Bea, macht es dir wirklich nichts aus, wenn wir dich alleine lassen? Ich kann auch hierbleiben. Thomas würde es sicherlich verstehen, und mir nicht böse sein." Verstohlen blickte sie zu Thomas, keineswegs sicher, ob dieser gleicher Meinung mit ihr war. Er schenkte ihr ein zustimmendes Lächeln. Bea winkte vehement ab.

„Verschwindet ihr junges Pack. Ich möchte endlich meine Ruhe haben. Wenn mir langweilig wird, rufe ich einen Callboy, der mir meine Stunden versüßt! Nein, im Ernst. Geht und genießt den Tag." Bea blickte auf die Uhr. „In einer halben Stunde kommt vom Maklerbüro Wohntraum ein gewisser Jan Heiners vorbei. Ich habe mir einige Projekte notiert und die werden wir durchbesprechen. Wenn es dann ans Besichtigen geht, hätte ich euch beide gerne dabei. Aber da gebe ich rechtzeitig Bescheid", klärte Bea auf. Sie war schon ganz aufgeregt deswegen. Mel schüttelte den Kopf. „Aber davon hast du mir ja noch gar nichts erzählt."

„Weil ich mir noch nicht schlüssig bin. Zuerst möchte ich mit diesem Herrn alleine reden. Und wenn ich mich für ein oder mehrere Projekte ernsthaft interessiere, werde ich eure Meinung dazu einholen. So, und nun geht und genießt den Tag." Bea fuchtelte mit dem linken Arm, als wollte sie Hühner verscheuchen. Mel drückte ihr noch einen Kuss auf die faltige Wange. „Tschau, dann wünsch ich dir noch einen schönen Tag."

„Es tut mir leid, dass ich zu spät gekommen bin", wollte Thomas sich entschuldigen, während er Mel die Autotür öffnete, damit sie einsteigen konnte.

„Wegen dieser paar Minuten brauchst du dich doch nicht zu entschuldigen. Wo fahren wir eigentlich hin?"

„Zu mir, meinem Haus. Du musst doch wissen, wo ich wohne. Außerdem wollte ich mit dir alleine sein. Na ja, und die Zutaten für das neue Dessert habe ich natürlich auch besorgt."

Mel schwieg. Sie schluckte.

„Warum auf einmal so schweigsam, Mel?"

„Och, na ja, ich bin verwundert. Ich dachte, wir kochen wie üblich in der Gastroküche und du willst noch kurz einkaufen gehen." Mel versuchte, ihre Unsicherheit zu überspielen. Mit Thomas ganz alleine in seiner Wohnung, wow, damit hatte sie nicht gerechnet. Sie schloss kurz die Augen, nur eine Millisekunde. Thomas und sie, ein warmes Gefühl stieg auf, breitete sich aus. „Aber ich bin schon gespannt auf deine vier Wände. Verrätst du mir etwas über das neue Dessert? Woher hast du die Idee dazu? Gibt es ein Rezept, woher kommt es oder hast du es selbst erfunden?"

„Hey", lachte Thomas auf, „nun mal schön langsam, sei nicht so neugierig. Alles zu seiner Zeit. In erster Linie wollte ich einen Tag mit dir alleine verbringen, ohne die neugierigen Kollegen. Die Inspiration zum Dessert warst du, zart würzig im Geschmack, lecker anzusehen, mit einem Sahnehäubchen, macht Lust auf mehr …" Thomas zwinkerte ihr zu. Mel errötete.

Kapitel 11

Mel verliebte sich auf Anhieb in Thomas' Haus. Der Ausblick über Velden faszinierte sie. Sie stand trotz eisiger Kälte am Balkon und ließ den Blick über die Landschaft schweifen, die durch die dunkle Wolkendecke, den Regen und die vorbeiziehenden Nebelschwanden, mystisch, bedrohlich wirkte. „Wow, es ist einfach traumhaft", schwärmte sie.

„Komm rein, Mel, bevor du dich erkältest. Wirklich schön und angenehm ist es im Sommer. Oder zumindest wenn die Sonne scheint. Heute ist es sehr unwirtlich da draußen." Thomas ergriff ihre kühle Hand und zog sie in das warme Innere. Rasch schloss er die Tür, um die Kälte und Nässe auszusperren. Ohne Mel loszulassen, zog er sie in seine Arme. Auf ihren Haaren glänzten einige Wassertropfen. Ihre Wangen waren durch die feuchte Kälte gerötet. Das Blau ihrer Augen glich einem dunklen See. Ihr Körper fühlte sich warm und weich an. Ihre dunkelroten, sanft geschwungenen Lippen luden ihn auf einen Kuss ein. Thomas betrachtete liebevoll Mels Gesicht, bevor er sich hinunterbeugte und der Einladung ihres Mundes folgte. Zeit und Raum verschwanden. Wie war es nur möglich, sich in einem einzigen Kuss so zu verlieren. Gefühle erwachten, von denen Thomas nicht einmal wusste, dass er dazu fähig war. Mit einem Schwung hob er Mel auf seine Arme.

„Mädchen, du verzauberst mich", nuschelte er nah an ihrem Ohr. Dunkelgraue Augen zogen Mel in ihren Bann. Thomas lief mit ihr auf den Armen die Treppen hinab. „Mel", hauchte er mit rauer Stimme, weil sie sich nicht wehrte oder protestierte, als er sie in sein Schlafzimmer trug.

Behutsam legte er sie auf das weiche Bett. „Ich begehre dich mehr, als alles auf der Welt. Wenn du das nicht möchtest", Thomas stockte, „dann musst du es mir jetzt sagen." Seine Stimme klang rau. Mels Lächeln lud ihn ein. Er kniete sich neben sie, seine Lippen suchten die ihren, seine Hände schoben ihren Pullover nach oben, streichelten über nackte Haut und liebkosten. Er zog ihr den Pulli aus. Ein weißer Spitzen-BH verdeckte ihre Brüste. Zart fuhr er mit den Fingerspitzen darüber. Ihre Warzen wölbten sich hart der Berührung entgegen. Mel stöhnte. Sie schlang die Arme um seinen Rücken und zog ihn auf sich. Diese quälende Zärtlichkeit hielt sie keinen Augenblick länger aus. Seine Lippen begaben sich auf Wanderschaft, über ihre Wange, zu ihrem Ohrläppchen, labte dort und hinterließ Gänsehaut, feucht, heiß wanderte die Zungenspitze darüber, weiter entlang der zarten Haut an der Halsbeuge. Mel bäumte sich auf.

„Nicht", stöhnte sie und drückte sich fest an seinen Körper. Ein leises Brummen entwich Thomas. Er hatte soeben beschlossen sich sehr, sehr, sehr viel Zeit damit zu lassen, Mels Körper zu erkunden … Das Dessert war bereit, genossen zu werden …

Das Haar zerwühlt, stand Mel, bekleidet nur mit Thomas' Hemd, das ihr beinahe bis zu den Knien reichte, neben ihm in der Küche. Beide hatten nach ihren ausgiebigen Aktivitäten im Bett anständigen Hunger bekommen. Mit knurrendem Magen sah sie Thomas dabei zu, wie er Rührei und Speck anbriet und es anschließend auf Teller anrichtete. Dazu gab es getoastetes Brot. Schnelle Küche, ausnahmsweise. Melanie rann das Wasser im Mund zusammen. Sie nahm das Besteck aus der Lade, die ihr Thomas zuvor gezeigt hatte, griff nach dem Serviettenständer und trug alles zum Tisch. Thomas folgte ihr mit dem Essen. Thomas sah Mel gerne beim Essen zu. Sie aß mit Genuss. Er verstand Frauen nicht, die nur am Essen herumknabberten, ohne etwas zu sich zu nehmen. Mel gehörte definitiv nicht dazu.

„Was möchtest du trinken? Ich habe total vergessen, dich danach zu fragen", entschuldigte er sich.

„Ist mir egal. Was trinkst du? Ich kann es gerne holen", bot Melanie freimütig an. Sie fühlte sich wohl in seiner Nähe. Sie durfte sie sein, ohne sich zu verstellen, das genoss sie. Statt ihr eine Antwort zu geben, stand Thomas selbst auf, drückte ihr einen liebevollen Kuss auf die Stirn und lief in die Küche. Er kam mit einer Karaffe Wasser und einer Rotweinflasche zurück. Aus der Anrichte neben dem Esstisch holte er die dazu passenden Gläser und schenkte sie voll. Er griff nach dem Rotweinglas und prostete Mel zu, die es ihm gleichmachte.

„Auf uns", sagte er und nahm einen Schluck der roten Flüssigkeit. Auch Mel nippte an ihrem Glas.

„Mhm, köstlich. Ich habe selten so guten Rotwein getrunken", schwärmte sie. „So, und nun bin ich gestärkt." Sie rieb sich die Hände und grinste Thomas an. „Wir könnten jetzt das Dessert zubereiten, schließlich bin ich ja deswegen hier."

„So, so. Wegen des Desserts bist du hier? Und ich dachte, wegen mir. So kann man sich täuschen", neckte Thomas. Er griff nach ihrem Arm und zog sie mit einem Ruck auf seinen Schoss. Mel lachte laut auf. „Du bist mein Dessert", meinte Thomas.

„Nein, nei... „, nuschelte Mel, bevor ihr Protest in einem Kuss unterging. Nach gefühlter unendlicher Zeit schafften die Beiden es doch, sich voneinander zu lösen. Mel räumte den Tisch ab und stellte das schmutzige Geschirr in die Spülmaschine. Thomas bereitete endlich alles für die geheimnisvolle Nachspeise vor. Die Vorlage dafür hatte er bei den Rezepturen seiner Großmutter entdeckt. Pfannkuchen-Törtchen hatte sie es genannt und nach Belieben befüllt. Irgendwann ist ihm die Idee gekommen, dieses Rezept mit weißer Schokolade und Früchten zu verfeinern. Aus Mehl, Eiern, Mandeln, Milch und Salz rührte Thomas einen Teig. Er erhitzte in einer kleinen runden Pfanne etwas Butter und backte gleichmäßige, dünne Pfannkuchenscheiben. Während die Pfannkuchen auskühlten, bereiteten Thomas und Mel die Schokofüllung mit weißer Schokolade vor. Die weiße Schokolade wurde dafür im Wasserdampf geschmolzen. Später wurden Eidotter daruntergemischt. Mel schlug Sahne steif, unter die die Schokomasse gerührt wurde. Auch Eischnee wurde noch daruntergehoben. Mel ließ ihren Finger in die Masse gleiten und schleckte ihn voller Genuss ab.

„Hm, lecker", schwärmte sie. Thomas kostete ebenfalls. Dann tauchte er den Finger nochmals in die Masse und hielt ihn Mel vor den Mund. Sie lutschte vorsichtig von der Köstlichkeit. Intensiver Augenkontakt. Tiefe dunkle Pupillen. Gänsehaut und der Wunsch nach mehr. Thomas zog seinen Finger aus Mels Mund. Er trat einen Schritt auf sie zu, ganz nah. Ihre Körper berührten sich. Er legte seine Hände auf ihre Schultern, zog sie sachte noch näher. Der Kuss schmeckte nach süßer Schokolade. Zartbittere Versuchung stieg hoch. Er gebot sich um Einhalt. Gerne hätte er Mel an Ort und Stelle vernascht, aber er hielt sich zurück. Die Sehnsucht nach ihr war übermächtig. Er wollte sie genießen, langsam verkosten, wie einen guten Wein, den man auch nicht in einem Zug leerte.

„Ich könnte stundenlang mit dir hier stehen und knutschen", schwärmte er, „aber die Kuchen warten aufs Füllen." Er legte auf je einen Teller einen Pfannkuchen. Mel bestrich diese kräftig mit Masse. Darauf wurde der nächste Kuchen gelegt, solange, bis alle Kuchen verbraucht waren. Zwei schöne Türmchen waren entstanden. Thomas verfeinerte diese Törtchen mit selbstgekochten Vanillebirnen. Auf das letzte Stück Pfannkuchen kam der Rest der Schokocreme, darauf platzierte er eine Birnenhälfte und zu guter Letzt setzte er ein Sahnehäubchen drauf. Mel lief beim Zusehen das Wasser im Mund zusammen. Sie konnte es kaum erwarten, bis sie diese Köstlichkeit vernaschen durften.

„Hm, das schmeckt ja himmlisch. Ich wusste gar nicht, dass man aus Pfannkuchen solche Köstlichkeiten zaubern kann." Mel linste zu Thomas, während das nächste Stück in ihrem Mund verschwand.

„Also können wir das auch im Lokal anbieten?"

„Unbedingt", bestätigte Mel. „Und im Sommer servieren wir dazu deine selbstgemachten Eisvariationen."

„Gute Idee. Da fällt mir ein, dass auch meine Großmutter hin und wieder Eis dazugegeben hat", überlegte Thomas. Bei seiner Großmutter hatte er viel Zeit als Kind verbracht. Von ihr hatte er wohl auch die Freude zum Kochen geerbt. Sie selbst war Köchin im ansässigen Ortswirtshaus gewesen. Zu Hause probierte sie, so wie er jetzt, neue Ideen aus. Die Versuchskaninchen waren die Familienangehörigen, die die

Speisen verkosten durften und da vor allem ihr Gatte. Thomas vermisste sie.

„Woran denkst du", riss ihn die Frage von Mel aus der Vergangenheit.

„Oh, ich habe an meine Oma gedacht, du hättest ihr gefallen. Sie trug zwar ihr Herz auf der Zunge, wie man so schön sagt, aber sie war eine Seele von Mensch. Diese Leidenschaft am Kochen, habe ich wohl von ihr." Thomas erzählte und erzählte. Viel zu rasch verrann die Zeit. Mel hätte ihm stundenlang zuhören können. Sie wäre auch die Nacht über bei Thomas geblieben, hätte sie nicht das schlechte Gewissen gegenüber Bea geplagt. Noch nie hatte sie sich in der Nähe eines Mannes so wohl gefühlt. Das Vertrauen und Verständnis, dass er ihr von der ersten Minute ihres Kennenlernens entgegengebracht hatte, war einzigartig. Sie fühlte sich geborgen, das erste Mal in ihrem Leben. Beinahe zu Hause. Aber diese Gedanken musste sie rasch wieder verscheuchen. Sie wusste nicht, wie Thomas empfand. Wie ernst war es ihm mit ihr? Angst beschlich sie. Sie traute sich nicht, danach zu fragen. Wäre wohl auch zu früh gewesen. Mel schluckte. Thomas' graue Augen ruhten auf ihr. Sie bemerkte es erst jetzt.

„Du bist so nachdenklich." Was ist?"

„Nichts, ehrlich", versuchte Mel abzulenken. Jetzt war sie es, die ihm zärtlich über die Wange fuhr. „Ich habe nur daran gedacht, wie wohl ich mich hier bei dir fühle. Die Vergangenheit war nicht sehr rosig und solche glücklichen Momente habe ich selten erleben dürfen." Sie stockte. „Jetzt wirst du meinen, ich sei undankbar, weil ich doch aus einem gutsituiertem Haus stamme, nicht wahr?"

„Nein, da irrst du dich, mein Schatz. Ich darf dich doch so nennen, oder?", fragte Thomas. Als Mel nickte, sprach er weiter. „Du hast ja schon ein wenig erzählt. Wenn die Zeit reif ist, wirst du mir sicherlich mehr erzählen und ich werde dir zuhören. Außerdem vergiss nicht, dass ich deinen Vater schon kennenlernen durfte. Da ist mir so einiges klargeworden. Und Geld alleine macht noch lange nicht glücklich oder ein perfektes Familienleben." Thomas nahm ihre Hände in die seinen. Er drückte sie freundschaftlich, bevor er sie an seine Lippen führte und ihr einen zarten Kuss darauf hauchte.

„Bitte vertrau mir, auch wenn es dir vielleicht schwerfallen wird. Wenn du Sorgen hast, wenn dich etwas bedrückt, komm zu mir und sprich mit mir. Ehrlich! Ich möchte dir helfen und bei dir sein." Mel nickte. Worte waren überflüssig. Sie küsste Thomas. Ein warmes Gefühl breitete sich in ihr aus, verdrängte die Ängste, die nach wie vor von ihr Besitz ergreifen wollten. Leider zeigte ihr ein Blick auf die Uhr, dass es Zeit war, nach Hause zu gehen. Bea wartete sicher schon auf sie. Thomas fuhr sie zurück.

Am nächsten Morgen betrat Mel mit seltsamen Gefühl die Küche. „Wie würde Thomas nach dem gestrigen gemeinsamen Tag reagieren? Würde er so tun als wäre nichts geschehen oder es allen anderen zeigen, dass sie zusammen waren? Waren sie zusammen? Ein Pärchen?" Thomas lehnte mit dem Handy am Ohr an der Anrichte und lauschte. Ab und an nickte er. Als er Mel sah, lächelte er und nickte mit dem Kopf in ihre Richtung. Lorenzo und Eder besprachen eine Menüfolge und begrüßten sie ebenfalls. Alles wie immer. Nichts war anders. Mel begab sich an ihren Arbeitsplatz. Sie las den Auftrag, der wie jeden Morgen für sie bereitgelegt wurde. Im Vorratsraum holte sie die erforderlichen Zutaten. Als sie wieder zum Kochplatz zurückkehren wollte, stand Thomas in der Tür.

„Guten Morgen, mein Schatz", flüsterte er so leise, dass es die anderen auf keinen Fall hören konnten. „Ich muss jetzt leider weg, daher habe ich von uns noch nichts erzählt", entschuldigte er sich. „Aber, wenn ich morgen wieder zurück bin, werden wir die anderen einweihen. Bist du einverstanden?"

Mel nickte. Was hätte sie auch sonst tun oder sagen können. Thomas hauchte ihr einen flüchtigen Kuss auf den Mund. Sie fühlte sich überrumpelt. Aber Thomas war schon wieder zurück in die Küche geeilt und erklärte seinen Köchen, dass er dringende Wege zu erledigen habe und erst am nächsten Tag wieder anwesend sei. Ohne weitere Erklärungen sprintete er zur Hintertür hinaus, stieg in sein Auto und raste, als wäre der Teufel hinter ihm her, davon. Eder fasste sich als erster.

„Los, los, geht alle wieder an die Arbeit. Thomas hat einen dringenden Weg. Wir müssen also noch seine Menüfolge miteinplanen. Mel du übernimmst zusätzlich die Standardgerichte und das Anrichten der Speisen. Lorenzo, mach nicht so ein langes Gesicht. Du kannst gleich mit den griechischen Hauptspeisen beginnen, Gyros, Souvlaki, Moussaká und Stifádo stehen am Programm für heute."

„Und wie meinst du, soll ich das alles schaffen?"

„Indem du dich etwas schneller bewegst, Jungchen", verlangte Eder kurz angebunden. Er selbst lief in die Vorratskammer. Die Fischer-Franzi seufzte laut, dass es in der ganzen Küche zu hören war und putzte weiter Karotten.

Die übliche Hektik kehrte ein. Lorenzo nahm Eders Bemerkung ausnahmsweise ohne weiteres Gemecker zur Kenntnis. Mel zog sich auf ihren Arbeitsplatz zurück. Bis zum Mittagsansturm herrschte in der Küche Hochbetrieb. Es wurde geschnitten, gehackt, in den Töpfen brodelte und dampfte es. Mel holte Eder zu Hilfe, weil sie sich der Menge wegen nicht sicher war. Während der Arbeit fand sie zum Glück keine Zeit, sich über Thomas und dem Grund, seines Verschwindens groß Gedanken zu machen.

„Mama, mach dir doch keinen Kopf, ich bin ja schon auf dem Weg zu euch", redete Thomas über die Freisprechanlage seines Wagens auf seine aufgeregte Mutter ein.

„Du wirst sehen, es klärt sich alles wieder. Anika schafft das", versuchte er am Telefon zu beruhigen, während er den Wagen Richtung Autobahn lenkte. Wenn er sich beeilte, wäre er in knapp dreieinhalb Stunden zu Hause in Perg. Soweit er den Informationen seiner aufgeregten Mutter entnehmen konnte, musste Anika ins Krankenhaus eingeliefert werden, weil es zu Problemen in der Schwangerschaft gekommen war. Er wünschte seiner Schwester, dass es nichts Schlimmes war. Als seine Mutter aufgelegt hatte, versuchte er, seinen Schwager zu erreichen. Dieser hob tatsächlich beim zweiten Klingelton ab. „Hi Thomas, schön, dass du dich meldest."

„Hi, was ist los und wie geht es Anika", sprudelte es nervös aus Thomas heraus. „Ich bin übrigens auf dem Weg zu euch."

„Oh, das freut mich. Deiner Schwester geht es den Umständen entsprechend gut. Sie hat Blutungen bekommen und deshalb sind wir sofort ins Krankenhaus. Die Ärzte haben schon mal Entwarnung gegeben. Nach einem ersten Check ist mit dem Baby alles in Ordnung. Woher die Blutungen stammten, werden die Untersuchungen zeigen." Michael klang sehr gefasst. Thomas bewunderte ihn dafür. Er wäre sicher ausgeflippt, wenn er an Michaels Stelle wäre. Sie beendeten das Gespräch und Thomas konzentrierte sich wieder auf den Verkehr. Schlechtes Gewissen schlich sich ein, weil er einfach abgehauen war, trotz der vielen Arbeit im Betrieb. Eder hatte das Gespräch irgendwie mitbekommen und ihn aufgefordert, zur Familie zu fahren. Auf Eder konnte er sich verlassen. Auch auf die anderen. Er war schon dabei, anzurufen, um nachzufragen, ob alles okay war, ließ es jedoch im letzten Augenblick bleiben. Er suchte sich stattdessen einen Musiksender aus. Starker Verkehr auf der Zubringerstraße zur Autobahn verhinderte ein rasches Vorankommen.

Mel war gerade im Korridor am Weg zur Küche, als sie Pias lautes Organ wahrnahm. Sie stand mit dem Rücken zu ihr im Restaurant, Nähe Theke, im Beisein von Luise und Emma Smolnik. Mel wäre wohl weitergegangen, wäre nicht im Gespräch Thomas' Name gefallen. Abrupt stoppte sie.

„Was? Das ist nicht dein Ernst, Mädchen?" Emma Smolnik schüttelte ungläubig ihren Kopf, sodass die perfekt gestylte Frisur sich aufzulösen drohte.

„Wenn ich es euch aber sage. Ehrlich! Ich bin schwanger und Thomas ist der Vater. Gestern bin ich deshalb zu ihm gefahren, weil ich so glücklich war. Als ich ihm von der Schwangerschaft erzählt habe, hat er mich hinausgeworfen.

Stellt euch vor, er will unser Kind nicht!" Ein lautes Schluchzen sollte das Gesagte bestärken.

„Pia, jetzt beruhige dich doch erst einmal", versuchte Emma fürsorglich zu besänftigen. „Er hat es sicher nicht so gemeint. So wie ich Thomas kenne, wird er sich fassen und sich dann auch auf euer Kind freuen."

„Neeeiiin", schluchzte Pia abermals, „er sagte, er liebt mich nicht und das Kind will er auuuch ni i i cht!"

Mel lief verstört in die Küche. Zum Glück war noch niemand von den anderen anwesend. Sie war jetzt am Abend früher zum Dienst gekommen, weil sie noch Einiges vorzubereiten hatte, wozu sie am Vormittag, bedingt durch Thomas Abwesenheit, nicht gekommen war. ‚Thomas ist der Vater von Pias Kind! Konnte das sein? Er hatte ihr doch gestern erst gesagt und gezeigt, wie sehr er sie mochte. Sie! – Mel! Und nicht Pia!'

Mel spürte die ersten Tränen aufsteigen. Ihr Körper begann zu zittern. ‚War sie wieder an den falschen Mann geraten? Einen Mann, der sie nur benutzte?'

Der gestrige Tag lief vor ihrem geistigen Auge ab. Jede Einzelheit, jedes Wort war so real. Thomas wird Vater! Ein Schmerz durchzuckte sie. Der kam jedoch nicht von innen, sondern von ihrer Hand. Gedanklich abwesend, hatte sie begonnen das Schweinefleisch in würfelige Stücke zu schneiden und war anscheinend mit dem Messer abgerutscht. Ein tiefer Schnitt klaffte am linken Zeigefinger. Langsam begann sich die Wunde rot zu verfärben. Schnell hielt sie die Hand unter kaltes Wasser. Auch die Tränen ließen sich nicht mehr stoppen. Mel starrte auf das rote Wasser, das in den Abfluss rann. Sie konnte nicht mehr sagen, wie lange sie dort an der Spüle gestanden hatte, als sie Lorenzos Stimme vernahm.

„Mel, hey, was machst du denn für Sachen. Warte kurz, ich hole rasch das Verbandszeugs." Der Verbandskasten war genau für solche Zwecke griffbereit an der Wand zur Vorratskammer angebracht worden. Die Fischer-Franzi war dafür zuständig, das Verbandszeug aufzufüllen, damit immer genug Wundpflaster, Mullbinden und dergleichen vorrätig waren. Mels Gesichtsfarbe ähnelte einer weißen Wand. Lorenzo reagierte geistesgegenwärtig. Zuerst umwickelte er den blutenden Finger mit einer Küchenrolle. Er führte Mel zum Aufenthaltsraum, wo sie sich hinsetzen konnte, und nahm auch den Verbandskasten mit.

„Wie schaffst du das nur immer wieder, dich zu schneiden. Hast wohl zu wenig Fleisch gehabt", scherzte Lorenzo und schaffte es so, Mel ein Lächeln zu entringen. Eder gesellte sich zu ihnen und begutachtete ebenfalls Mels Wunde. Gemeinsam verbanden sie den Finger.

„Schaffst du es, weiterzumachen, oder willst du nach Hause?" Eder schielte zu Mel. Wenn sie auch noch ausfallen würde, wäre am Abend Sparküche angesagt.

„Natürlich bleib ich. Es geht schon wieder. Ich ziehe einen Handschuh an, damit kein Wasser und kein Schmutz eindringen kann. Ist ja nicht das erste Mal, wie Lorenzo schon festgestellt hat." Entschlossen stand sie auf. Sie wischte sich über die feuchten Wangen und lief Richtung Küche. Es brauchte niemand zu wissen, weshalb ihr dieses Unglück passiert war. Kochen und Arbeiten würden sie von ihrem Kummer ablenken. Wie sie mit Thomas in Zukunft umgehen sollte, ob sie überhaupt hierbleiben und weiterarbeiten konnte, nachdem was sie heute gehört hatte, wusste sie nicht. Bea hatte dieses Mal wohl unrecht mit ihrer

Menschenkenntnis. Für Mel war jedenfalls eine Welt eingestürzt. Gestern schwebte sie im siebenten Himmel, glücklich, euphorisch und hatte für sich und Thomas, nach seinen liebevollen Worten, eine rosige Zukunft vor Augen gehabt. Den tiefen Graben, in den sie mittlerweile durch die Worte von Pia gestürzt war, konnte sie nicht beschreiben. Warum passierte immer ihr dergleichen?

Es hatte sich so gut angefühlt in den Armen von Thomas. Seine Wärme, Fürsorge und Liebe – alles nur Schall und Rauch, Lug und Trug? Aber sie kannte Thomas so nicht. Hatte sie sein Bild von ihm nur durch eine rosa Brille verschönert? In Mel stieg eine Unmenge an Fragen auf. Keine davon vermochte sie zu beantworten. Sie versuchte, sich auf das Anbraten der Fleischstücke zu konzentrieren. Es brutzelte in der Pfanne. Fett spritzte ab und an heraus. Sowohl Lorenzo als auch Eder beobachteten sie und fragten alle Atemzüge nach ihrem Befinden. Wenn die wüssten, dachte Mel. Sie war froh, als Feierabend war und sie die Küche schließen durften. Zu Hause wartete bereits Beate auf sie. Mel gab ihrer Freundin ein flüchtiges Küsschen auf die Wange und entschuldigte sich mit starken Kopfschmerzen. Auch der verletzte Finger pochte nun wie wild. Endlich im Bett hörte sie immer wieder Pias Worte: Thomas ist der Vater, Thomas ist der Vater ... - Er will das Kind nicht ...

Kapitel 12

Thomas war direkt ins Krankenhaus gefahren. Als er endlich, nach vierstündiger Fahrt aus dem Auto stieg, rief er zuerst seine Mutter und anschließend Michael an. Er lief zum Krankenhauskiosk, um noch rasch Blumen für seine Schwester zu besorgen. Anika, in einem Einzelzimmer untergebracht, lag im Bett und checkte via Handy die Mails, als Thomas eintrat.

„Hi, träume ich? Oder bist du tatsächlich da? Was ist denn los?" Anika legte ihr Handy beiseite. Thomas reichte ihr die Blumen und umarmte sie.

„Was heißt, was los ist? Hallo? Du legst dich ins Krankenhaus, Mutter flippt vor Sorge beinahe aus, dein Mann rennt im Kreis. Und du fragst mich, was los ist? Mensch, Anika, Kleines, wie geht es dir? Weißt du schon, was Schuld an den Blutungen hatte? Wie geht es dem Junior da drinnen?" Thomas zeigte auf Anikas Bäuchlein und setzte sich neben sie aufs Bett. Die weißen Laken hatten eine frischere Farbe als Anika.

„Hm, wenn ich den Ärzten glauben darf, gut. Sie meinen, dass es im ersten Schwangerschaftsdrittel, bis zum vierten Monat durchaus zu Blutungen kommen kann, die jedoch in der Regel nicht gefährlich sind. Ich glaube, wir haben noch einmal Glück gehabt. Allerdings meinten sie, dass ich mehr Ruhe geben muss und nicht arbeiten darf. Sie drängen auf vorzeitigen Mutterschutz. Aber bei uns in der Firma ist es gerade so stressig. Ich kann doch jetzt nicht ausfallen", meckerte Anika. „Wir wollten nächste Woche in die USA fliegen. Davon raten sie mir ebenfalls ab. Außerdem nervt es, hier herumzuliegen."

„Was sagt Michael? Weiß er, dass du nicht mehr arbeiten sollst und nicht fliegen darfst?"

„Mhm", brummte Anika trotzig.

„Und?"

„Und was", knurrte sie.

„Na ja, was sagt er dazu, dass du kürzertreten sollst?"

„Er besteht auch darauf, du kennst ihn doch. Er behandelt mich wie ein rohes Ei. Himmel! Das ist ja nicht auszuhalten. Alle wollen mich in Watte packen. Ich brauche etwas zu tun, ich kann nicht den ganzen Tag rumliegen, da drehe ich durch."

Thomas lachte laut auf. „Ich sehe schon, dir geht's wieder bestens. Schon wieder das aufmüpfige Ding, wie eh und je."

Die Tür flog auf und Michael, mit Anikas Eltern im Schlepptau, stürmte herein.

Michael drückte Anika einen festen Kuss auf den Mund.

„Sie hat dir sicher schon die Ohren vollgesungen, wie langweilig es hier ist und dass sie unbedingt in die Firma muss", meinte Michael an Thomas gerichtet.

„Ja, allerdings."

„Schatz, ‚Schatz", seufzte Michael, „nimm es doch gelassen. Schau, morgen oder übermorgen darfst du ja schon wieder nach Hause. Ich habe mir auch ein paar Tage frei genommen und wir werden anfangen, das Kinderzimmer herzurichten."

„Und New York?"

„Was soll damit sein? Ich fliege nicht, das hab ich ebenfalls schon geregelt."

„Siehst du Thomas, was ich meine?"

„Das ist aber ganz selbstverständlich, finde ich", erwiderte Thomas. „Ich würde an Micheals Stelle gleich handeln. Du und das Baby geht schließlich vor."

„Das sagt jeder", mischte sich ihre Mutter ein. „Außerdem hat Jenny angerufen. Sie lässt alle herzlich grüßen und wird am Wochenende zu Besuch kommen. Sie richtet dir aus, dass du unbedingt auf die Ärzte hören und Ruhe geben sollst."

„Ja, ja, natürlich auch Jenny. Habe ich mir's doch gedacht", meckerte Anika. Sie zog eine Schnute. Sie konnte mit dieser Situation nicht umgehen und die Familie hier im Zimmer versammelt zu haben und in die sorgenvollen Gesichter zu sehen, machte es nicht gerade einfacher. Als sie die Blutung spürte, waren alle möglichen Schreckensszenarien vor ihrem geistigen Auge abgelaufen. War sie nicht einmal fähig, wie jede andere Frau, ein Baby gesund auszutragen und zur Welt zu bringen? Sie machte sich Vorwürfe, weil sie ihren Körper nicht so geschont hatte, wie es vielleicht erforderlich gewesen wäre. In der Firma war die Hölle los. Ein Auftrag nach dem anderen trudelte ein. Sie wussten nicht, wo zuerst angreifen. Das Telefon hatte die letzten Tage dauernd geläutet, dazu die Mailanfragen, die beantwortet werden wollten. Die Sekretärin war wegen einer starken Angina ausgefallen und Anika musste einen Teil ihrer Arbeit mitübernehmen. Dazu sollten sie nach New York in die Zweigstelle. Andrew, Michaels Freund und dortiger Filialleiter möchte das Werk vergrößern, da sich auch dort die Auftragslage stetig steigerte. Und nun lag sie in diesem bescheuerten Bett und wurde noch dazu von allen umsorgt, bemitleidet und mit guten Ratschlägen bombardiert. Um von sich abzulenken, fragte sie Thomas, wie es ihm mit seinem Betrieb geht. Interessiert hörte sie ihm zu. Die Familie saß noch einige Zeit bei Anika zusammen. Als sie merkten, dass Anika ermüdete, verabschiedeten sie sich. Thomas fuhr noch auf einen Sprung mit zu seinen Eltern. Lange konnte er nicht bleiben. Spätestens morgen in der Früh musste er wieder im Restaurant sein. Außerdem fehlte ihm Mel. Er hätte sie gerne angerufen. Ein Blick auf die Uhr zeigte ihm jedoch, dass sie jetzt in der Küche stand und sicherlich alle Hände voll zu tun hatte. Ein Anruf zu dieser Zeit wäre sinnlos gewesen. Seine Mutter versorgte ihn mit einer deftigen Jause, bevor er am frühen Abend seine Heimreise antrat.

Wie üblich stand Thomas sehr zeitig auf und betrat als erster das Restaurant. Er schaltete die Espressomaschine ein. Sein Körper schrie nach einem starken Kaffee. Die Heimreise am Vorabend war zwar gut verlaufen, aber er hatte lange nicht einschlafen können, weil er sich um Anika sorgte. Sie hatte ihm nicht gefallen. Einzig ihre rötliche Haarpracht zeigte Farbe. Sie wirkte auf ihn noch schmäler, obwohl sie ein Baby erwartete. War nur zu hoffen, dass die Ärzte recht behielten und alles in Ordnung war. Lange hatte er über diese Gedanken wach gelegen. Jetzt bemühte er sich, seine Augen offen zu halten. In dem Moment als er sich eine Tasse herunterließ, trat Eder zu ihm. Der Blick in das Gesicht seines Freundes versetzte ihn in Alarmstufe rot.

„Gute Morgen, alles okay? Warum schaust du so grantig?" Thomas hielt ihm die Tasse mit dem heißen Getränk vor die Nase. Eder ergriff sie.

„Danke", murrte er. „Sag Thomas, wie konntest du nur? Ich hätte dich anders eingeschätzt?" Eder, den Blick starr auf den Boden gesenkt, polterte ohne Vorwarnung los. „Ich dachte immer, du magst Kinder und Familie, und dann so etwas. Dass du dich nicht schämst, Junge."

„Wovon, bitte redest du? Klar mag ich Kinder und Familie. Das weißt du doch. Was glaubst du, warum ich gestern bei Anika war. Sie gefällt mir übrigens gar nicht. Es geht ihr nicht sonderlich gut, lässt sich jedoch nichts anmerken."

„Ich rede doch nicht von deiner Schwester. Sondern von Pia!"

„Pia? Was hat sie mit Anika zu tun?"

„Willst du mich verarschen? Pia hat nichts mit Anika zu tun. Ich spreche von dir und Pia. Ihr so etwas anzutun, und dann nicht dazu stehen! Also wirklich, ich …

„Jetzt mal Stopp! Wovon,… bitte… sprichst… du? Was ist mit Pia und mir? Kannst du mich bitte mal aufklären, ich habe keinen blassen Schimmer, worauf du anspielst?" Thomas war mehr als genervt. Was hatte diese Göre jetzt wieder angestellt, fragte er sich. Ein Tag nicht da und es gab schon wieder Probleme mit ihr.

Eder musterte Thomas. Sein Blick wirkte überrascht. „Sie hat gestern Emma von euch erzählt, dass ihr ein Paar seid oder besser ward."

„Waaaas waren wir? Sag spinnt die? Was hat sie erzählt, sag schon, raus mit der Sprache!"

Eder schüttelte den Kopf.

„Mensch Eder, du kennst mich doch. Pia ist doch nicht mein Fall, wieso sollte ich mich auf sie einlassen und was heißt, wir waren ein Paar? Red endlich", forderte Thomas vehement.

„Sie sagte, dass sie von dir schwanger ist und du das Baby und sie jetzt im Stich lässt und nichts mehr von ihr wissen willst."

Thomas klatschte regelrecht auf den Sessel, der zum Glück hinter ihm gestanden hatte, sonst wäre er mit seinem Allerwertesten am Boden gelandet.

„So, jetzt für die Begriffsstutzigen wie mich noch einmal ganz langsam und von vorne, bitte. Ich verstehe gerade nur Bahnhof. Ehrlich." Thomas stellte die Kaffeetasse auf den Tisch. Seine Hände begannen zu zittern. Die Gesichtsfarbe hatte sich noch nicht entschieden, nobles Weiß oder doch die Zornesröte anzunehmen. Ihm wurde übel. Er deutete ungeduldig, dass Eder endlich zu reden beginnen sollte.

„Du weißt wirklich nichts? Oder?" Eder wurde unsicher. Er hatte sich vorgenommen, Thomas zur Rede zu stellen. Mit jemanden, der sich auf sein Personal einlässt und dann so eine Nummer abzog, wollte er ehrlich nichts zu tun haben. Er hatte sogar schon überlegt, Thomas den Pachtvertrag zu kündigen. Aber wie Thomas jetzt vor ihm saß, völlig perplex, tat er ihm leid.

„Also, gestern beim Abenddienst gab es helle Aufregung. Pia hat Emma und Luise erzählt, dass sie schwanger ist und du der Vater vom Baby bist. Als sie vorgestern zu dir gefahren ist, um dir die Neuigkeit zu erzählen, hättest du sie rausgeschmissen und die Vaterschaft abgelehnt. Wir in der Küche haben davon zuerst nichts mitbekommen. Da Pia sich partout nicht beruhigen konnte, mussten die Kellner und Luise, ja sogar Emma für sie mitarbeiten. Erst gegen fortgeschrittener Stunde war Pia wieder einsatzfähig. Uns ist es eben aufgefallen, weil Emma mithalf, die Speisen zu servieren. Nach Dienstschluss habe ich Emma zur Seite geholt und sie gefragt, was los gewesen ist. Sie wollte zuerst nichts weitertratschen, wie sie meinte, aber dann hat sie es doch getan." Eder zuckte mit der Schulter.

„Dieses Miststück!"

„Wer? Emma?"

„Aber nein, Pia. Stell dir vor, dieses Gör war tatsächlich vorgestern in der Früh bei mir. Sie hat sich angepriesen, wie am Jahrmarkt. In der Zeit, als ich kurz telefonierte, hat sie sich ausgezogen und sich mir förmlich an den Hals geworfen. Wer weiß es?"

„Ich nehme an, alle."

„Schei...", Thomas seufzte und fuhr sich mit beiden Händen übers Gesicht.

„Pia war bei dir? Sie hat sich ausgezogen? Na hör mal, da greift doch jeder zu! Sag bloß, du hast ..."

„... sie rausgeschmissen! Natürlich! Eder, ich mag Pia nicht einmal, wieso sollte ich dann mit ihr schlafen. Sie gefällt mir einfach nicht. Und so ein Schwein bin ich nicht, dass ich eine derartige Situation scharmlos ausnutzen würde, so gut müsstest du mich schon kennen."

Eder setzte sich neben Thomas auf den Stuhl. „Du heilige Neune."

„Genau. Dieses Luder war vor einigen Tagen schon mal bei mir, unter irgendeinem Vorwand, denn ich jetzt nicht mehr weiß. Auch da versuchte sie, mich zu verführen. Das läuft doch sonst immer umgekehrt, oder habe ich da was verpasst?"

„Und da hattet ihr ein Stelldichein?"

„Hast du sie noch alle? Natürlich nicht! Ich hab sie auch da vor die Tür gesetzt", bestand Thomas.

„Du weißt schon wie so etwas abläuft", gab Eder zu bedenken. „Sie erzählt es fleißig herum, die Leute reden und dieses Gerücht verbreitet sich wie ein Lauffeuer. Der Buhmann bist aber trotzdem letztendlich du. Du musst erst beweisen, dass du nicht mit ihr geschlafen hast. Dass du sie vor die Tür gesetzt hast, glaube ich dir, aber sicher niemand sonst. Ich hoffe, das ist dir bewusst?"

Thomas nickte. „Was will sie damit bezwecken?"

„Sie ist schwanger, das glaube ich mal, aber ich denke, zum einen hat sie keine Ahnung wer der Vater ist, weil sie nun mal kein unbeschriebenes Blatt ist und dann, zweitens, wollte sie dir eines auswischen, weil du sie abblitzen hast lassen. Egal wie, sie hat dich als Kindesvater ausgesucht."

„Das ist doch total krank", schrie Thomas auf. „Sie soll ihre Lover abklappern. Einer wird es schon zugeben." Thomas war am Verzweifeln. Und was war mit Mel? Himmel! Wusste sie es auch? Er musste unbedingt mit Mel reden, jetzt, sofort. Er sprang auf.

„Ich bin gleich wieder da", schnaufte er und lief hinaus, über den Hinterhof. Wild klopfte er an die Apartmenttür. Es rührte sich nichts.

„Mel, Liebling, bist du da? Bitte melde dich. Ich muss mit dir reden, dir erklären" … Er horchte einige Sekunden, dann war ihm, als würde er Schritte vernehmen. Er klopfte noch einmal. Dieses Mal etwas sanfter. Die Tür öffnete sich endlich und vor ihm stand im Morgenmantel, der bis zu den Füßen reichte, Bea.

„Was machen Sie denn für einen Lärm. Herrje! So früh am Morgen!"

„Guten Morgen. Entschuldigen Sie, ich wollte zu Mel. Ist sie nicht da?"

„Nein, die wird wohl schon in der Küche sein, wie jeden Morgen um diese Zeit."

„Danke!" Thomas lief zurück ins Lokal. Hatte er sie übersehen? In der Küche war sie nicht, auch in der Vorratskammer sah er nach und im Restaurant, sowie im Aufenthaltsraum. Mel war nirgends. Lorenzo schlurfte herein, mit verschlafenem Gesichtsausdruck, wie jeden Morgen. Er steuerte die Kaffeemaschine an.

„Hi, Lorenzo, sag hast du Mel gesehen?"

„Nööö."

Thomas lief abermals in die Küche, wo Eder bereits an seinem Arbeitsplatz mit dem Kochen begonnen hatte.

„Hast du Mel gesehen, war sie in der Zwischenzeit hier?"

„Nein. Ach, die ist heute aber spät dran", bemerkte Eder. Er wischte sich die Hände im Küchentuch ab. „Sag mal, Junge, ist da etwas, was ich nicht weiß? Kommt mir jetzt schon komisch vor, dass das Mädel noch nicht hier ist. Gestern war sie auch schon so komisch."

„Was? Wieso komisch? Sag schon! Himmel lass dir nicht alles aus der Nase ziehen. Ich bin am Durchdrehen!" Thomas steckte seine Hände in die Hosentaschen, damit er nicht in Versuchung kam, sie Eder um den Hals zu legen.

„Na ja, sie hat sich mit dem Messer geschnitten. Sie hat ziemlich geblutet. Wir, Lorenzo und ich, haben sie versorgt. Sie hat zwar geweint, nur kurz, aber sie wollte nicht zum Arzt und weiterarbeiten. Hm, vielleicht ist sie doch zum Arzt gegangen?", überlegte Eder laut.

„Warum erzählst du mir das erst jetzt? So etwas muss ich doch erfahren. Wo hat sie sich verletzt?"

„Nur beim Finger. Hat nicht so wild ausgesehen. Du brauchst dich nicht so aufregen. Hat halt geblutet."

Ohne Eder weiter zu beachten, rannte Thomas in sein winziges Büro und versuchte Mel telefonisch zu erreichen. Es meldete sich nur die Sprachbox. Resigniert sprach er ihr auf das Band, dass sie sich doch unbedingt bei ihm melden solle, weil alles ein riesiges Missverständnis ist. Die Arbeit wartete. Für heute waren wieder viele Reservierungen eingegangen, sowohl für Mittag als auch für den Abend. Die griechische Woche war der Renner. Auch galt es, den Menüplan für die nächste Woche vorzubereiten. Die Entscheidung, ob eine Irische oder Französische Küche angeboten werden soll, plagte ihn zusätzlich. Jetzt musste er zuerst die Arbeit von Mel aufteilen. Dass sie doch noch zum Dienst kommt, bezweifelte er mittlerweile. In der Küche herrschte bedrücktes Schweigen. Die Fischer-Franzi, ansonsten ein fröhliches Gemüt und immer gut gelaunt, würdigte ihn keines Blickes. Sie hatte das Gerücht wohl auch schon vernommen. Lorenzo schlurfte zu ihm.

„Da hast aber schönen Mist gebaut, wie man so hört. Es gibt doch nen Gummi, Mensch."

„Halt die Schnauze. Ich hab mit Pia nichts am Laufen, nie gehabt, also kann ich schwer der Vater sein! Ob du es mir glaubst oder nicht. Ist aber so!" Thomas klopfte so energisch auf die Küchenplatte, dass es im ganzen Raum zu hören war. Wütend drehte er sich um. „Alle mal aufgepasst!", schrie er. „Auch du Fischer-Franzi. Leg dein Messer beiseite", befahl er. „Ich habe von Eder heute in der Früh erfahren, dass Pia behauptet, ich sei der Vater ihres Babys. Ich weiß nicht weshalb sie das gemacht hat, aber sie lügt. Ich werde einen Weg finden, um dies auch zu beweisen. Bis dahin müsst ihr mir einfach glauben. Sollte ich jemals Mist bauen, dann stehe ich auch dazu, schwöre. So, jetzt könnt ihr weiterarbeiten. Es gibt noch viel zu tun, da Mel ausgefallen ist." Thomas drehte sich wieder seiner Arbeit zu. Hinter ihm erklang wieder der übliche Grundlärm, der in einer Betriebsküche herrschte. Damit er sich Pia greifen konnte, musste er noch zwei Stunden warten. Die konnte was erleben ...

Die halbe Nacht hatte sie sich die Augen ausgeheult. Der Finger schmerzte zusätzlich. Gegen vier Uhr in der Früh war sie aufgestanden, hatte sich warm angezogen und wollte eine Runde spazieren gehen. Sie musste endlich zur Ruhe kommen. Einen Plan, wie sie sich nun verhalten sollte, brauchte sie ebenso. Die schweinische Kälte bohrte sich unbarmherzig in ihre Kleidung. Eine dünne Frostschicht hatte sich über die Grasflächen, die Bäume und Sträucher gelegt. Der Mond versteckte sich hinter dicken Wolken. Nur das Licht der Laternen bot etwas Sicht. Ihre Atemluft stieg vor ihr weiß auf. Sie fröstelte. Die Zähne klapperten. Vielleicht wäre umkehren und sich wieder ins Bett zu legen, vernünftiger gewesen. Aber ihre Beine weigerten sich, den Rückweg einzuschlagen. So lief sie die Promenade entlang des Sees. Die Laternen, die die ganze Nacht leuchteten, warfen ihr sanftes Licht auf die Pflastersteine, unterbrochen durch die Schatten der Bäume und Sträucher. Die Wangen brannten mittlerweile. Heftig wischte sie sie mit dem Mantelärmel trocken. Die Worte von Pia nagten in ihrem Inneren. Ein Teil in ihr schenkte ihnen keinen Glauben. Ihr Verstand allerdings schrie ihr förmlich zu, dass sie eine Idiotin ist, wenn sie meint, Thomas sei anders, besser, als es Paul war. Wieder war sie einem Mann, der ihr die Sterne vom Himmel versprochen hatte, auf den Leim gegangen.

Pia! Hatte sie ihr nicht gesagt, sie soll die Finger von Thomas lassen? Er gehört ihr! War er so ein guter Schauspieler, überlegte Mel nun. Er hatte doch immer zu ihr und nicht zu Pia gehalten, wenn es Probleme gab.

All die Bilder aus der Vergangenheit kamen zurück, schlichen sich in ihr Gedächtnis, obwohl sie sie schon lange verdrängt hatte. Es hatte in ihrem Leben schon viele Pias gegeben. Leider. Sie hatten ihren Weg gekreuzt als Stiefmütter, Betreuerinnen, sogenannte Freundinnen und jetzt als Arbeitskollegin, die sich ihren Chef gekrallt hatte. War nur das Problem, dass Mel Thomas liebte. Sie schluckte die aufkeimenden Tränen hinunter. Weinen half nicht, auch das hatte sie bereits in der Vergangenheit gelernt. Sie blickte zum Himmel. Sterne konnte sie keine ausmachen. Eine Wolkendecke überzog sie. Das Wasser breitete sich aus. Der See lag tief und weit vor ihr, das Licht der Laternen spiegelte sich in ihm, glichen Flammen, die ihr zuwinkten. Sie trat einen Schritt näher. Und noch näher. Die Wolkendecke schob sich weiter. Auf einer Stelle öffnete sie sich und ein kleines Stückchen vom Mond trat hervor. Es schien, als schwimme er auch auf der Wasseroberfläche. Er lächelte ihr zu. Mel lächelte zurück. Schade, dass sie nicht Malerin war. Dieses Bild wäre es wert gewesen, festgehalten zu werden ...

Kapitel 13

„So, und jetzt erzählen Sie mir haarklein, was Sie dazu bewogen hat, solche Lügen in die Welt zu setzen." Thomas hatte sich Pia gekrallt und mitgezerrt, als sie das Lokal betreten hatte. Sie protestierte zwar, es half ihr nicht. Er packte sie unsanft am Arm und zog sie in den Aufenthaltsraum, wo er die Tür wütend zuschlug.

„Was ist denn dabei? Willst du nicht Vater werden, Chef? Wir beide sind doch ein unschlagbares Team", bestand Pia abermals. „Was sollte ich denn machen? Ich muss dich anscheinend zu deinem Glück zwingen." Sie grinste ihn breit an.

„Es wissen mittlerweile alle. Und mich Rausschmeißen ist auch nicht mehr möglich. Wie stehst du denn dann da? Vor allen Leuten, in der Öffentlichkeit? Das kann sich der Chef des Promilokales nicht leisten. Als Schwangere gebührt mir außerdem von Gesetzes wegen Kündigungsschutz."

Sie fühlte sich sicher. Alle glaubten ihr, Pia. Dafür hatte sie bereits gesorgt. Dass sie zweimal bei Thomas im Haus war, wussten viele. Dass sie dort ohne Einladung aufgekreuzt war, niemand. Sie brauchte für ihr ungeborenes Kind nun mal einen Vater und den sah sie in Thomas. Er gefiel ihr, er war meistens nett und er besaß Kohle. Davon war sie überzeugt, als sie seine noble Hütte gesehen hatte. In den letzten Monaten genoss sie das Leben in vollen Zügen. Die Männer lagen ihr zu Füßen. Sie beschenkten und beglückten sie. Auf Verhütung hatte sie immer geachtet. Da gab es den Geschäftsmann aus Wien, einen kleinen Angestellten aus Salzburg, sogar ein Ami zählte zu ihren

Fängen. Ihre beiden Kollegen Jürgen und Kevin vernaschten sie gemeinsam hier im Lokal nach Dienstschluss. Das war eine heiße Nacht. Wow. Sie liebte Sex und sie vergötterte ihren Körper, der ihr diese Lust und Leidenschaft ermöglichte. Oh, das waren längst nicht alle Verehrer. Die Liste ist schon noch länger. Nur an manche konnte sie sich so gar nicht mehr erinnern. Nicht einmal die Vornamen fielen ihr mehr ein. Das erzählte sie niemanden. Wozu auch. Einzig, dass weder Jürgen noch Kevin als Väter infrage kamen, wusste sie mit Gewissheit, weil dies rein rechnerisch nicht sein konnte. Und mit wem sie sich vor zirka zehn Wochen vergnügt hatte, wusste sie doch jetzt nicht mehr. Sie brauchte aber einen Vater für das Kind, bevor man den Bauch zu sehen bekam. Außerdem waren ihre Eltern erzkonservativ. Sex vor der Ehe ging überhaupt nicht! Und dann noch mit verschiedenen Männern. Wenn ihre Eltern dies je erführen, schmissen die sie hochkant hinaus und enterbten sie. Und genau aus diesem Grund brauchte sie für ihr Problem eine Lösung, die Thomas wäre. Nur der spielte sich hier auf. Schon als sie ihn beim Vorstellungsgespräch das erste Mal gesehen hatte, wollte sie diesen Mann in ihrem Bett haben. Alle Versuche waren bislang gescheitert. Und schuld war sicher nur diese dämliche Kuh von Melanie Kröger. Soll die doch abhauen! Wer steht schon auf so eine dürre Bohnenstange …

„Pia? Hey, hören Sie mir überhaupt zu?" Thomas baute sich vor ihr auf. Sie hatte noch immer dieses überhebliche Grinsen im Gesicht.

„Ja? Was? Du machst mich einfach hibbelig."

„Schluss mit dieser Komödie! Für wie dämlich halten Sie mich eigentlich? Sie können meinetwegen überall herumerzählen, was sie möchten. Ich bestehe auf einem Vaterschaftstest. Wenn es sein muss, werde ich diesen auch gerichtlich einfordern. Danach können Sie sich auf eine Anzeige wegen Verleumdung und Rufschädigung gefasst machen!" Diese Drohung saß erst einmal. „So und nun verschwinden Sie! Auf der Stelle!"

Mit weit aufgerissenen Augen starrte Pia jetzt zu Thomas. „Das ist nicht Ihr Ernst? Oder? Dass mit der Anzeige, meine ich. Hören Sie, wir können doch über alles reden." Ihre Stimme klang mit einem Mal kläglich. Die Augen wurden glasig und verschwammen. Die ersten Tränen kullerten über ihre Wangen.

„Sparen Sie sich das. Es hilft nicht. Ich bin mit zwei Schwestern aufgewachsen. Glauben Sie mir, ich kann echte von Krokodilstränen unterscheiden. Im Restaurant wartet die Arbeit auf Sie. Wie Sie mich ja so schön aufgeklärt haben, darf ich Sie jetzt nicht hinausschmeißen. Aber Sie dürfen ohne weiteres noch Ihre Arbeit, für die ich Sie bezahle, erledigen." Thomas drehte sich um und verließ den Raum. Er lief hinaus ins Freie. Er brauchte Luft. Viel frische Luft. Am liebsten hätte er Pia gewürgt und geschüttelt, bis sie endlich ihre Überheblichkeit ablegte. Er kannte ihren Lebenswandel. Auch darüber kursierte der Tratsch. Diese Dreistigkeit, mit der sie ihn belangte, abverlangte ihm allerdings Verwunderung. So eine Kröte. Jetzt sollte sie erst einmal an seinen Worten knabbern. Die Drohung war durchaus ernst gemeint. Seinen Ruf ließ er sich nicht zerstören. Schon gar nicht durch dieses dreiste Frauenzimmer.

Dann kam ihm Mel in den Sinn. Wo war sie bloß. Was hatte sie von alldem mitbekommen? Er überquerte den Hof und pochte an die Tür. Abermals öffnete Bea.

„Ist Mel mittlerweile aufgetaucht?", purzelte die Frage aus Thomas' Mund, kaum dass die Tür sich einen Spalt breit aufgetan hatte.

„Nein. Ist sie denn nicht drüben, in der Küche?" Die alte Frau bedachte Thomas mit einem sorgenvollen Blick. „Sie muss schon sehr früh gegangen sein. Als ich zur üblichen Zeit aufgestanden bin, war sie bereits fort."

„Nein, in der Küche ist sie nie aufgekreuzt. Himmel, wo ist sie nur? Es kann sein, dass sie Pias Lügen über mich mitbekommen hat und dem Gesagten glaubt. Bitte, sobald sie nach Hause kommt, verständigen Sie mich?"

Bea nickte. ‚Wo war Mel? Von welchen Lügen sprach der junge Mann?', überlegte sie. ‚Eigenartig, einfach ohne ein Wort, zu verschwinden. Das hatte sie zuletzt in ihren Jugendjahren gemacht.'

Die Zeit lief davon. Die Arbeit in der Küche staute sich. Bis Mittag hatten die Köche und Hilfen in der Küche, alle Hände voll zu tun. Irgendwann klopfte Lorenzo Thomas auf die Schulter.

„Hey, ich denke nicht, dass die Schokostreusel auf den Salat und die Marinade auf das Surprise passen."

Thomas sah seinen Freund entgeistert an und dann die beiden Teller, die er soeben servierfertig vorbereiten wollte. Eine kleine Katastrophe. Nicht auszudenken, wenn die zu den Gästen hinausgetragen worden wäre. Er schüttete beides in den Mülleimer.

„Weißt du, wo Mel sein könnte?", fragte er nun Lorenzo. „Ich mach mir Sorgen. Sie ist nicht in der Wohnung und auch Beatrice weiß nicht, wo sie sein könnte."

„Mel, also? Hm? Du magst die Kleine, was?"

„Scheiße, ja, ich liebe sie. Glaubst du auch den Gerüchten, die Pia verbreitet? Denkst du, ich würde mit Pia was am Laufen haben, wenn ich Mel liebe?"

„Nein, Kumpel. Natürlich nicht. Dann geh sie doch suchen. Das schaffen wir hier schon. Ich lege ein gutes Wort für dich beim Chef ein?" Lorenzo blinzelte Thomas verschmitzt zu.

„Trottel! Das mach ich schon selbst!" Thomas schüttelte über Lorenzo den Kopf. Das Lachen konnte er sich kaum verkneifen. Das war auch der Grund, warum er ihn als Freund schätzte. Lorenzo schaffte es immer, ihn aufzuheitern, wenn es ihm dreckig ging. Thomas wischte sich die Hände im Küchentuch ab, klopfte seinem Freund auf die Schulter. „Danke, hast was gut bei mir." Er rauschte davon. Bea öffnete ihm, ohne dass er etwas sagen konnte, schüttelte sie traurig den Kopf.

„Bis jetzt hat sie sich nicht gemeldet."

„Ich gebe eine Vermisstenanzeige auf. Das ist doch nicht normal, dass sie spurlos verschwindet. Hoffentlich ist ihr nichts zugestoßen?"

„Für eine Vermisstenanzeige ist es noch zu früh. Das macht erst morgen Sinn. Vorher tut die Polizei auch nichts. Was haben Sie den vorhin gemeint, welche Lügen erzählt Pia über Sie?"

„Ach, dass ich der Vater ihres ungeborenen Babys bin."

„Und das ist eine Lüge?"

„Oh ja! Es ist schwer möglich von jemanden schwanger zu werden, wenn man mit diesem jemand nie intim geworden ist! Aber Mel könnte es trotzdem für bare Münze nehmen, befürchte ich." Thomas seufzte.

„Ich telefoniere alle Krankenhäuser durch und Sie suchen die Umgebung ab", schlug Bea vor. „Bevor Sie wieder in die Küche müssen, schauen Sie nochmals hier vorbei."

Als Erstes lief Thomas die Strandpromenade entlang. Hier ging Mel oft spazieren, das wusste er. Doch Ende November, bei den fröstelnden Temperaturen, waren hier kaum Menschen anzutreffen. Ein spitzer Wind fegte über den See und trieb dunkle Wolken vor sich her. Bald würde es wieder zu regnen oder sogar schneien beginnen. Thomas lief ein ganzes Stück die Promenade entlang. Kein Zeichen von Mel. Frustriert kehrte er schließlich um. Sein nächstes Ziel war die Kirche, aber auch da fand er sie nicht. Er lief an den Pensionen und Hotelanlagen vorbei, fragte beim Fleischer, im kleinen Einkaufsladen im Ort, beim Friseur. Aber niemand hatte Mel gesehen. Frustriert kehrte er in sein Restaurant zurück. Kochen würde ihn ablenken. Jetzt um diese Zeit war er alleine in seinem Reich. Gut so. Er musste nachdenken und brauchte dazu keine klugen Kommentare. Das Telefon riss ihn aus den Gedanken. In der Hoffnung, Mel zu hören, hob er ab. Weit gefehlt.

„Grüß Gott, spreche ich mit Herrn Neumann.?", fragte eine männliche Stimme.

„Ja."

„Hier ist von Stein. Sie können sich sicher denken, weshalb ich anrufe." Es war eine Zeitlang still in der Leitung. Als Thomas nicht reagierte, sprach Herr von Stein weiter. Letztens war ich mit meiner Verlobten in Ihrem

Lokal. Wir haben noch weitere Lokalitäten getestet, wenn ich mal so sagen darf. Und Sie können stolz sein. Bei Ihnen hat uns das Essen am besten gemundet. Deshalb möchte ich Sie engagieren, bei unserer Hochzeit das Catering auszurichten."

„Wann ist der Hochzeitstermin?"

„Am zwanzigsten Mai. Ich lasse auf meinem Grundstück ein riesiges Zelt aufstellen. Es werden zirka fünfhundert geladene Gäste sein. Glauben Sie, schaffen Sie das?"

„Selbstverständlich. Schicken Sie mir Terminvorschläge, für eine persönliche Besprechung und beraumen Sie dafür zwei Stunden Zeit ein. Sie erhalten Kostproben und wir können eine Menüauswahl treffen."

„Meine Sekretärin schickt Ihnen drei Terminvorschläge. Ich möchte, dass meine Tochter bei der Besprechung dabei ist. Ach ja, und am Tag der Hochzeit müssen Sie leider auf ihre Mitarbeit verzichten. Schließlich ist sie eine von Stein und wird an den Feierlichkeiten teilnehmen." Herr von Stein ließ keinen Zweifel aufkommen, was er sich von seiner Tochter erwartete, ob ihr das nun recht war oder nicht. Mit keinem Wort hatte er sich jedoch nach ihrem Befinden erkundigt. Wie es ihr ging, schien ihm völlig egal zu sein. Thomas hätte ihm am liebsten seine Meinung gegeigt. Leider bescherte ihm dieser Auftrag enorme Werbung und würde seinen Bekanntheitsgrad in die Höhe schnellen lassen. Wenn er da Erfolg hatte, gehörte er endgültig zu den ganz Großen unter den Köchen. Eigentlich musste er froh sein, dass Herr von Stein nicht wissen wollte, wie es seiner Tochter ging. Was hätte er, Thomas, auch darauf antworten sollen. Entweder hätte er lügen müssen, schließlich wusste er noch immer nicht, wo Mel abgeblieben war oder er hätte mit der Wahrheit herausrücken müssen, dass er Schuld an Mels Verschwinden hatte. Wütend legte er sein Handy beiseite. Vielleicht war sie ja schon zu Hause bei Bea. Bevor er mit dem Kochen begann, klopfte er voller Hoffnung an die Wohnungstür. Abermals öffnete Beatrice. Sie hatte feuchte Augen.

„Was ist denn? Haben Sie etwas von Mel gehört?"

„Nein, leider nicht. Jetzt mache ich mir auch Sorgen. Ehrlich. Ich habe alle Ärzte in der Umgebung und auch die Krankenhäuser angerufen. Nichts!"

„Haben Sie es auf ihrem Handy probiert?", fragte Thomas. „Bei mir hebt sie nicht ab."

„Ja, keine Verbindung. Entweder hat sie es ausgeschaltet oder der Akku ist leer. Sie vergisst häufig, es aufzuladen."

„Scheiße. Wenn Pia etwas mit Mels Verschwinden zu tun hat, drehe ich ihr eigenhändig den Hals um", wetterte Thomas. „Ich muss in die Küche. Geben Sie mir Bescheid, wenn Sie etwas von ihr hören? Wenn sie sich bis Mitternacht nicht gemeldet hat, verständige ich die Polizei. Ich warte keine Minute länger."

Beatrice nickte.

Emma Smolnik holte sich Pia zur Seite. „Hast du mit dem Chef geredet? Was hat er gesagt?"

„Nicht viel. Er glaubt mir noch immer nicht. Aber bis ich in Mutterschutz gehe, bleibt ja noch viel Zeit, damit er sich daran gewöhnt. Und wenn er das Kind erst einmal in Händen hält, wird alles gut." Pia setze ein gespieltes Lächeln auf. Sie konnte doch Emma nicht erzählen, wie das Gespräch tatsächlich verlaufen war. Irgendeine Lösung musste her. Sie brauchte Plan B. Nur wie der aussehen könnte, davon hatte sie noch keinen blassen Schimmer.

„Pia, hast du etwas mit dem Verschwinden von Mel zu tun?" Der scharfe Ton von Emma riss sie aus ihren Überlegungen.

„Nein. Wieso? Ist Mel nicht in der Küche? Ist mir gar nicht aufgefallen, dass sie nicht da ist. Aber was meinst du mit verschwunden?" Sie spielte die Ahnungslose. Natürlich wusste sie davon. Sind heute Morgen ja schon alle wie verrückt im Kreis gerannt, weil die kleine Küchenmagd nicht da war. So ein Theater wegen dieser blöden Kuh. Pia fauchte unmerklich. „Wieso kommst du darauf, dass ich mit ihrem Verschwinden etwas zu tun haben könnte?"

„Weil du ihr gesteckt hast, dass du schwanger von Thomas bist."

„Also, ihr habe ich das nicht erzählt. Vielleicht hat ihr diese frohe Kunde jemand anderes überbracht. Wieso verdächtigst du mich?" Pia tat auf beleidigt.

„Weil wir alle wissen, dass du Mel nicht magst."

„Baha, nicht mögen ist leicht untertrieben. Von mir aus kann diese Gans bleiben, wo der Pfeffer wächst. Ich habe ihr von Anfang gesagt, dass sie die Finger vom Chef lassen soll, dass er mir gehört. Und was tut sie. Biedert sich an, beschwert sich dauernd über mich, bis er sie in die Küche stellt. Aber das wird ihr alles nichts nützen. Thomas wird mich heiraten, weil wir zusammengehören." Pia schnaufte, drehte sich um und ließ Emma mit weit aufgerissenen Augen einfach stehen. Die anderen vom Serviceteam hatten den letzten Teil der Unterhaltung mitgehört. Kevin und Jürgen folgten Pia in den Aufenthaltsraum.

„Was erzählst du da? Du und der Chef? Ja glaubst du, der ist so dämlich, dich zu ehelichen, wo du ihm schon vor der Ehe Hörner aufgesetzt hast, wenn ihr überhaupt ein Techtelmechtel hattet", meinte Kevin.

„Zweifelst du etwa?" Pia war genervt. „Verschwindet! Lasst mich in Ruhe!"

„Sag einmal, Hexchen, weiß er eigentlich von uns? Das mit dem …, du weißt schon?", druckste Jürgen herum.

„Bist deppert! Das darf er nie erfahren. Wozu auch? Ist doch unser kleines Geheimnis, ihr Süßen", säuselte Pia. Dass sie sich in die Enge getrieben fühlte, durften die Jungs nicht merken. Sie spielte die Überlegene.

„Die wievielte Woche bist du denn schon?", fragte Kevin.

„Keine Sorge, von euch kommt keiner als Vater infrage." Pia versuchte, an den beiden vorbei zu rauschen. Jürgen hielt sie zurück.

„Nicht so schnell, Kleines. Uns hat es Spaß gemacht mit dir. Wie sieht es denn aus? Morgen Abend? Nach Dienstschluss? Ich kenne da einen super Ort, wo es dir gefallen wird. Kevin ist auch dabei." Er blickte zu seinem Kollegen.

„Bei sowas immer", grinste dieser.

„Nein, bin schon verabredet", versuchte Pia sich herauszuwinden.

„Oh, oh, ganz schlecht, Kleines. Falsche Antwort. Morgen nach Dienstschluss! Ansonsten sehen wir uns beide gezwungen, dem Chef ein bisschen was an Informationen über seine Angestellte und zukünftige Frau zukommen zu lassen." Jürgen blickte sie von oben herab an. Er überragte sie gut um einen Kopf, obwohl sie selbst auch nicht zu den Kleinen zählte, mit ihren einem Meter achtundsiebzig. Um sein Gesagtes zu bestärken, klatschte er ihr auf den Hintern. Kevin stellte sich ihr ebenfalls in den Weg. Wie zufällig streichelte er ihr über den Busen.

„Das hat dir doch das letzte Mal auch so gut gefallen. Konntest gar nicht genug davon kriegen." Pia riss sich los und rannte hinaus ins Restaurant. Sie zitterte am ganzen Körper. Was war denn in die beiden geschossen? Oh ja, natürlich hatte es ihr Spaß gemacht, aber nur, weil sie es gewollt hatte. Jetzt wollte sie nicht. Am nächsten Abend hatte sie sich mit einem Gast verabredet gehabt. Das musste sie unbedingt verschieben. Sie durfte nicht zulassen, dass die beiden Hitzköpfe plauderten. Alles schien ihr mit einem Mal zu entgleiten. Zu allem Überdruss patzte sie auch bei der Arbeit. Sie war mit den Gedanken bei ihren Problemen, deshalb servierte sie gleich mehrmals die falschen Speisen, an den falschen Tischen. Die Gäste meckerten schon. Die Getränke vergaß sie zu servieren, bis Emma eingriff. Sie stellte Pia hinter die Theke und ab sofort wurde Luise beim Service eingeteilt. Vor den vorwurfsvollen Blicken von Emma hätte sich sogar Pia am liebsten versteckt. Hinter der Theke konnte sie weniger Schaden anrichten. Kevin und Jürgen ließen bei ihren Bestellungen anrüchige Bemerkungen fallen. Pia sah sich in die Enge getrieben. Von ihrem selbstsicheren Auftreten war jedenfalls im Augenblick nicht viel zu bemerken. Und das nutzten die beiden Kellner schamlos aus. Emma und Luise bekamen von alledem nichts mit.

Das Lokal war wie jeden Abend ausgebucht. Alle Tische waren besetzt, oft schon Wochen im Voraus reserviert. Vom langen Stehen hinter der Theke, begannen Pia die Beine zu schmerzen. Sie war froh, als endlich der letzte Gast das

Lokal verlassen hatte. Sie räumte noch fertig auf, spülte die letzten Gläser, bevor sie sich verabschiedete. Als sie in die Gasse zu ihrem Wohnblock einbog, hörte sie Schritte hinter sich. Normalerweise fürchtete sie sich nicht. Wozu auch. Hier passierte nie etwas. Irgendwie schlich sich nun doch Angst ein. Sie drehte sich um. Da standen Jürgen und Kevin vor ihr.

„Was wollt ihr?" Ihre Stimme klang bei weitem nicht so fest, wie sie es gerne gehabt hätte.

„Na was für eine Frage. Bis Morgen ist es doch noch lange hin. Ein kleiner Vorgeschmack auf unser Spielchen morgen wäre doch jetzt nett", erklärte Kevin. Beide hakten sich bei Pia auf je einer Seite ein.

„Bitte, lasst mich in Ruhe. Morgen geht klar. Abgemacht. Heute muss ich schlafen. Bin ziemlich geschlaucht", versuchte sich Pia herauszuwinden.

„Wir haben beide unendliche Lust auf dich. Du hättest uns nicht zeigen dürfen, wie geil es zu dritt ist." Jürgen griff in ihren Mantel und kniff ihr in die linke Brust. Dann begann er, die Knöpfe ihrer Bluse zu öffnen.

„Hör sofort auf!" Pia wand sich. Es half nicht. „Ich schreie", drohte sie.

„Hm, das würde ich aber nicht tun, Kleines. Oder willst du, dass wir allen erzählen, was für ein geiles Luder du bist? Kommt beim Chef sicherlich auch nicht gut." Sie begleiteten Pia bis zu ihrer Wohnung. Es blieb ihr nichts anderes übrig, als aufzusperren und die beiden hineinzulassen. Kaum dass sie in der Wohnung waren, verlangten die beiden einen heißen Striptease von ihr, während sie selbst angezogen blieben. Sie wollte sich herauswinden, wollte nicht mitspielen. Kevin bediente die

Musikanlage. Die ersten Klänge erfüllten den Raum. Jürgen machte es sich auf der Couch bequem. Kevin gesellte sich zu ihm.

„Wird's endlich was? Zieh dich aus. Wir warten!", bellte Jürgen ungeduldig, als sich Pia nicht rührte. „Mach endlich! Schwing deine Hüften und lass die Hüllen fallen, kleines geiles Luder! Die Musik wurde lauter. Dröhnte in Pias Ohren. Langsam begann sie sich im Rhythmus zu bewegen. Ihr Körper folgte der Musik. Kleidungsstück für Kleidungsstück fiel zu Boden. Nur mit ihren High-Heels bekleidet stöckelte sie schließlich in die Küche und holte sich zum Aufwärmen einen Gin. Jürgen folgte ihr, nahm ihr das Glas ab und trank selbst einen kräftigen Schluck, bevor er seine Hose öffnete und hinter Pia trat …

Nach Dienstschluss fuhr Thomas, nachdem er sich noch einmal bei Bea nach Mels Verbleib erkundigt hatte, zur Polizei. Eineinhalb Stunden verbrachte er dort, beantwortete die Fragen der Beamten so gut es möglich war. Müde und erschöpft traf er in seiner Wohnung ein. Er genehmigte sich einen Whisky. Mel spukte in seinem Kopf herum. ‚Wo war sie bloß? Warum war sie nicht zu ihm gekommen? Hatte sie so wenig Vertrauen zu ihm? Hatte er ihr nicht gezeigt, was sie ihm bedeutete?' Konfuse Fragen purzelten in seinem Kopf herum. Alle möglichen Orte, wo sie sich aufhalten könnte, überlegte er sich. Er griff zum Handy. Mutter wusste vielleicht Rat. Ohne zu wählen, legte er es wieder zur Seite. Dem Alter, seine Mutter zu befragen, wenn er Probleme hatte, war er längst entwachsen. Verzweifelt verbarg Thomas sein Gesicht in seinen Händen. Endlich fand er die Kraft aufzustehen, sich zu duschen und ins Bett zu legen. An

Schlafen war nicht zu denken. Keine Chance. Sein Magen rebellierte. Wie er den nächsten Tag bei Kräften bleiben sollte, wusste er noch nicht. Ohne Mel in der Küche, gelangen die Speisen nur halb so gut. Der derbe Ton, der vor Mels Zeiten in der Küche geherrscht hatte, war einem Sanfteren gewichen. Sogar die Fischer-Franzi, immer für ihre derben Sprüche bekannt, hielt sich in Mels Gegenwart zurück.

Der gähnend leere Arbeitsplatz von Mel irritierte. Die Kochutensilien hatten den ganzen Tag lang unberührt dagelegen, als würde sie jeden Augenblick zurückkehren. Selbst hier in seinen vier Wänden nahm er ihren lieblichen Duft nach Rosenblüten wahr, obwohl es mittlerweile mehr als einen Tag her war, dass sie sich hier aufgehalten hatte. Die Sorge um sie, drückte auf seinen Magen. Ein Brennen breitete sich in ihm aus. Thomas rollte sich auf die Seite und zog die Knie an. Es linderte etwas den Schmerz. Er schloss die Augen. Nur ein wenig Schlaf. Mel! Was tat sie hier? Er konnte sie deutlich sehen. Thomas versuchte, sie anzufassen. Sie wich zurück. Er trat einen Schritt näher. Sie wich zurück. Er beschleunigte seine Schritte, erhöhte das Tempo. Mel wich zurück. Sie begann zu laufen. Sie lief vor ihm davon, immer weiter von ihm fort. Er rief ihr nach. Wollte, dass sie stehen blieb. Beschleunigte abermals sein Tempo. Er stolperte über seine eigenen Beine und fiel und fiel und fiel ... - Schweißgebadet schreckte er hoch. Ein Traum. Also musste er wohl doch noch eingenickt sein.

Verwirrt stand er auf. Thomas ließ lauwarmes Wasser über sich rieseln. Er braute sich anschließend einen doppelten Espresso und zog sich an. Den Kaffee schlürfte er auf seiner Terrasse. Es nieselte wieder. Dunkelheit überzog das Tal. Nur am See, entlang der Promenade, konnte er das diffuse Licht der Laternen ausmachen. Schließlich fuhr er in sein Lokal. Die Küche lag finster und ruhig vor ihm. Die abgestandenen Gerüche von den gestrigen Speisen drangen in seine Nase. Abermals begann sein Magen zu brennen. Um bei Beatrice zu läuten, war es eindeutig noch zu früh. Heute, am Samstag, war der letzte Tag der griechischen Woche. Ab morgen startete er mit den Irischen Speisen. Die Gerichte der Iren passten perfekt zu dieser Jahreszeit. Eintöpfe wie der traditionelle ‚Irish Stew' erwärmten den Körper von innen heraus. Man konnte Unmengen davon vorkochen. Umso besser zu schmecken begann er, je öfter er erwärmt wurde. Ebenfalls klassische irische Gerichte waren ‚Seafood Chowder' ein Fisch Eintopf, ‚Spiced-Beef', so etwas wie würziger Rinderbraten, oder ‚Bacon and Colcannon', Kartoffelstampf mit Gemüse und dünnen Scheiben gepökelten Schweineschinkens. Auch würde er ein traditionelles Gericht aus Dublin namens ‚Coddle', ähnlich einer Kartoffelsuppe mit Würstchen und Speck, servieren. Nicht fehlen durften der ‚Black Pudding Potato Cake', ein Kartoffelkuchen mit Blutwurst gefüllt, sowie ‚Ham and Cappage', Schinken und Kohlgemüse oder verschiedene ‚Pies', Pasteten. Er holte sich die Zutaten für das Stew. Die Eintöpfe konnte er bereits vorkochen. Kochen lenkte ab.

Thomas war dermaßen in seine Arbeit versunken, dass er nicht bemerkte, wie die anderen nach und nach eintrafen. Draußen wurde es langsam hell. Auch das ging an ihm spurlos vorüber. Eine Tasse, gefüllt mit duftendem Kaffee wurde vor seine Nase auf die Arbeitsplatte gestellt. Er blickte zuerst zum Kaffee. Dann drehte er den Kopf zur

Seite und erblickte Eder neben sich, selbst eine Tasse des heißen Getränks in der Hand.

„Junge, du musst eine Pause einlegen. Wie lange stehst du schon hier?"

„Weiß ich nicht. Eine Zeit lang. Was gibt es?"

„Hast du was von Mel gehört?"

Thomas schüttelte den Kopf. „Ich war gestern auf der Polizei, um eine Vermisstenanzeige aufzugeben. Sie haben sich noch nicht gemeldet."

„Sie finden sie, unversehrt. Davon bin ich überzeugt. Du musst es auch sein, Thomas. Ich weiß doch, dass sie dir viel bedeutet", versuchte Eder ihn aufzumuntern. „Ach ja, Lorenzo und ich kümmern uns, um die griechischen Spezialitäten. Und du bereitest in Ruhe die Irischen Gerichte vor. Wenn du wegmusst, gib uns nur kurz Bescheid." Eder klopfte ihm kameradschaftlich auf die Schulter und bewegte sich wieder zu seinem Platz. In der Küche herrschte reges Treiben. Gesprochen wurde kaum, und wenn, dann sehr leise. Thomas versank wieder in seine Arbeit, die Handgriffe saßen. Das Messer zerkleinerte, in einem steten Rhythmus, was ihm unter die Klinge kam. Die Gedanken von Thomas drifteten ab ...

Um zehn Uhr dreißig platzte Emma in die Küche. „Chef, Herr Neumann!" Thomas sah zu ihr. „Pia ist krank. Sie hat soeben angerufen. Wann sie wieder kommt, konnte sie nicht sagen. Sie fühlt sich nicht gut. Anscheinend die übliche Schwangerschaftsübelkeit. Ich hab sie gebeten, sich nochmals zu melden, sobald sie beim Arzt war."

„Na toll." Thomas knurrte. „Kommen Sie im Restaurant zu Recht? Oder benötigen Sie Hilfe?"

„Nein, nein. Das wird schon funktionieren", versicherte Emma und verschwand wieder.

Jürgen und Kevin verzogen sich ins Freie. Sie rauchten jeder eine Zigarette.

„So eine Memme", fluchte Jürgen. "Sie ist halt doch keine ‚Femme fatale‘, dieses kleine Luder."

„Wer? Pia?"

„Ja sicher. Oder was glaubst du, von wem ich da rede? Macht einfach blau, wegen dem bisschen Sex."

„Besuchen wir sie heute wieder?" Kevin grinste und zog kräftig an seinem Glimmstängel. „So eine kleine Draufgabe wäre sie uns schon schuldig, findest du nicht?" Langsam blies er den Rauch aus, dass dieser kleine Ringe in der kalten Luft bildete.

„Hm, weiß noch nicht. Wenn ich was Schärferes auftue, kann die mich mal. Fade Gans! Gleich bei allem so ein Gezeter anstellen und sich zieren. Wo gibt es denn so etwas."

„Das Fesselspielchen war doch feine Sahne", resümierte Kevin. „Das nächste Mal bring ich dafür aber Handschellen mit, die ich mir von einem befreundeten Polizisten besorgt habe."

„Echt? Spinnst du?"

„Warum? Pia verträgt es schon noch härter." Er warf seinen Zigarettenstummel zu Boden und trat ihn aus. Die beiden gingen zurück ins Restaurant, wo bereits Emma mit der Einteilung des heutigen Tages auf sie wartete. Luise gesellte sich auch zu ihnen. Sie wurde wieder bei der Getränkeausgabe eingeteilt. Kevin stellte sich nah zu ihr.

„Weißt du, wie es Pia geht?", fragte er leise. Ganz nebenbei.

„Nein, sie hat sich bei mir nicht gemeldet", flüsterte Luise zurück. Sie wunderte sich zwar, über Kevins Interesse nach ihrer Freundin, dachte sich jedoch weiter nichts dabei.

Kapitel 14

Der Samstag zog sich in die Länge. Die Minuten schienen wie Stunden. Trotz der vielen anfallenden Arbeiten tat Thomas sich schwer, sich auf das Kochen zu konzentrieren. Nach dem Mittagsgeschäft rief er das erste Mal im Polizeirevier an, um sich über die Neuigkeiten betreffend Mel, zu erkundigen. Der diensthabende Polizist konnte ihm keine Auskunft geben. Sie hatten noch keinen Hinweis über ihren Verbleib. Thomas eilte zu Bea. Aber auch sie wusste nichts. Die alte Frau schien über die Sorge um Mel um Jahre gealtert zu sein. Den Besichtigungstermin mit dem Makler am Montag, wegen einer preisgünstigen Wohnung, hatte sie bereits abgesagt mit der Bitte, ihr einen neuen, späteren zukommen zu lassen. Sie schob gesundheitliche Probleme vor. Eine kleine Notlüge. Jetzt saß sie vor Thomas, die faltigen Hände auf den Schoß gelegt.

„Wo könnte sie denn sein? Fällt Ihnen nichts ein, wo sie sich gerne aufhielt. Ein Lieblingsplatz von früher?" Thomas raufte sich die Haare. Diese Ungewissheit zerrte an den Nerven. Er würde ihr bis an das Ende der Welt nachreisen, wenn er nur wüsste wohin.

„Als ich damals von ihrem Vater in Pension geschickt und entlassen wurde, war Mel gerade einmal dreizehn Jahre alt, ein pubertierender Teenager. Aus Trotz ist sie oft vor ihren Pädagoginnen und Betreuerinnen auf den riesigen Dachboden ihres Elternhauses geflüchtet. Einmal, so erzählte mir die Köchin, mit der ich danach noch einige Zeit in Kontakt stand, hatte Mel sich dort oben ganze zwei Tage verschanzt, bis ihr Vater sie entdeckt hatte. Aber ich glaube kaum, dass sie jetzt noch in dieses Haus freiwillig zurückkehren würde. Außerdem müsste sie ja dann jemand gesehen haben. Soweit ich informiert bin, hat sie keinen eigenen Schlüssel mehr, um hineinzukommen. Und dass sie den Kontakt zu ihrem Vater abgebrochen hat, wissen Sie vermutlich." Beatrice schüttelte den Kopf.

„Es ist eine Schande. Der alte von Stein war nach dem Tod seiner Gattin, Mels Mutter, dermaßen geschockt, dass er sein eigenes Kind nicht angenommen hat. Ständig wurde Mel bereits als Baby herumgereicht, bis ich mich um sie kümmern durfte. Mel war immer so bemüht, tat alles, um den Ansprüchen Ihres Vaters gerecht zu werden. Für ein bisschen Zuneigung hätte Mel für ihn alles getan. Aber der Alte hat sie nicht einmal wahrgenommen. Die herben Zurückweisungen kompensierte Mel damit, dass sie schließlich einen Unfug nach dem anderen anstellte. So gewann sie zumindest Aufmerksamkeit. Auch wenn diese nur aus Schimpf und Tadel bestanden. Ihre Stiefmütter, die sich die Türklinke in die Hand gaben, trugen das ihre dazu bei, dass Mels Kindheit und Jugend alles andere als glücklich verlief. Mich versetzte es immer in Verwunderung, wie tapfer sie sich trotz allem durchs Leben schlug.

Sie hat nie aufgehört zu kämpfen. Die mangelnde Menschenkenntnis, da sie kaum Kontakt zur Außenwelt hatte, und Sehnsucht nach Liebe und Zuneigung trieben sie schließlich in die Arme ihres leidlichen Ex. Als sie damals vom Krankenhaus entlassen wurde, ist sie zu mir gekommen. Ich war so froh darüber. Sie ist für mich wie eine Tochter, die ich nie hatte. Jetzt hoffe ich nur, dass ihr nicht wirklich etwas Schlimmes widerfahren ist." Bea schniefte leise und putzte sich mit dem Taschentuch die tropfende Nase.

„Wenn ich nicht zu meiner Familie gefahren wäre, wäre sie vielleicht noch hier. Ich möchte wissen, was sie veranlasst hat, abzuhauen. Meine Kollegen geben sich ahnungslos." Thomas stand auf. „Ich verzieh mich wieder in die Küche. Ist noch einiges vorzubereiten für morgen. Auf Wiedersehen Bea! Bleiben Sie nur sitzen, ich finde alleine hinaus."

Still und ruhig war es in der Küche. Er begann die Zutaten für das ‚Seafood Chowder', den Fischeintopf zusammenzusuchen. Aus dem Kühlraum holte er die frischen Fische, die er extra bestellt hatte. Sein Handy klingelte. Er eilte zurück in die Küche, wo er es auf die Arbeitsplatte gelegt hatte. Herr von Stein!

„Neumann", meldete sich Thomas.

„Schön, dass ich Sie erreiche. Am Montag erhalten Sie die Terminvorschläge von meiner Sekretärin. Die Termine sind zirka in zwei Wochen anberaumt. Morgen reise ich in die USA. Ich möchte Sie bitten, meiner Tochter Bescheid zu geben, dass ich sie dringend sprechen muss. Sie meldet sich nicht am Handy und ruft auch nicht zurück. Spielt wieder die Trotzige. Sie soll mich übernächste Woche anrufen. Meine Verlobte hat spezielle Wünsche, das Essen betreffend und wird Ihnen diese per Mail zukommen lassen. Sollten Sie Fragen haben, wenden Sie sich an meine Sekretärin, sie wird mir alles weiterleiten. Auf Wiederhören." Dann war die Leitung tot. Thomas legte das Telefon beiseite. Wie soll er Mel etwas von ihrem Vater ausrichten, wenn er doch selbst nicht wusste, wo sie war.

Auch am Sonntag blieb Mel verschollen. Die Polizei vertröstete ihn, als er dort anrief. Wütend über sich und seine Hilflosigkeit stürzte er sich in die Arbeit. Das Serviceteam musste ebenfalls mit einer Kraft weniger klarkommen, denn auch Pia fiel aus. Luise versuchte sie telefonisch zu erreichen. Es meldete sich nur die Sprachbox. Sie nahm sich vor, nach dem Mittagsdienst ihre Freundin zu besuchen. Vielleicht brauchte sie ja Hilfe. Emma half beim Servieren, damit die Gäste nicht zu lange warten mussten. In der Küche herrschte hektisches Treiben. Aus den vollen Töpfen qualmte es. Die Fischer-Franzi hörte man durch den ganzen Raum fluchen, weil die Kartoffelschälmaschine defekt war und sie nun mindestens zehn Kilo mit der Hand schälen musste. Der Salat wartete darauf, gewaschen und zerkleinert zu werden. Lorenzo und Eder gönnten sich eine kurze Pause. Thomas bereitete am laufenden Band die bestellten Gerichte servierfertig vor. Abwechselnd holten die Kellner oder Emma sie. Wegen Mels Verschwinden wurde unter der Kollegenschaft leise gemunkelt. Keiner sprach laut aus, was er sich dachte.

Endlich! Das Mittagsgeschäft war beendet. Die letzten Gäste verließen gegen vierzehn Uhr dreißig das Lokal. Zeit, dass die Bediensteten sich im Aufenthaltsraum trafen und ihre Mahlzeit einnahmen. Thomas bereitete die Portionen vor. Einer nach dem Anderen holte sich die Teller und begaben sich in den Gemeinschaftsraum. Thomas' Appetit hielt sich in Grenzen. Er stocherte in seinem Eintopf herum. Schließlich stand er auf, ohne etwas gegessen zu haben, und entschuldigte sich. Dies nutzte auch Luise, um sich von den anderen bis zum Abenddienst um achtzehn Uhr zu verabschieden. Jürgen und Kevin reagierten nicht darauf. Die Fischer-Franzi meinte: „Geht nur alle, dann bleibt mir mehr", und löffelte ihren Eintopf mit Genuss weiter. Eder, Jürgen und Emma warfen sich betroffene Blicke zu. Emma wusste von Luisa, dass sie Pia besuchen wollte. Sie überlegte, ob Thomas vorzeitiger Aufbruch auch etwas mit Pias Abwesenheit zu tun hatte oder doch eher mit Mels. Niemand wusste, was er sagen oder welches Gesprächsthema er anschneiden sollte. Keinem fiel etwas ein. Die offenen Fragen, die jedem auf der Zunge lagen, wollte jedoch niemand ansprechen.

„Hi, Mama", meldete sich Thomas, nachdem er den Anruf seiner Mutter entgegennahm. „Alles okay bei euch?"

„Ja, alles Bestens. Anika ist wieder zu Hause. Sie hat Arbeitsverbot und ist noch weiterhin im Krankenstand, um sich zu schonen, Anordnung des Arztes. Aber sonst geht es ihr gut." Klara gluckste. „Was Michael und sein Vater mit ihr mitmachen, kannst du dir sicherlich vorstellen. Sie kann ganz schön anstrengend sein."

„Allerdings", bestätigte Thomas. „Die beiden sind nicht zu beneiden. Wenn Michael schlau ist, fliegt er in die Staaten. Und der alte Pail nimmt sich einstweilen ein Hotelzimmer."

„Thomas, sooo schlimm ist es auch wieder nicht. Jetzt übertreibst du", schalt ihn seine Mutter, konnte sich ein Grinsen jedoch nicht verkneifen. Gut, dass Thomas es nicht sehen konnte. „Wie lauft es bei dir? Deswegen ruf ich eigentlich an. Wir hatten doch vereinbart, dass du dich meldest."

„Oh je, das wollte ich. Ehrlich! Aber hier ist die Hölle los. Eine Angestellte ist schwanger, und befindet sich im Krankenstand. Allerdings bin ich mir nicht einmal sicher, ob sie nur spielt, nachdem wir eine ernsthafte Auseinandersetzung hatten. Das Luder hat überall herumerzählt, dass ich der Vater des Kindes sei, nur weil sie nicht weiß, wer der tatsächliche Erzeuger ist."

„Himmel, bist du der Vater?"

„Mama! Sie ist meine Angestellte, wir hatten nicht einmal annähernd so etwas wie ein Techtelmechtel. Allerdings hatte sie keine Mühen gescheut, bevor sie allen von der Schwangerschaft berichtet hatte, mich zu verführen. Du brauchst dir keine Sorgen zu machen. Sobald es möglich ist, beantrage ich von Gerichtswegen einen Vaterschaftstest. Diese Lügen kann ich doch nicht auf mir sitzen lassen. Eigentlich hätte ich sie fristlos entlassen müssen. Nun ja, jetzt ist sie im Krankenstand. Ich muss unbedingt eine zusätzliche Servierkraft anstellen. Und in der Küche ist mir auch jemand ausgefallen," erwähnte Thomas so nebenbei.

„Wer denn?", bohrte seine Mutter nach. „Kenn ich ihn?"

„Sie! Ja, die junge Frau, die euch am Tag der Eröffnung an der Bar bedient hat."

„Oh, die Nette! Die hast du in die Küche einteilt?" Sie hätte auch für das Service sehr gut gepasst." Klara wunderte sich. Das Mädchen, eigentlich die junge Frau, hatte einen sympathischen Eindruck hinterlassen.

„Sie ist als Lehrling angestellt. Das Kochen ist ihr auf den Leib geschneidert. Du kannst dir nicht vorstellen, wie viel sie in der kurzen Zeit schon gelernt hat. Großmutter hätte ihre Freude an ihr gehabt. Schade, dass sie sie nicht mehr hatte kennenlernen können." Thomas war ins Schwärmen gekommen, ohne es selbst zu bemerken.

„Wann dürfen wir die junge Dame kennenlernen?" Kurz war es still in der Leitung. Thomas räusperte sich.

„Wieso?"

„Weil ich mir einbilde, herausgehört zu haben, dass dir an deiner Angestellten mehr liegt, als du zugeben möchtest." Klaras sechster Sinn schlug unbarmherzig zu. Allein die winzige Nuance, um die Thomas' Stimme weicher geworden war, als er von Mel erzählte, reichte aus, um Klara hellhörig zu machen.

„Wenn ich sie unversehrt wiederfinde", gab er zu. „Sie ist abgehauen. Keiner weiß warum. Bei der Polizei war ich bereits. Ich befürchte, sie hat den Gerüchten geglaubt, die Pia verbreitet hat." Thomas schluckte. So, jetzt wusste es seine Mama. Es würde keine Stunde vergehen, nachdem er das Telefonat beendete, dass es alle in seiner Familie, einschließlich seiner Schwestern, wussten. „Ich bitte dich, dies noch für dich zu behalten", bat er schließlich doch. „Mel bedeutet mir tatsächlich sehr viel. Leider weiß ich nicht, wo sie sich aufhält, ob ihr etwas zugestoßen ist, oder sonst was passiert ist." Auszusprechen, was er am meisten fürchtete, nämlich, dass sie sich etwas angetan haben könnte, vermied er. Mel hatte bereits so viel Böses erlebt. Wie viel vertrug sie noch, auch wenn es nur Unwahrheiten waren.

„Ich wünsche dir, dass du sie findest und ihr nichts zugestoßen ist." Was hätte Klara auch sonst sagen sollen? Thomas tat ihr leid. Die junge Frau ebenso. „Bitte melde dich, wenn du etwas weißt. Und solltest du Hilfe brauchen, wir kommen", bot Klara an.

„Danke, lieb von dir. Aber ihr habt selbst genug zu tun, da will ich euch nicht mit meinen Problemen belasten. Richte an alle schöne Grüße von mir aus", verabschiedete sich Thomas. Resigniert steckte er das Handy weg. Er war wieder einmal auf dem Weg zum Polizeirevier.

„Ja, ja, ich komm ja schon", durchbrach die schrille Stimme von Pia die Stille des Stiegenhauses, im Mehrparteienhaus, wo sie wohnte. Abrupt wurde die Tür aufgerissen. Sichtlich verwundert starrte sie ihr Gegenüber an.

„Hi, ja ich bin es", sagte Luise beinahe beleidigt. „Hast du jemand anderes erwartet? Ich will dich auch nicht lange stören, hab mir halt Sorgen gemacht, weil du dich krankgemeldet hast. Wollte nachsehen, ob du etwas brauchst?"

„Huch, oh! Nein, danke, ich brauche nichts. Mir geht es auch schon wieder besser. Komm kurz rein. Allerdings habe ich tatsächlich nicht lange Zeit, weil ich zum Arzt muss. Er will mich noch einmal sehen, bevor er mich wieder gesundschreiben kann." Diese Ausrede war zwar gelogen. Sie war gar nicht beim Arzt gewesen. Aber irgendwie musste sie Luise dringend wieder loswerden. Sie hatte kurzfristig eine Feier angesetzt und bereits fleißig herumtelefoniert, damit möglichst viele ihrer Freunde und Freundinnen am Abend zu ihr kamen. Reine Vorsichtsmaßnahme, sollten Jürgen und Kevin ihre Drohung wahrmachen und ihr einen dritten Besuch abstatten. So eine Nacht, wie die beiden vorigen, konnte ihr gestohlen bleiben. Die beiden waren so ganz und gar nicht zimperlich mit ihr umgesprungen. Normal machten ihr solche Spielchen keineswegs etwas aus. Aber sie wollte selbst bestimmen, wann, wo und wie eine derartige Nacht ablief. Einige blaue Flecken zierten ihren Körper, von den Knutschflecken mal abgesehen. „Möchtest du etwas trinken?". Sie bot Luisa einen Platz an und blieb selbst stehen, um ihre Antwort abzuwarten.

„Nein, danke. Setz dich und erzähl mir, was dir fehlt. Ist dir übel? Oder ist es wegen unserem Chef, weil er dich so fürchterlich behandelt hat?"

„Ach der kann mich mal. Du weißt ja, dass er nicht der Vater ist. Hab ich dir doch erzählt, dass ich es ihm nur anhängen will, damit er mich heiratet."

„Pia!", schrie Luise. „Sag, spinnst du? Wieso sollte er dich heiraten, wenn er gar nicht der Kindesvater ist?"

„Na ja, wollte ihn mit der Schwangerschaft unter Druck setzen. Aber weil wir nie miteinander im Bett waren, macht er jetzt so einen Aufstand. Dabei habe ich ihm dies alles genau erklärt. Hab ihm auch gesagt, dass er jetzt bei den Leuten nicht gut dasteht, weil die ja alle mir glauben werden." Pia grinste überlegen.

„Pia, du bist total durch den Wind. Wenn erst einmal herauskommt, dass ihr gar nicht miteinander geschlafen habt, werden die Leute dir die Hölle heiß machen. Dann brauchst du dich hier nirgends mehr blicken zu lassen." Luisa schnaubte.

„Von wem sollten sie dies denn erfahren? Außer du tratscht es herum. Davon rate ich dir allerdings dringlich ab", drohte Pia. „Denn dann kannst du was erleben. Ich denke nicht, dass es geschickt ist, dich mit mir anzulegen." Pia kniff ihre Augen zusammen.

Im Grunde hatte Luise genug gehört. Was war nur aus ihrer Freundin geworden? „Du willst mir doch nicht im Ernst drohen, oder? In deiner Situation? Und überhaupt, wie siehst du aus?" Erst jetzt fiel Luisa auf, dass Pia am Hals eigenartige dunkle Flecken aufwies. Auch an den Armgelenken hatte sie Striemen. „Was hast du da?", fragte sie auch gleich und zeigte auf die blauen Stellen.

„Nichts weiter. Hatte gestern nur eine heiße Nacht mit ein paar Jungs", prahlte Pia. Dass die Nacht scheiße war, würde sie niemanden auf die Nase binden, und der naiven Luisa schon gar nicht. „Wenn du mal Lust hast, anständig gevögelt zu werden, ich kenne da ein paar Jungs, die es dir gerne besorgen würden." Pia blinzelte Luisa zu.

„Igiiit. Pia. Was denkst du nur von mir! Sex kommt bei mir erst infrage, wenn ich den richtigen Mann gefunden habe", echauffierte sich Luisa angeekelt. Sie sprang auf die Füße. Es reichte, sie hatte genug erfahren. Sollte Pia doch machen, was sie wollte. „Ich muss jetzt leider auch wieder. Tschüss. Ach ja, ich soll dir von Emma liebe Grüße ausrichten und du mögest dich bitte melden, ab wann du wieder zur Arbeit kommst." Luisa lief zur Tür. Nur raus hier. Total schockiert über die Ansagen ihrer Freundin lief sie ins nächste Kaffeehaus. Sie musste erst einmal alles überdenken. Emma würde sie auf jeden Fall reinen Wein einschenken. Schließlich sollte sie wissen, welches Miststück Pia war.

Kaum, dass Luisa die Wohnung verlassen hatte, schnaufte Pia tief durch. Sie zog sich rasch um. Die Besorgungen für die Party mussten noch erledigt werden. Bis jetzt hatten sechs Leute zugesagt. Das würde schon reichen. Wenn sie

Besuch hatte, wäre sie sicher vor den beiden ungewollten Gästen, die sie noch dazuzählen musste. Im kleinen Laden gleich um die Ecke, kaufte sie Naschereien, Snacks, und einige Flaschen Gin, Campari und Whisky. Auf dem Trockenen wollte sie nicht gerade sitzen. Und etwas Alkohol würde dem kleinen Mitbewohner sicherlich nicht schaden, überlegte Pia. Schlechtes Gewissen schlich sich nur kurz ein. Wieder zu Hause, stellte sie die Taschen in die Küche. Sie eilte unter die Dusche. Ihre langen Haare brauchten eine Weile, bis sie trocken wurden. Dann stellte sie sich vor ihren Kleiderschrank. Ein kleines Bäuchlein begann sich abzuzeichnen, das nichts mehr mit ihren, an und für sich, weiblichen Rundungen, auf die sie immer stolz gewesen war, zu tun hatte.

Sie entschied sich für einen kurzen roten Wollrock, dünne Seidenstrümpfe in schwarz und einer schwarzen Bluse. Die ersten Knöpfe ließ sie freizügig offen. Es störten die Flecke auf ihrem Hals. Sie wühlte in ihrem Schrank nach einem passenden Schal. Aus den Tiefen fischte sie ein ebenfalls rotes Stück, das sogar farblich zu ihrem Rock passte. Na, wer sagt es denn? Die Party konnte beginnen. Sich in Sicherheit wiegend, freute sie sich auf den Abend. Bis ihre ersten Gäste eintrafen, räumte sie noch ihre Wohnung auf und dekorierte mit bunten Servietten und ihren schönen Gläsern. Bunte Glasschälchen befüllte sie mit Knabbereien wie Chips, Salzstangen und Erdnüssen. Zufrieden blickte sie sich um. Pünktlich trafen die ersten Besucher ein. Einige waren schon recht lustig drauf und hatten sicherlich vorgefeiert. Die Party hatte bereits volle Fahrt aufgenommen. Laute Musik hallte durch die Räume, es wurde getanzt, getratscht, und gelacht. Pia würde sicherlich von den anderen Wohnparteien eine deftige Rüge einfahren. Im Moment störte es sie wenig. Sie schwang gerade mit Angela die Hüften nach einem heißen Rhythmus, als jemand hinter sie trat und von hinten die Hände um sie schlang.

„Du dachtest wohl, dass ein paar Gäste uns um den Spaß mit dir bringen?" Jürgen drängte sich dicht an ihren Körper. Die Nackenhaare stellten sich bei Pia auf. Er drehte sie gekonnt um, dass sie ihm in die Augen schauen musste. Überlegen grinste er sie an. Fest drückte er sie an sich, seine Hand fuhr unter ihren Rock. Pia wollte ihn zurückstoßen. „Na, na, jetzt wird getanzt. Du kommst schon noch auf deine Kosten, Schätzchen." Widerwillig fügte sich Pia. Die Klänge des Salsa entspannten sie. Sie passte ihre Bewegungen dem Rhythmus an. Kevin machte sich soeben an Angela ran. Sie fand es lustig. Angela gab es nach einigen Tänzen auf. Es reichte. Zwei Pärchen knutschten miteinander. Die anderen drei, ein Mädchen und zwei Burschen, lehnten in einer Ecke, die halb geleerte Whiskyflasche zwischen ihnen. Mit einmal war die Musik aus.

„So meine Lieben", erklang die laute Stimme von Kevin, „die Feier ist beendet. Wir müssen morgen wieder arbeiten, also trollt euch. Hat Spaß gemacht." Ein Raunen folgte. Pia setzte an, um zu protestieren. Sie wollte die anderen am Gehen hintern. Jürgen hielt ihr den Mund zu. Ohne etwas zu sagen, drängte er sie rückwärts in die kleine Küche. Mit einem Ruck schloss er die Schiebetür.

„Was fällt dir eigentlich ein, eine Party zu veranstalten, ohne deine Gebieter vorher um Erlaubnis zu fragen?" Er bellte die Worte. Seine Augen verfinsterten sich. Mit einem Ruck hatte er den Gürtel aus seiner Hose gezogen. „Du wirst schon noch sehen, was du davon hast." Seine Drohung hing im Raum, als sich die Schiebetür wieder öffnete.

„Ich bin auch der Meinung, dass sich unser Täubchen da sehr ungezogen verhalten hat." Beide bewegten sich langsam auf Pia zu.

„Verschwindet! Hört auf! Das macht keinen Spaß mehr mit euch. Ich habe euch nichts getan!" Pias Augen weiteten sich.

„Du hast es in deiner Hand, Süße, ob du den Gürtel zu spüren bekommst. Stimm uns versöhnlich. Mach schon! Hoch mit dem Röckchen!" ...

Kapitel 15

Wie angekündigt erhielt Thomas am Montagmorgen ein E-Mail von Steins Sekretärin. Die Termine waren so angesetzt, dass sie immer in die Mittagspause fielen, wo das Restaurant geschlossen hatte. Er sah auf seinen eigenen Terminkalender und fixierte einen der beiden Termine. Die Liste mit den gewünschten Speisenvorschlägen im Anhang verärgerte ihn. Da musste er auf jeden Fall noch Klartext reden. Was da drauf stand, konnte doch nicht auf einer Hochzeit angeboten werden. Verwundert schüttelte er den Kopf. Bevor er ins Restaurant fuhr, machte er noch halt auf der Polizeiwache.

„Nichts", meinte der Beamte und schüttelte den Kopf. „Wir haben die gesamte Umgebung abgesucht, die Bahnhöfe kontrolliert, die Liste der Fluggäste abgerufen. Nichts. Wie vom Erdboden verschluckt."

„Danke." Thomas fuhr ins Restaurant. „Mel, wo bist du bloß", flüsterte er. Die Magenkrämpfe meldeten sich wieder. Seit drei Nächten machte er kein Auge mehr zu. Wo war sie? Was ist vorgefallen, dass sie abgehauen ist? Immer dieselben Fragen und keine Antworten. Er holte gegen neun Uhr sein Personal zusammen, als alle zum Dienst eingetroffen waren. Kurz berichtete er, was er vom Polizisten erfahren hatte.

„Ich bitte euch noch einmal, wenn jemand etwas über Mels Verbleib weiß oder warum sie davongelaufen ist, sagt es mir." Er strich sich mit einer Hand das Haar aus der Stirn. „Und was ist mit Pia? Ist sie noch immer krank, Emma?"

„Ich nehme an, sie hat sich noch nicht gemeldet."

„Okay. Wie sieht es heute mit den Reservierungen aus?"

„Alles besetzt", antwortete Emma trocken.

„Dann will ich euch nicht länger aufhalten", meinte Thomas und scheuchte seine Crew zurück in die Küche.

„Möchtest du nicht ein, zwei Tage frei nehmen?" Eders Frage irritierte Thomas. „Du siehst fürchterlich aus, Chef. Entschuldige, wenn ich es dir so direkt sagen muss."

Thomas reagierte nicht darauf. Er nahm einen großen Bogen um Eder und begab sich an seinen Herd. Er rührte das Irish Stew um, das leicht vor sich hin köchelte. Der Duft von Rindfleisch, Gewürzen und Kräutern breitete sich aus. Mel hätte es geliebt, dachte er. Thomas lief zur Fischer-Franzi, um die geschälten Kartoffeln zu holen. Mittlerweile war die Kartoffelschälmaschine wieder repariert worden. Der hiesige Kundendienst funktionierte einwandfrei. Die Fischer-Franzi tätschelte ihm auf die Hand, als er die Schüssel mit den Kartoffeln ergriff.

„Ich hab meine Fühler auch schon ausgestreckt und meine Kontakte eingeschaltet", flüsterte sie. „Wir finden das Mädel, ganz sicher." Verzagt lächelte er seiner Angestellten zu, von der er solche mitfühlenden Worte nicht erwartet hätte. Sein Handy klingelte. Schnell lief er nach vorne an seinen Platz, wo er es irgendwo hingelegt hatte.

„Neumann."

„Kommen Sie heute nach der Sperrstunde zum Anwesen der von Steins", flüsterte eine weibliche, ihm unbekannte Stimme.

„Wer spricht denn?"

„Das tut nichts zur Sache, behalten Sie Stillschweigen und seien Sie pünktlich um dreiundzwanzig Uhr vor dem großen Tor." Dann war die Verbindung unterbrochen. Thomas Hand zitterte. Wie sollte er diese lange Zeit der

Ungewissheit überstehen? War das eine Falle? Sollte er zur Polizei gehen? Um weiter darüber zu grübeln, fehlte die Zeit. Ständig brauchte jemand etwas von ihm. Seine eigenen Menüs musste er ebenso fertigstellen. Emma stürmte in die Küche.

„Pia hat sich gemeldet. Sie wird übermorgen wieder zum Dienst kommen, voraussichtlich zumindest." Thomas blickte zu ihr und nickte, als Zeichen, dass er sie gehört hatte. Emma verschwand wieder. Kevin schlenderte herein und gab die erste Bestellung auf. Jürgen folgte. Luisa stand wieder hinter der Theke und Emma servierte die Getränke. Jürgen schob sich eine lästige Haarsträhne aus der Stirn. Er trug das Haar im Nacken kurz, aber am Oberkopf zeigte er eine beachtliche Mähne.

„Sie sehen müde aus", meinte Thomas, als er ihm die servierfertigen Teller hinstellte. „Lange Nacht gehabt?"

„Ja, vor allem eine heiße Schnepfe", antwortete Jürgen.

„Junge, Junge, die muss ja wirklich heiß sein", erwiderte Thomas, „sowie Sie drauf sind. Hoffentlich wird die Suppe nicht kalt, bevor sie beim Gast ist. Schlafen Sie mir nicht während der Arbeit ein!" Genervt blickte er seinem Angestellten nach. Kevin kam herein, eine lange Bestellliste legte er auf das Board. Die Fischplatte, die auf der Anrichte stand, hob er hoch und verschwand damit im Speisesaal. Viel schneller als Jürgen war er jedoch auch nicht unterwegs.

Thomas quälte sich durch den Tag, der kein Ende zu nehmen schien. In der Mittagszeit servierte ausnahmsweise er Bea ihr Menü. Er nutzte die Zeit, um mit ihr zu plaudern. Sie litt wie er am Verschwinden von Mel. Er überlegte, ob er ihr von diesem ominösen Telefonat erzählen sollte, verschwieg es aber dann doch. Er wurde das Gefühl nicht los, dass er vielleicht etwas über den Verbleib von Mel erfahren könnte. Was ist, wenn sie entführt wurde? Dann würde er die Polizei einschalten, aber so lange er nicht den geringsten Anhaltspunkt hatte, war alles zwecklos.

Beatrice holte ihn aus seinen Überlegungen, um ihm zu erzählen, dass sie eine recht günstige Wohnung gefunden hätte. Den Mietvertrag für ihre Wohnung hatte sie bereits gekündigt. Bis spätestens Jänner musste die alte Wohnung geräumt werden. Das bereitete ihr noch Kopfzerbrechen. Wo sollte sie bloß mit all ihren Sachen hin. Der Besichtigungstermin für die neue Wohnung war nun auf nächste Woche verschoben. Sie zeigte Thomas das Schreiben des Maklers.

„Was soll ich dem denn sagen? Wenn Mel nicht mehr auftaucht, brauche ich die Wohnung auch nicht. Dann gehe ich ins Altersheim. Beim letzten Untersuchungstermin im Krankenhaus haben sie mir geraten, um einen Rehabilitationsaufenthalt anzusuchen. Jetzt habe ich überhaupt keine Lust dazu." Sie seufzte.

„Wir finden Mel. Ich spüre es. Und dann werden wir Schritt für Schritt alles weitere Notwendige erledigen. Versprochen! Wir helfen Ihnen dabei." Ganz glaubte er seinen eigenen Worten nicht. Aufmunternd lächelte er Bea an. Dann kehrte er in seine Küche zurück. Es würde sicherlich noch eine Zeit dauern, bis die anderen wieder ihren Dienst antraten. Er staunte jedoch nicht schlecht, als er seine Eltern antraf, die es sich einstweilen im Aufenthaltsraum gemütlich gemacht hatten. Sie plauderten angeregt mit Eder, den sie noch von früher kannten, als ihr Sohn bei ihm die Lehre absolvierte.

„Hi, was macht ihr denn da. Jetzt bin ich platt", begrüßte Thomas sie freudig. Herzlich drückte er seine Mama. „Was möchtet ihr essen? Es gibt diese Woche irische Spezialitäten, oder möchtet ihr etwas anderes?"

„Lass gut sein", sagte sein Vater, „Herr Eder hat uns bereits bewirtet."

„Wie lange seid ihr denn schon da?"

„Zirka eine dreiviertel Stunde. Wir dürften gerade angekommen sein, als du das Essen zu Frau Menser gebracht hast. Wie geht es ihr? Sie hatte sich doch schwer verletzt, als sie die Stiege hinuntergestürzt ist, hat uns Herr Eder soeben erzählt." Seine Mutter interessierte dies wirklich. Sie war jemand, der immer Anteil an seinen Mitmenschen nahm, egal wie gut sie betreffende Person kannte.

„Och, recht gut soweit. Nur das Verschwinden von Melanie bereitet ihr ebenso Sorgen", erklärte Thomas. „Leider habe ich im Moment nicht viel Zeit für euch. Es gilt noch etliches vorzukochen für den Abend."

„Siehst du Junge, und genau deswegen sind wir hier." Klara strahlte ihren Sohn an. „Mit Herrn Eder haben wir soeben besprochen, dass dein Vater in der Ausschenke hilft und ich in der Küche. Du zeigst mir, was zu tun ist."

„Och, Mama, ich kann euch doch nicht zum Arbeiten einteilen."

„Brauchst ja nicht", meinte Klara, „das hat ja eh bereits der Herr Eder erledigt."

„Richtig", bestätigte nun Eder. „Wenn jemand schon so nett bittet, um helfen zu dürfen, da kann man doch nicht ablehnen. Außerdem schadet dir ein bisschen Unterstützung nicht." Eder klang besorgt. Insgeheim freute sich Thomas riesig, seine Eltern vor Ort zu haben. Langsam schien ihm tatsächlich alles über den Kopf zu wachsen. Noch eine winzige Kleinigkeit, und er konnte für nichts mehr garantieren. Eder führte seinen Vater zur Ausschenke, um ihm alles zu zeigen. Klara ging mit Thomas in die Küche. Wie zu alten Zeiten werkten sie nebeneinander in Eintracht. Schnitten Gemüse in Streifen, portionierten das Fleisch, rührten Teig ab, brieten und schmorten. Und so ganz nebenbei erzählten sie sich die Neuigkeiten. Thomas verriet seiner Mutter das seltsame Telefonat. Sie vereinbarten, sollte er am nächsten Morgen nicht Punkt sieben Uhr wieder hier in der Küche stehen, dass sie die Polizei verständigen. Nun gab er seiner Mutter den Zweitschlüssel für die Wohnung. Dass sie wieder in einem Hotelzimmer übernachteten, verweigerte er. Er bat sie, kurz bevor das Abendgeschäft losging, ihr Gepäck ins Haus zu transportieren. Gert und Klara machten sich auf den Weg, um pünktlich wieder hier sein zu können. Auch wollten sie sich noch frisch machen und umziehen.

„Die ersten Stunden danach kann es übliche Schmerzen, ähnlich Menstruationsbeschwerden, geben. Ich habe Ihnen hier ein Medikament gegen die Schmerzen aufgeschrieben. Sollten die Blutungen zu stark sein, kommen Sie wieder her. Aber im Normalfall, gibt es nach so einem Eingriff keine Komplikationen. Die ersten zwei Tage sollten Sie auf Tampons verzichten. Um mögliche Infektionen zu verhindern, rate ich Ihnen auch vom Geschlechtsverkehr ab. Dasselbe gilt für Schwimmen und Baden", meinte der Arzt, der Pia gegenübersaß und das Rezept schrieb. Er reichte es ihr und gab ihr die Hand zum Abschied.

Pia bedankte sich. Mit gemischten Gefühlen, wobei die Erleichterung das Stärkste von allen war, verließ sie das Krankenhaus. Nachdem ihr Plan mit Thomas nicht aufgegangen war, hatte sie im Internet gegoogelt und die Klinik ganz in ihrer Nähe gefunden, die kostengünstige Schwangerschaftsabtreibungen anboten. Noch am selben Abend hatte sie angerufen und sofort einen Termin erhalten. Zuerst hatte sie sich nur erkundigen wollen, wie so etwas abläuft. Als Kevin und Jürgen sie die letzten Nächte unter Druck setzten und zu Sexspielchen zwangen, die selbst ihr zu weit gingen, beschloss sie, wieder nach Hause zu ihren Eltern zu ziehen und dort einen neuen Job zu suchen. Als Kellnerin war das sicher nicht schwierig. Aber als Schwangere konnte sie dort keineswegs auftauchen. Im Restaurant hatte sie natürlich alle im Glauben gelassen, dass sie bald wieder zum Dienst kam. Sie musste vermeiden, dass die beiden Wind davon bekamen und sie am Abreisen hintern konnten. Direkt von der Klinik fuhr sie mit einem Taxi zum Restaurant. Sie kam an, kurz bevor das Lokal wieder öffnete. Thomas würde sie um diese Zeit sicher in der Küche antreffen.

Sie betrat das Lokal von der Hofseite aus und schlich sich in die Küche, um nicht von irgendjemanden gesehen zu werden. Die Wahrscheinlichkeit, dass die anderen Köche oder Emma oder vielleicht sogar Luise bereits hier waren, war groß. Wie vermutet, stand Thomas am Herd. Eine tiefe Sorgenfalte legte sich quer über seine Stirn. Das Stück Fleisch vor ihm, löste er gekonnt vom Knochen. Jeder Schnitt mit dem Messer saß. Ohne zu klopfen, trat Pia ein.

„Hi", sagte sie leise.

Thomas reagierte nicht. Zu vertieft war er in seine Tätigkeit.

„Hallo", sagte sie jetzt etwas lauter. Thomas blickte auf.

„Pia?"

„Pst, bitte. Ich möchte nicht gesehen werden", flüsterte sie. „Können wir kurz in Ihr Büro gehen? Bitte. Es ist wichtig. Ich tue Ihnen auch nichts. Ehrlich!" Zum Beweis hob Pia die Arme. Thomas legte sein Messer zur Seite. Er wischte sich die Hände mit dem Küchentuch ab, dann ging er voraus. Pia folgte ihm. Sie schloss die Tür des kleinen Raumes. Anschließend kramte sie in ihrer Handtasche und zog ein Kuvert heraus. Sie legte es auf den Schreibtisch. Thomas sah sie verwundert an.

„Was ist das?"

„Lesen Sie. Es ist meine Kündigung."

Thomas griff nach dem Kuvert, öffnete es und zog einen handgeschriebenen Zettel heraus. Er musste das Gekritzel zweimal lesen, um zu verstehen.

Hiermit kündige ich ab sofort und ersuche, mir meine restlichen Urlaubsansprüche auszuzahlen.
Pia Stullnig

„Gut. Erklären Sie mir auch, warum jetzt dieser Entschluss?" Thomas Frage hing im Raum.

Pia knetete am Henkel ihrer Handtasche herum. Sie schluckte.

„Ich muss noch heute abreisen. Namen nenne ich keine, aber ich werde von zwei Männern bedrängt. Bitte, bitte, behalten Sie das für sich. Niemand darf davon erfahren.

Besonders nicht die Angestellten hier im Lokal. Versprechen Sie mir das?", flehte Pia. Dies waren ganz neue Töne, die sie anschlug. Aber Thomas vernahm sehr wohl, dass dies keineswegs gespielt war.

„Warum sollte ich auf Ihre Bitte eingehen, nachdem Sie über mich solche Lügenmärchen erzählt haben?"

„Es tut mir leid. Ehrlich. Ich mochte sie wirklich und dachte, dass das eine tolle Idee ist, mit uns beiden, meine ich. Aber Sie brauchen sich keine Sorgen mehr zu machen. Es gibt kein Baby. Ich habe es heute wegmachen lassen."

„Pia!" Thomas war sichtlich schockiert. „Warum denn das, um Himmels Willen. Es hätte doch sicherlich eine andere Lösung gegeben. Ich kenne viele alleinerziehenden Mütter."

„Nein, in meiner Situation hätte es keine andere Lösung gegeben. Meine Eltern dürfen und werden nie erfahren, dass ich schwanger war. Und die beiden Kerle, die mir auf die Pelle rücken, hätten mich nicht mehr in Ruhe gelassen. Dafür war die Situation zu verfahren. So, ich muss, bevor mich jemand hier sieht. Ich schicke Ihnen die neue Adresse per Mail. Meine Kontonummer haben Sie ja. Auf Wiedersehen." Pia drehte sich um und verließ das Büro, ohne Thomas weiter zu beachten. Flink huschte sie hinaus. Puh, das war knapp. Sie hörte die Stimmen von Kevin und Jürgen im Aufenthaltsraum. Rasch lief sie nach Hause, um ihren Koffer, den sie bereits gepackt hatte, zu holen. In zwei bis drei Wochen, würde sie die restlichen Sachen holen. Die Wohnung kündigen, konnte sie von ihrem Heimatort aus auch. Ihre Eltern hatte sie bereits telefonisch über ihre Rückkehr verständigt. Die freuten sich natürlich. Pia brauchte Zeit, um sich zu erholen. Irgendwie hatte ihr Leben die letzten Monate eine Richtung eingeschlagen, die sie so nicht beabsichtigt hatte. In Zukunft würde sie vorsichtiger sein, mit wem sie sich einließ. Auf die sexuellen Abenteuer wollte sie auch weiterhin nicht verzichten, beschloss sie. Nur weil es im Moment nicht nach ihren Wünschen gelaufen war, hieß dies nicht, dass sie ihre Vorlieben ablegen würde ...

Sie stieg um neunzehn Uhr siebzehn in den Abendexpress Richtung Salzburg.

Als Emma im Lokal eintraf, fing Thomas sie ab.

„Emma, kommen Sie kurz mit in mein Büro, bitte." Er schloss hinter ihnen die Tür. Er brauchte keine Mithörer.

„Ich wollte Ihnen nur sagen, dass wir eine neue Serviceangestellte suchen müssen." Er reichte ihr das Kündigungsschreiben von Pia. Emmas erstaunter Blick glich dem seinen von vorhin, als er mit Pia hier war. „Pia hat mich gebeten, niemanden etwas zu sagen. Anscheinend hatte sie noch mit zwei Kerlen massive Probleme. Sie hat nicht verraten, wer das war. Mein Mitleid ihr gegenüber hält sich in Grenzen, nach ihren Lügen, die sie überall herumerzählt hatte. Das können Sie mir glauben. Aber ich möchte nicht, dass sie wegen unüberlegter Tratscherei noch zusätzliche Schwierigkeiten bekommt. Ach ja, übrigens", sagte Thomas rasch, als Emma bereits die Türklinke in der Hand hatte, „sie war in einer Klinik und hat abgetrieben."

„So eine Schande! Und Sie waren nicht der Vater?"

„Emma, nein! Haben Sie tatsächlich so eine miese Meinung von mir?"

„Pia ist eine hübsche Frau. Da kann ein Mann schon mal schwach werden. Aber natürlich glaube ich Ihnen."

„Danke, das weiß ich zu schätzen. Noch etwas. Meine Eltern sind heute angereist. Mutter hilft in der Küche aus und mein Vater übernimmt den Ausschank. Eder hat ihm vorhin bereits alles gezeigt. Luisa können Sie dafür im Service einteilen. Ich wäre Ihnen dankbar, wenn Sie meinem Vater etwas unter die Arme greifen, sollte er sich nicht zurechtfinden." Thomas lächelte sie an.

„Klar doch", meinte Emma und huschte davon.

Thomas setzte sich auf den Drehsessel. Er brauchte eine kurze Verschnaufpause. Die Ereignisse des heutigen Tages reichten ihm eigentlich. Dieser ominöse Anruf spukte ihm im Kopf herum. Was hatte es damit auf sich. Die nächsten Stunden würden ihm wie eine Ewigkeit vorkommen. Und wer waren diese Männer, vor denen Pia geflüchtet war? Und warum durfte niemand vom Personal von ihrer Abreise erfahren? Arbeiteten die beiden Kerle womöglich in seinem Restaurant? Eder und Lorenzo konnte er definitiv ausschließen. Und der Abwäscher Milan hatte Frau und Kinder. Blieben also nur zwei übrig, von denen gemunkelt wurde, dass sie ein Stelldichein mit Pia gehabt haben sollen. Jedenfalls nahm er sich vor, Kevin und Jürgen genauer zu beobachten.

Kapitel 16

Knapp vor zweiundzwanzig Uhr vierzig verzog Thomas sich. Seiner Mutter gab er kurz Bescheid. Die anderen brauchten nichts mit zu bekommen. Er stieg in sein Auto und reihte sich in den Nachtverkehr ein. Um diese Zeit war hier allemal noch viel los, wegen des hiesigen Casinos. Sowohl Gäste als auch Einheimische drängten sich um die Spieltische. Müdigkeit machte sich bei Thomas bemerkbar. Seine Hände verkrampften sich am Lenkrad und begannen zu schwitzen. Unbehagen kroch hoch. Sollte er nicht doch die Polizei informieren? Nein, doch nicht. Was, wenn es wirklich etwas mit Mel zu tun hatte, was irgendwie logisch erschien, wenn er zu ihrem Elternhaus fahren sollte. Der alte von Stein war nicht im Land. Merkwürdig. Bei der nächsten Gasse musste er abbiegen. Das Anwesen der Steins war riesig, ein schlossähnlicher Bau umgeben von einer prächtigen Parkanlage, die auf der einen Seite an den See grenzte. Er parkte das Auto am Straßenrand und stellte den Motor ab. Hier sollte also die Hochzeit stattfinden. Er lugte durch das große Eisentor. Der Park dahinter war mit Scheinwerfern beleuchtet. Er hörte es rascheln. Dann begann das Ungetüm zu ruckeln und sich langsam zu öffnen. Eine Gestalt hüpfte von der Seite auf den Weg. Thomas erschrak. Die Gestalt entpuppte sich bei näherem Hinsehen als Frau. Sie hatte sich ein Cape übergeworfen und die Kapuze tief ins Gesicht gezogen.

„Herr Neumann?", flüsterte sie.

„Ja."

„Kommen Sie schnell, bevor uns jemand sieht." Sie zog ihn am Ärmel seiner Jacke auf das Gelände. Hinter der steinernen Säule drückte sie auf einen Knopf, womit das Tor sich wieder zu schließen begann, obwohl es erst einen Spaltbreit offen gewesen war.

„Was wollen Sie von mir und wer sind Sie?", verlangte Thomas nach Antworten.

„Hier draußen ist es zu gefährlich, dass uns jemand hört. Sie müssen sich etwas gedulden. Kommen Sie." Sie zog ihn am Ärmel haltend weiter. Thomas lief neben ihr her. Vor der ausschweifenden Treppe, die zum Eingang führte, bog sie mit ihm im Schlepptau links ab. Sie liefen auf einem Kiesweg entlang der Seitenfront des Gebäudes, geschützt von der hohen Mauer, den mächtigen Bäumen und Sträuchern. Der kalte Dezemberwind blies ihnen um die Ohren. Seine Begleiterin öffnete schließlich eine kleine Seitentür. Der Dienstboteneingang, wie Thomas vermutete. Drinnen umfing sie eine angenehme Wärme. Die Frau schlug die Kapuze des Capes zurück und legte das Kleidungsstück ab.

„So, jetzt können wir reden, Herr Neumann. Ich bin die Köchin der von Steins, Gertrud Purrens. Um diese Zeit hält sich von den Angestellten niemand mehr hier auf. Herr von Stein verweilt mit seiner Verlobten im Ausland. Die Haushälterin Martha Schuschnig lebt seit kurzer Zeit auch in einer eigenen Wohnung und beginnt ihren Dienst morgens um sechs Uhr dreißig. Die beiden Stubenmädchen sind Teilzeit angestellt und nur vormittags am Anwesen. Der Gärtner lebt mit seiner Familie etwas abseits im sogenannten Gärtnerhaus", erklärte sie, während sie vorausging, ohne darauf zu achten, ob er ihr folgte. Er trottete wie ein braves Hündchen hinter ihr drein. Was hätte er auch sonst machen sollen. Jetzt war er schon einmal hier. Also wollte er den

Grund dafür erfahren. Die Köchin führte ihn in einen kleinen Raum, eine kleine Kochnische mit einem Tisch und einigen Sesseln.

„Nehmen Sie bitte Platz. Was darf ich Ihnen anbieten.? Tee, Kaffee oder etwas anderes?"

„Nein, danke. Erklären Sie mir lieber, warum Sie mich hierhergebeten haben." Thomas' Ungeduld stieg.

Sie setzte sich auf einen der dunklen Holzsessel neben ihm. „Ich weiß, dass Sie unsere Melanie suchen. Die Polizei hat eine Fahndung nach ihr ausgeschickt. Bis jetzt ist Herr von Stein darüber noch nicht informiert. Die hiesigen Zeitungen liest er nicht. Und ob seine Verlobte überhaupt lesen kann, bezweifle ich. Die anderen Angestellten tratschen darüber. Martha hat es mir beim Essen erzählt. Bevor ich Ihnen etwas verrate, erzählen Sie mir, was Melanie Ihnen bedeutet und in welchem Verhältnis Sie zu ihr stehen.?"

„Was geht Sie das an? Warum sollte ich Ihnen das auf die Nase binden?" Thomas war genervt. Was sollte das alles. Die Frau sprang auf. Na ja, sie stand etwas ruckartig auf und verzog dabei das Gesicht. In ihrem Alter war sie dann doch nicht mehr so gelenkig. Sie humpelte zum Fenster und wieder zurück.

„Sie müssen mir gar nichts erzählen. Allerdings werde ich Ihnen dann auch nicht berichten, warum ich Sie angerufen habe. Ich dachte, Melanie würde Ihnen vielleicht etwas bedeuten, nachdem Sie sie angestellt haben, ihr eine Ausbildung ermöglichen und ... „

„Ich vermute, Sie kennen Melanie seit Kindertagen?"

„Ja, seit sie auf der Welt ist und mir liegt sehr viel an ihr, auch wenn es mir nicht immer möglich war, es ihr zu zeigen."

„Sehen Sie, und mir liegt an Mel auch sehr viel. Ich habe es ihr sogar gezeigt. Leider war sie verschwunden, als ich von einer Reise zurückkam. Und ich weiß nicht, was vorgefallen ist. Ob ihr etwas zugestoßen ist. Ich mache mir Sorgen. Mel ist für mich mehr, als eine Angestellte." Thomas schwieg. Jetzt hatte er wohl genug verraten.

„Versprechen Sie mir, über Mels Aufenthaltsort Stillschweigen zu bewahren, sollte diese Begegnung nicht gut verlaufen?"

„Ich verstehe nicht?"

„Sie müssen vorerst nichts verstehen. Versprechen Sie mir zu schweigen?"

„Was, wenn ich Ihnen jetzt das Versprechen gebe, es jedoch nicht halten kann?"

„Wenn Sie nicht vorhaben, das Versprechen, dass sie mir geben, zu halten, blase ich die Aktion auf der Stelle ab. Auf Wiedersehen!" Die Frau steuerte auf die Tür zu. Ein klares Zeichen, dass Thomas gehen sollte.

„Gut! Ich verspreche, nichts zu verraten", lenkte Thomas ein. Die Neugier siegte.

Die Köchin blieb stehen und drehte sich zu ihm. „Seit Jahren habe ich mir angewöhnt, zeitig in der Früh entlang des Wörthersees spazieren zu gehen. Bei jedem Wetter und zu jeder Jahreszeit. Der Arbeitstag hier im Haus ist sehr anstrengend, Zeit raubend und oft alles andere als angenehm. Der Hausherr, aber vor allem seine jeweilige Frau, können sehr anstrengend oder unangenehm sein. Auch Melanie hatte deswegen keine schöne Kindheit. Nun, vergangenen Donnerstag gehe ich meine gewohnte Route den Promenadenweg entlang. Ich traute meinen Augen nicht, als ich am Seeufer, direkt am Wasser, jemand stehen sah. Es machte den Anschein, als wäre diese Person nahe daran, in die kalten Fluten zu springen. Ich beschleunigte mein Tempo. Leider kann ich nicht mehr laufen, da spielen meine alten Knochen nicht mehr mit", seufzte sie. Thomas wurde ungeduldig. Er war nahe daran, ihr ins Wort zu fallen. Beherrschte sich jedoch.

„Sie!", schreie ich die Person an, „ geht es Ihnen nicht gut?" Aber sie reagierte nicht. Also gehe ich näher zu ihr und da erkenne ich sie. Es ist Mel. Sie steht am Wasser, lächelt dem Mond zu. Dann dreht sie sich zu mir um.

‚Hi, Gerti, pünktlich wie ein Uhrwerk. Schön, dass du deine Gewohnheit noch beibehalten hast. Weißt du, mir ist fürchterlich kalt. Du weißt doch, dass ich keine Kälte mag. Schade, eigentlich', „sagt sie zu mir". ‚Sonst wäre ich ins Wasser gesprungen. Aber diese fürchterliche Kälte hindert mich daran. Ist mein Erzeuger mit seiner Fee zu Hause? Ich brauche für die nächste Zeit einen Unterschlupf, wo mich niemand findet. Kannst du mich verstecken? Ich muss nachdenken. Über vieles nachdenken.'

Ich habe Melanie an der Hand genommen und sie vom Wasser weggezogen. Dann ist sie mit mir mitgegangen. Es war ein Leichtes, sie ungesehen ins Haus mitzunehmen. Hier im Dienstbotentrakt lebe nur mehr ich. Alle anderen haben ihre eigenen Wohnungen. Und der Alte verirrt sich nie in diese Räumlichkeiten."

„Wo ist Mel jetzt? Bringen Sie mich zu ihr, bitte." Thomas war aufgesprungen. „Ich bin so froh, dass sie lebt. Alle möglichen Gedanken habe ich mir schon gemacht, dass sie entführt worden ist, sie sich verletzt hat und nicht mehr zurückkommen konnte. Himmel!"

„Nur noch eins. Mel weiß nicht, dass ich Sie angerufen habe. Sie müssen mir versprechen, wenn Mel nicht mit Ihnen sprechen möchte, dass Sie das akzeptieren und gehen und dass Sie niemandem ihren Aufenthaltsort verraten." Thomas nickte. Er folgte der Frau. Sie lief den langen, schmalen Gang entlang und blieb vor einer Tür stehen. Vorsichtig klopfte sie.

„Mel, Schatz, bist du noch wach?" Es blieb ruhig. „Melanie, mach bitte kurz die Tür auf", bat Gerti. Die Türklinke bewegte sich und die Tür öffnete sich einen Spalt breit.

„Ja? Was ist?" Thomas erkannte Mels Stimme, sehen konnte er sie nicht.

Gerti stellte den Fuß in die Tür und drückte sie etwas weiter auf. „Du hast Besuch."

„Du weißt, dass ich niemanden sehen möchte. Geht! Du auch und wer auch immer hier ist. Verschwindet!"

Gerti stemmte sich gegen die Tür. Thomas trat neben Gerti und ergriff die Türklinke.

„Melanie, Liebling, bitte rede mit mir. Erklär mir, was dich so aus der Fassung geworfen hat. Was ist passiert?" Die Tür gab mit einem Ruck nach. Melanie war zurückgewichen. Thomas fing sich zum Glück. Er drehte sich zu Gerti. „Darf ich mit Mel bitte kurz alleine sprechen?" Gertrud nickte und ging zurück in die Küche. Melanie stand mit dem Rücken zu ihm und blickte aus dem Fenster in die dunkle Nacht.

„Darf ich hereinkommen?", fragte Thomas vorsichtig. Da sie ihm keine Antwort gab, trat er ein und schloss die Tür hinter sich. Der kleine Raum war nur mäßig beleuchtet. Möbliert war er mit einem Einzelbett, einem kleinen Tisch und zwei Sessel. Von den Wänden bröckelte der Verputz. Luxus sah anders aus. „Mel, bitte, sprich mit mir. Du warst einfach verschwunden, niemand wusste, wo du bist. Bea macht sich übrigens auch ganz schlimme Sorgen. Sie ist um Jahre gealtert."

„Das mit Bea tut mir leid. Bei ihr wollte ich mich ja auch melden. Aber ich hatte keine Telefonnummer. Und zu ihr gehen, wollte ich nicht riskieren, damit mich niemand vom Lokal sieht." Mel schwieg wieder. Sie hielt sich mit beiden Händen am Fensterbrett fest. Die Beine drohten ihr zu versagen. Gerti hatte ihr ständig in den Ohren gelegen, dass sie wieder zurückgehen soll und alles klären. Es ist sicherlich ein fürchterliches Missverständnis, hatte sie gemeint. Nur, sie, Mel, war nicht in der Lage dazu. Pias Worte kreisten ständig im Kopf herum. Sie sah nur, dass sie wieder an den falschen Mann geraten war. Dass sie wieder einmal ausgenutzt wurde. Alle hatten sich anscheinend wieder gegen sie verschworen. Und nun stand er hier im Zimmer, der Mann, der ihr Zärtlichkeit geschenkt hatte, seine Zeit und seine Liebe. Sie wäre beinahe auf seine süßen Worte hereingefallen. Aber Pia hatte ihr die Augen geöffnet.

„Mel. Sieh mich an! Bitte!" Thomas Stimme drang in ihre Ohren. Seine weiche und doch so männliche Stimme. Sie hielt sich fest, um nicht zu schwanken. Im Bauch kribbelte es. Sie spürte seine Nähe, seine Wärme, die er ausstrahlte. Sie spürte, dass er näherkam. Sie spürte seine Hand auf ihrem Arm.

Thomas war an sie herangetreten. Ganz langsam, um sie nicht zu erschrecken. Sie zitterte. Vorsichtig ergriff er ihren

Arm und zog daran. Erst jetzt bemerkte er, wie krampfhaft sie sich festhielt. Er ergriff ihre Schultern und versuchte, sie zu sich zu drehen.

„Mel, Liebling, bitte sieh mich an. Rede mit mir. Vertrau mir. Bitte." Sie senkte den Kopf. Dann sackte sie in sich zusammen. Ein Schluchzen entwich ihr. In letzter Sekunde fing Thomas sie auf, bevor sie auf den Boden sackte. Er hob sie auf seine Arme und setzte sich, mit ihr auf dem Schoß, auf das Bett. Fest drückte er sie an sich. Streichelte ihren Kopf, wie bei einem kleinen Kind, das getröstet werden muss, weil es traurig war. Mels Körper zitterte. Ein weiteres Schluchzen entfuhr ihr. Die Tränen tropften ihm auf sein Hemd und auf den Arm. Er wusste nicht, wie lange sie so dagesessen waren. Mel brauchte Zeit. Diese wollte er ihr gewähren. Sie lebte, das war im Moment das Wichtigste. Er würde nicht nachgeben, bevor sie ihm erzählt hatte, was sie so aus der Bahn geworfen hat. Seine Melanie. Ihr Duft stieg ihm in die Nase. Wie er den vermisst hatte.

„Du hast abgenommen. Hast du nichts gegessen?", fragte er in die Stille. Ihr Kopf wippte hin und her. Das sollte wohl ein ‚Nein' sein. Er hauchte ihr einen Kuss auf die Stirn. Dann nahm er ihren Kopf zwischen seine Hände und hob ihn vorsichtig, damit sie ihm endlich in die Augen sah.

„Mel, so und jetzt erzähl mal. Alles, hörst du, ich will alles wissen. Was ist vorgefallen?"

„Warum hast du nicht gesagt, dass du mit Pia ein Verhältnis hast? Sie ist von dir schwanger. Warum willst du das Kind nicht?"

„Ach Melanie." Er strich ihr übers Haar. „Ich habe dir deshalb nichts erzählt, weil ich nichts mit Pia am Laufen hatte. Ich bin auch nicht der Kindesvater, ist gar nicht möglich, weil ich nie mit ihr geschlafen habe. Das ist auch der Grund, warum ich das Kind nicht annehme."

„Aber Pia hat …"

„Pia hat gelogen. Ehrlich. Sie hat zweimal versucht, mich zu verführen. Ist ihr jedoch nicht gelungen. Allerdings hat sie dann trotzdem dieses bescheuerte Gerücht in die Welt gesetzt und allen davon erzählt, ich wäre der Vater ihres ungeborenen Kindes. Ich habe ihr mit einer Anzeige wegen Verleumdung gedroht und einen Vaterschaftstest verlangt. Pia ist nicht mehr schwanger. Sie hat es abgetrieben. Auch hat sie gekündigt. Sie arbeitet nicht mehr bei mir. Mel, hast du so wenig Vertrauen in mich. Alles was ich zu dir gesagt habe, entspricht der Wahrheit. Melanie, ich liebe dich, aus tiefstem Herzen. Das müsstest du doch gespürt haben."

„Ich weiß nicht mehr, was ich glauben kann und was nicht. Vertrauen kenne ich nicht, es gehört nicht zu den Erfahrungen, die ich in der Vergangenheit gemacht habe."

„Ach Mel, das weiß ich ja." Thomas beugte sich vor, langsam näherte er sich ihrem Gesicht, das er noch immer in seinen Händen hielt. Er hauchte ihr einen Kuss auf die Nasenspitze. Dann näherte er sich ihrem Mund. Sie rührte sich nicht. Die Berührung der Lippen war nur ein Hauch. Weil sich Mel nicht wehrte, küsste er sie. Seine Zunge spielte mit ihren weichen Lippen. Mels Hände legten sich um seinen Hals. Der Kuss wurde intensiver, fordernder. Eine Welle der Begierde umspielte ihn. Mel erwiderte sein Zungenspiel. Wie zwei Ertrinkende klammerten sie sich aneinander fest.

Thomas überredete Mel, ihn zu begleiten. Glücklich darüber, dass sich alles zum Guten gewandt hatte, fuhr Mel gerne mit ihm mit. Gleich am nächsten Morgen lief sie ins Apartment. Bea rannen Freudentränen über ihre Wangen, als sie Mel in die Arme schließen konnte.

„Mädchen, Mädchen, du hast uns allen so einen Schrecken eingejagt. Ich kann dir gar nicht sagen, wie glücklich ich bin, dass du gesund bist."

„Ach Bea, ich war so schockiert und verwirrt. Ich konnte keinen klaren Gedanken mehr fassen. Die ganze Welt um mich ist mit einem Mal eingestürzt. Pias Worte trafen mich unerwartet mitten ins Herz." Mel seufzte. „Und ich dumme Nuss, habe es glaubt, ohne Thomas die Chance für eine Erklärung zu geben. So jetzt muss ich aber. Ich kann doch nicht noch einen Tag schwänzen." Sie hauchte Bea noch einen Kuss auf die Wange und war bei der Tür draußen.

„Da ist ja unser Sonnenschein wieder", wurde sie gleich von Lorenzo begrüßt. Eder lächelte sie an.

„Schön dich wieder hier zu haben."

Mel errötete. Verlegen blickte sie zu Boden.

Thomas betrat die Küche mit einem Arm voll Lebensmitteln, die er aus der Vorratskammer geholt hatte. Er legte alle Teile auf der Arbeitsplatte ab. Anschließend ging er zu Mel.

„Bevor wieder gemunkelt und getratscht wird, mache ich es offiziell. Mel und ich sind ein Paar", verkündete Thomas laut und gab ihr vor allen einen Kuss. In dem Augenblick betraten seine Eltern die Küche.

„So, und nun wäre es schön, wenn du uns deine Freundin auch vorstellen würdest", räusperte sich seine Mutter neben ihm.

Thomas strahlte sie an, während Mel in seinen Armen einen feuerroten Kopf bekam. Galant stellte Thomas seine

Eltern und Mel einander vor. In der Nacht war es schon zu spät gewesen, da hatten die Eltern bereits geschlafen, als sie in die Wohnung kamen. Die beiden planten, noch zwei Tage zu bleiben, um etwas im Lokal mitzuhelfen, aber vor allem, um ihr neues Familienmitglied besser kennenlernen zu können.

Epilog

Thomas und Mel verlobten sich zu Weihnachten im Rahmen einer kleinen Familienfeier in seinem Elternhaus. Beatrice feierte mit ihnen. Sie hatte in der Zwischenzeit eine kleine ebenerdige Wohnung bezogen. Beim Umzug hatten alle, einschließlich der Crew von Thomas' Genussoase, mitgeholfen. Melanie war auf Wunsch von Thomas in sein Haus gezogen.

Anika hatte eine Woche vor dem errechneten Geburtstermin, am sechsten April, einen strammen, gesunden Jungen zur Welt gebracht. Er wurde liebevoll von allen Familienangehörigen empfangen.

Die Hochzeit am zwanzigsten Mai von Herrn von Stein und seiner jungen Verlobten fand nicht statt. Herr von Stein hatte seine Verlobte in den Armen eines anderen, viel jüngeren Nebenbuhlers, vorgefunden, als er früher als geplant von einem Geschäftsessen ins Hotelzimmer zurückgekommen war.

Ab und zu reservierte er einen Tisch für sich in Toms Genussoase. Meist aß er dort alleine. Dann besuchte er Mel in der Küche und sah ihr beim Kochen zu. Einmal lud er Mel und Thomas zu sich zum Essen ein. Mel wollte vehement ablehnen.
„Ich weiß, dass ich dich vernachlässigt habe. Aber gib mir bitte die letzten Jahre meines Lebens wenigstens die Chance, etwas davon wieder gut zu machen. Lass mich an deinem Leben teilhaben", hatte er gebeten. Mel schluckte

den riesigen Kloß, der ihr im Hals steckte, hinunter. Gemeinsam mit Thomas betrat sie seit Jahren wieder das erste Mal offiziell ihr Elternhaus, um sich mit ihrem Vater zu treffen. Zu seinem siebzigsten Geburtstag bestellte er bei Thomas das Catering. Die Feier fand im großen Rahmen mit über zweihundert Gästen auf seinem Anwesen statt. Er wünschte sich, dass Mel, Thomas und seine Eltern dort als seine Gäste anwesend waren. „Die Familie gehört doch zusammen", hatte er sie angefleht. Mel und Thomas brachten es nicht übers Herz, ihm diese Bitte auszuschlagen. Schließlich ließen sich die beiden von Herrn von Stein auch dazu überreden, ihre Hochzeit auf dem Anwesen zu feiern.

Im Lokal musste Thomas das Personal verdoppeln. Eder wurde offiziell als Sous Chef ernannt. Lorenzo war seine Vertretung, der Junior Sous Chef. Ihnen beiden war die Küchencrew, die mittlerweile aus zehn Personen bestand, unterstellt. Mel absolvierte weiterhin ihre Lehre und schloss diese mit Bravour ab. Zwei weitere Lehrlinge fanden ebenfalls zum Team. Emma führte ihr Regime im Service weiter. Luise war als Angestellte verblieben. Drei weitere Serviererinnen wurden aufgenommen, sowie ein Lehrling für den Service.

Jürgen und Kevin eröffneten gemeinsam ein Bordell.
Von Pia hatte niemand mehr etwas gehört.

Ende

Danksagung:

Ich möchte mich bei allen meinen stillen Helferinnen bedanken, die mich bei meinen auftretenden Recherchefragen mit ihren Informationen und Tipps kräftig unterstützt haben. Meine liebe Autorenkollegin Chrissy Kromp hat mir köstliche Rezepte aus dem asiatischen Raum zur Verfügung gestellt. Ihr Khoresht Polo aus der Persischen Küche und die Indonesische Pfanne habe ich in die Geschichte einfließen lassen. Mir ist beim Beschreiben der Speisen bereits das Wasser im Mund zusammengelaufen.

Meine Facebook-Freundin Andrea hat als Betaleserin fungiert. Ihre Spürnase hat beim Aufdecken diverser Ungereimtheiten und Fehlern geholfen. Dafür auch ganz lieben Dank.

Ein dickes Bussi an meinen lieben Gatten, der mich bei allen anfallenden häuslichen Arbeiten unterstützt, damit ich mich getrost in meine Ecke setzen und meine Geschichten aufschreiben kann.

Und ganz herzlich bedanke ich mich bei Ihnen, liebe Leserin und lieber Leser, dass Sie sich für eines meiner Bücher entschieden haben. Wenn Ihnen die Geschichte gefallen hat, würde ich mich über eine Rezension sehr freuen. Das ist der schönste Lohn für mich.

Über die Autorin:

Danielle A. Patricks ist das Pseudonym einer aus Österreich stammenden Autorin.
Ihre Liebesgeschichten sind Geschichten fürs Herz - eben Herzgeschichten. Beim Schreiben taucht sie in eine Parallelwelt ein. Die Finger wandern über die Tastatur, Worte fliegen wie von Zauberhand auf den Bildschirm, Charaktere, Menschen mit Fehlern und Vorzügen betreten die fiktive Leinwand ...
Sie selbst bezeichnet sich als absoluten Familienmenschen und liebt die Ruhe. Mit ihrem Mann, ihren drei Kindern, deren Vornamen für das Pseudonym Patenschaft standen, und diversen Haustieren, lebt sie in einem kleinen idyllischen Dorf in der Steiermark. Sie arbeitet als Angestellte seit bestandener Matura und die liegt seit Ewigkeiten zurück. Das Schreiben bringt ihr Entspannung und Freude.
Ihren Leserinnen und Lesern wünscht sie, sich entspannt zurückzulehnen, in die Welten ihrer Hauptdarstellerinnen einzutauchen, mit ihnen Leid, Freude, Romantik, die einzig wahre Liebe und natürlich das alles entscheidende Happy End zu erleben.

Ebenfalls im Telegonos-Verlag in der Reihe „Herzgeschichten" erschienen:

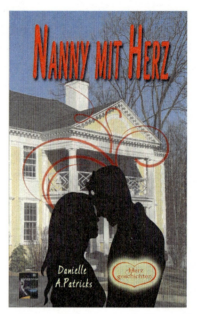

Jennifer Neumann, ausgebildete Kindergartenpädagogin, ist überzeugt, ihren Traummann bereits gefunden zu haben. Ihr Verlobter ist ein Mann, mit dem sie sich Kinder wünscht und bis ins hohe Alter zusammenleben möchte – bis zu dem Augenblick, wo sie ihn mit einer anderen im Bett erwischt. Eine Welt bricht zusammen. Ihr Leben liegt in Trümmern. Als sie auch noch ihren Job verliert, nimmt sie ein Stellenangebot weit weg von zu Hause als Nanny für zwei kleine Kinder in einem Privathaushalt an. Sie verliebt sich nicht nur in ihre Schützlinge, sondern auch in den überaus feschen Vater. Leider ist er verheiratet. Ihr Ex steht auf einmal wieder auf der Matte, eine Trennung kommt für ihn nicht infrage …
Schafft es Jenny, trotz aller Probleme und Widrigkeiten, ihr Glück zu finden?

Anika ist mit ihren zweiundzwanzig Jahren mit ihrem Leben recht zufrieden. Sie arbeitet seit Abschluss der Matura in einer kleinen Firma als Chefsekretärin. Mit dem Chef kommt sie prächtig aus und die Arbeitskollegen respektieren sie. Doch als ein gewisser Mike Koller in ihr Büro schneit und sich als neuer Kollege vorstellt, bringt er das gut zurechtgelegte Gefüge durcheinander. Zumindest das, von Anika. Der Kerl geht ihr unter die Haut. Er verunsichert sie. Nur, sie vertraut keinem Mann mehr, seit ihr erster Freund sie böse hintergangen hat. Machos können ihr gestohlen bleiben. Glaubt sie zumindest. Dazu nervt ihre Schwester Jennifer sie mit der bevorstehenden Hochzeit, auf der Anika keinesfalls alleine erscheinen wollte. Mike schlägt ihr einen unverschämten Deal vor. Soll sie sich darauf einlassen? Wird sie seinem Drängen nachgeben?

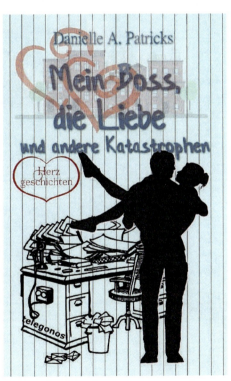

Wir freuen uns auf Ihren Besuch!

www.telegonos.de